U0070760

富貴不求人 1

塵霜 著

目錄

自序

塵霜

因為平時總會聽到一些「女子不如男」之類的言論，小時候也聽說過不少生了女兒就要丟掉的傳聞，所以就一直很想寫一個關於女子自立自強的故事。

書中的女主角幼金大抵有我自己的一些影子，還有對自己的希望，希望自己可以成為一個自立自強、能為家人遮風擋雨、同情弱者卻不聖母心氾濫、強勢卻不盛氣凌人的人。

另外就是感情線的問題，因為我本身是一個偏冷情冷性的人，並不執拗於感情纏綿，對於男女之情不會過於看重，反倒更偏重於子女的教育與家庭感情、家長裡短，甚至是雞毛蒜皮的小事上，這些在書中也都有體現。

第一章

「幼金又上山回來啦？揹這麼重的竹筐，也不怕把個子壓壞了。」

背上揹著裝滿豬草的竹筐，聽到有人叫她，原還埋著頭走路的月幼金便抬起頭笑著與路旁的婦人打招呼。「五嬸嬸。」

瞧著她瘦弱的身板，被喚做五嬸嬸的中年婦人眼中閃過一絲不忍，心疼道：「妳阿奶又打發妳出來幹活了？」

對於村民們的憐憫與同情，月幼金早就習慣了，笑著點點頭。「阿奶說家裡豬草都沒了，今年的盼頭可都在幾頭豬身上了，得伺候好了才有銀子給我娘生小弟弟。」

「是了，妳阿娘這回肚子瞧著倒是與前頭不同，要是能生個兒子，妳們幾個姊妹的日子也能好過些——」想到月家那一團糟的日子，五嬸嬸不禁嘆了口氣。都是可憐人啊！

「五嬸嬸，我不與您說了，出來時阿奶說家裡的豬都快頂翻豬圈的門了，我得快些回去才行！」見她還想說什麼，月幼金趕忙打斷她的話頭，揹著重重的竹筐往家裡走去。

想到老陳氏對這幾個孫女一個比一個狠心，五嬸嬸便不再攔著她。看著揹著竹筐搖搖欲墜的瘦弱身影，五嬸嬸嘆了口氣，這都十一歲的姑娘了，瞧著卻跟六、七歲一般，這月家人的心也真是夠狠的！

從村子的主道拐進月家所在的路口，距離月家院門還有好幾戶人家，月幼金便瞧見幾個村民站在自家院門外探頭探腦地打探裡頭的情況，而院子裡傳出月幼金聽了十一年的尖銳女聲——

「不過幾個賠錢貨，還想叫郎中？還想要粳米粥？」

伴隨著尖銳女聲的，還有一片細細的小姑娘的哭聲，然後一道有些像母鴨子的聲音響起，明著安慰、實際上煽風點火——

「弟妹可趕緊讓幾個孩子別哭了，這要是把咱們一家的氣運都哭沒了，那可就……」

聽到她這麼說，尖銳女聲更加暴怒了。「一天到晚除了吃就是哭！再哭看我不打死妳們幾個賠錢貨！」話音剛落，便傳出虎虎生風的揮鞭子聲音。

幾個小姑娘被打得厲害，也只能咬著乾裂開來的雙唇，不敢再發出什麼聲音。

聽到家中的動靜，月幼金趕忙穿過人群，推開留有一絲縫隙的院門。「阿奶，我回來了！」

打得正起勁的老陳氏被打斷，利眼十分不悅地瞪了過去，卻瞧見外頭擠著往裡看的村民們，心中更是不悅，示意小陳氏去把院門關上。

月幼金趁老陳氏不察，趕忙走到被打得縮成一團、衣裳上全是灰的幾個小姑娘面前，假斥道：「妳們幾個，姊姊才出去一會兒，又惹奶生氣了是不？都給我回房裡跪著去！」趁眾人不察，朝著二妹月幼銀使了好幾個眼色。

月幼銀接收到姊姊的眼色，忙拖著兩個妹妹跑回西廂房，留下月幼金一個人面對老陳氏。

老陳氏見那幾個賠錢貨都跑了，便把不悅轉到月幼金身上去。「讓妳去割豬草，怎地這麼久才回來？又跑到哪兒野去了？」手裡拿著的竹鞭彷彿只要她有一句錯話，隨時都要往她身上招呼過去。

月幼金忙笑著走到老陳氏身邊扶著她。「山上近來豬草少，便走得遠了些。阿奶您快回去歇著，我這便去把豬給餵了。」

瞧著她一身破舊的衣裳還沾了不少泥印子，再看看自己身上半新乾淨的細棉衣裳，老陳氏一把將人推開。「去去去，別在我這兒礙眼！快去把豬給餵了，那豬都快把豬圈門頂破了，要是豬跑了，妳就給我等著吧！」說罷，氣哼哼地帶著看熱鬧的小陳氏等人回了正房。

看著老陳氏等人走了，月幼金才重重地吁了口氣，然後趕忙揹著豬草往豬圈去了。

翠峰村大姓為月姓，村中約莫有七、八十戶人家，月家在村中雖然比不過冒尖的那幾戶，倒也不算太窮。月家老爺子月大富在外頭跟著行商跑了許多年，攢下家產便回翠峰村置辦了三十餘畝良田，蓋了一幢又大又寬敞的青磚瓦房，在村中也算是有些臉面。

月大富一生算得上十分順遂，要說這輩子有什麼執念，無非是兩件：一是大孫子科舉。大孫子自幼聰慧過人，月老爺子把舉家興旺的希望都寄託在他身上了；二則是二兒子家始終沒能生下個兒子來。老大家三兒一女，老三家也有兩兒一女，偏只有老二家連著生了七個女兒，硬是生不出兒子來！如今蘇氏肚子裡又懷了一個，月老爺子也是盼著能生出個帶把的給老二家傳承香火。

因著二房成家已經十四年，卻連著生了七個女兒，是以月長祿夫婦在家中地位十分低下。月長祿因沒有兒子，連頭都抬不起來，動不動就打老婆和孩子出氣；蘇氏雖有心護著幾個女兒，無奈自己也是自身難保，只盼著自己肚子裡這胎是個大胖小子，讓她與七個女兒都能過得好些。

大房所出的幼婷為長，三房所出的幼荷為次，然後才是二房的金銀珠寶綾羅綢七個女兒，因此幼金雖然是二房長女，不過卻是行三。

前世出任務時突遇雪災，英年早逝的優秀女軍官再一睜眼就變成了翠峰村月家二房剛出生的長女月幼金。這十一年來，她從嗷嗷待哺的幼兒長成能保護六個妹妹的姊姊，這一雙手早就習慣了各種粗活。月幼金動作俐落地將剁碎的豬草倒進豬食槽中，餓得不行的豬立即拱著鼻子就呼啦啦地圍過來吃起豬食。

等月幼金餵完豬回西廂房時，幼綾、幼羅已哭著睡著了，幼銀抱著才兩歲的小九，邊哄邊擦眼淚，想必是方才被老陳氏打狠了。

見三姊回來了，幼銀趕忙抱著九妹站起來。「三姊，九妹發熱了！阿奶不肯去叫郎中，這可怎麼是好？」

一聽九妹發燒了，幼金忙接過九妹一看，早已燒得小臉通紅的小九哪裡還有意識？

「三姊，再這般燒下去，小九會不會……」月幼銀急得兩眼淚汪汪，手足無措地看著三姊，把所有的希望都寄託在她身上。

「爹娘呢？」幼金探了探小九的額頭。小九才兩歲，這般下去只會把孩子燒糊塗了，屆時不死怕也是要燒成傻子！

「爹今日一早便去鎮上了，娘肚子疼，五妹和六妹在裡頭守著。」幼銀哭得嗓子都有些啞了。

透過破了好些洞的紙糊窗戶看出去，發現院中並無其他人，幼金咬咬牙，又把小九塞回幼銀手中抱著。「妳且等等。」說罷，回到自己與幾個妹妹睡覺的炕邊上，在牆角處摳摳挖挖了好一會兒，終於掏出十來個銅板。她小心地將錢揣進懷裡，又接過小九。「我帶小九到馬大夫家去，妳在家裡守著，要是奶找我，妳隨便找個由頭擋著。」馬大夫是住在翠峰村山腳下的一個遊村郎中，平時大家夥兒有個頭疼腦熱的也都是去找他來治。

看著姊姊跟偷兒似地溜出家門，月幼銀才回過神來。大姊什麼時候在炕洞裡藏了這麼些銅錢？不過她也不敢多想，在房裡轉來轉去的，生怕老陳氏或者旁人找上門來。

月幼金抱著小九一路小跑到馬大夫家院外，前來應門的是馬大夫的娘子林氏。

林氏一開門，見月幼金懷裡抱著的小九臉色異樣的紅，忙將人放了進來。「老頭子，快出來！」

頭髮有些花白的馬大夫踱著步從正房裡出來。「妳個老婆子跟急驚風似的是要幹啥？」

「馬爺爺，求您快救救我九妹吧！」抱著小九的幼金急得兩眼通紅，撲通一聲跪在馬大夫面前。

林氏被她的動作嚇了一大跳，忙將人扶了起來。「妳這孩子，這是做什麼？」

馬大夫見孩子發高熱，忙凝神斂氣地為小九把了脈，然後揀了些藥草給幼金。「妳快去廚房，把這些藥三碗水熬成一碗，給她灌下去，興許能好些。」

幼金也顧不得說些感謝的話，忙抱著草藥跟著林氏到了馬家的廚房去熬藥，很快便熬好了藥，端著一碗黑乎乎的藥汁回來了。

趁著幼金去熬藥的時候，馬大夫給小九扎了針，雖然沒有退燒，不過小九可算是醒了過來。

「小九乖，把藥喝了就能好起來了。」幼金哄著小九把一大碗藥喝了下去。

小九雖然年幼，倒也不哭不鬧，喝了藥便依偎在幼金懷裡，不一會兒又睡著了。

過了約莫半個時辰，馬大夫又給小九切了脈，心底總算是鬆了口氣。「再喝幾帖藥，過幾日便能好了。」

幼金感激地看著馬大夫夫婦。「馬爺爺、馬奶奶，多謝您們救了小九一命！我這也沒有什麼銀子……」從懷裡掏出僅有的十三個銅板。「我先付這些，等將來我攢夠了錢再還給您……」說完這話，幼金覺得臉頰有些發燙。前世今生，這般拖欠醫藥費還是第一回。

馬大夫瞧著沾染了些許煙灰的銅錢，將銅板推回幼金面前。「這銀子妳且拿回去，等日後手頭寬裕些再給我也一樣。」

馬大夫這般倒叫幼金有些不好意思。「這怎麼可以？馬爺爺救了我妹妹一命，雖然十幾個銅板不多，也是我們該付的。」

見她這般堅持，馬大夫便取了其中的五個銅板。「妳們母女有些銀子傍身也不容易，我且收了五文，餘下的便當是我借予妳的。快些帶妳妹子回家去吧！」

見外頭天色也不早了，想必再過一會兒老陳氏定是要找自己的，月幼金便抱著小九，恭恭敬敬地跪在馬大夫面前叩謝他的救命之恩，然後拿著藥往家裡去了。

送走了幼金姊妹，林氏回到屋裡後白了馬大夫一眼。「你怎地還收了幼金的銀子？她們母女過的什麼日子你又不是不知道！」

馬大夫嘆了口氣。「幼金這孩子性子要強，我若一文不收，她定是心中惴惴不安，收五文也是為了讓她有個心安罷了，都是可憐的孩子啊！」

果然，幼金才回來不過一刻鐘，被老陳氏打發來叫她幹活的人便來了。

月幼婷站在西廂房門外揚著嗓子喊道：「月幼金！阿奶叫妳！」也不管屋裡的人聽沒聽到，自己喊完就轉身走了。

嘆了口氣，幼金又安慰了蘇氏兩句。「小九已漸漸退了熱，娘還是顧著點肚子裡的小弟弟，切莫傷心。」這才帶著幼銀往正房老陳氏那兒去。

冷眼瞧著兩個討人厭的孫女，老陳氏冷冷道：「還不去做飯，是想餓死這一大家子人嗎？」因三房常年不在家，月家做飯、餵豬等活計歷來是由兩房每戶十五日輪流著來，今日已是輪到二房的最後一日。

幼金心中雖然怨懟，不過常年的隱忍讓她已經習慣了老陳氏的偏心與惡毒，現在的她還沒有足夠的能力與之抗衡，便只能按捺住自己內心的情緒，一言不發地帶著幼銀往廚房去。

月家如今尚未分家，除了在縣裡讀書的月文濤、月文禮兄弟以及住在縣城的三房一家人外，家中還有十五口人要吃飯，因而做飯也是一項艱巨的工程。

月幼金今年不過十一歲，月幼銀也才十歲，不過兩姊妹是從五、六歲起就幫著幹活的，手裡的活計倒是俐落。月幼銀蹲在灶前燒著火，月幼金則「咚咚」地切著茄子，炒了一大盆豆角茄子，又炒了個白菜，便做好了晚飯。

月家的飯菜每日都是有數的，做飯的不是老陳氏，不過分菜大權卻始終掌握在她手中。老陳氏先給自己盛了滿滿一碗，又給月幼婷盛了一碗，再輪到小陳氏，剩下為數不多的、摻了許多高粱的糙米飯，才輪到二房的六個女兒，分下來不過每人小半碗。

其實月家的家境不算差，不過因供著兩個在縣裡讀書的孫子，加上老陳氏歷來摳門，因而伙食倒真算不得好。

幼銀今日忙了一日，肚子餓得咕嚕叫，舉著筷子挾了幾片茄子，手還未離開菜盤，便被老陳氏用筷子把她手裡的菜打落回盤裡。

「整日就知道吃吃吃！少吃一點能把妳餓死是吧？真是餓死鬼托生的賠錢貨！」

幼銀被這般劈頭蓋臉地罵了一頓，眼眶瞬間就紅了，也不敢哭出聲，只低著頭啜泣著。家中一月就能吃兩回肉，小孩子饞是有的，不過幼銀哪裡敢伸筷子挾肉？不過是她自己也沒看到茄子中間還裹了塊肉罷了。

幼金忙攔下老陳氏的下一個動作，把幼銀誤挾的那片肉挾到老陳氏碗裡。「阿奶今日勞累了一日，多吃些才是！」

老陳氏沒好氣地瞪了她一眼。「別以為我不知道妳心裡打的什麼主意？一個兩個都是白眼狼、賠錢貨！」

幼金被她罵了十一年，早已對她的辱罵免疫，權當沒聽見她說什麼，又往幼銀碗裡挾了一筷子菜，當然是沒有肉的。

老陳氏還想發作，卻被隔壁桌的月大富打斷了。

「好了，吵鬧一日了，還讓不讓人安生吃飯？」

見月大富這般說，老陳氏才惡狠狠地瞪了眼幼金、幼銀姊兒倆，然後重重地坐回原位。

幼金卻視而不見地又給幼珠、幼寶這對雙胞胎挾了兩筷子茄子，雖然沒有肉，好歹也是沾了些葷腥的。自己的這幾個妹妹都太瘦了些，能多吃些還是要多吃些才是。

幼金幾姊妹吃完飯後，又給在炕上躺著的蘇氏端了小半碗飯跟幾口白菜、茄子。

蘇氏手裡端著缺了個小口子的粗瓷碗，眼眶紅紅地看著站在炕邊的六個女兒，還有病歪歪地躺在自己身邊的小九。「辛苦妳們幾姊妹了，都怪為娘的不爭氣……」

今天之事雖然幼金沒有在場，不過也聽幼銀說了個大概。蘇氏這胎懷相原就不穩，今日還被那個老虔婆推了一下，動了胎氣卻只能回床臥著，連帖藥都沒人抓給她喝。心中也知蘇氏是個可憐人，幼金便安慰道：「今日之事不能怪娘。如今小九吃了藥，過幾日便能好了，娘還要顧著肚子裡的弟弟才是。」雖然幼金並不覺得女兒或者兒子有什麼不一樣，可來到這個時空也有十一年了，她自然知道一個兒子對這些迂腐的古人來說有多重要，不然蘇氏也不會一個接一個的生，十一年裡就生了六胎七個孩子！

見大女兒這般懂事，蘇氏嘆了口氣。「娘知道妳們幾姊妹都是乖巧聽話的，妳們也別怪妳們阿奶，她只是嘴上厲害了些……」

哪裡是嘴上厲害？心黑手毒的老虔婆這些年幹過的壞事還少嗎？當年蘇氏生下雙胞胎女兒的時候還想拿去溺死呢！要不是自己偷偷跟在後頭，把雙胞胎從裝滿水的桶裡撈出來，小五小六早就沒了！幼金心裡冷笑幾聲，不過面上也不說什麼，只道：「女兒知道，娘快些把飯菜吃了吧。」

母女幾人在西廂房這邊說著話，蘇氏還想說些什麼，卻被一個罵罵咧咧的聲音打斷了——

「人都死哪兒去了？老子在外頭幹死幹活地賺些銀子，妳們幾個賠錢貨倒好，成日裡張開嘴就知道吃！沒看到妳們老子回來了嗎？」

原來是月家老二，幼金七姊妹的父親月長祿回來了。

聽到月長祿罵罵咧咧地在房外頭叫喚，房內的蘇氏忙掙扎著想起來出去伺候他，卻被幼金伸手攔住了。

「娘您快些吃飯吧，我去伺候爹。」示意幼銀攔住蘇氏，自己則轉身撩起破爛的門簾子，出去面對月家又一個討人厭的人了。

看到幼金冷著一張臉出來，月長祿直接拿起手中縫了好幾個補丁的鞋子砸了過去。「妳個賠錢貨！老子在這兒喊半天都不出來，妳是聾了還是啞了？」

幼金眼中閃過一絲狠意，不過很快又恢復了正常，她如今還不是這些禽獸的對手，只能再忍忍。撿起月長祿砸過來的鞋，放回另一隻鞋子邊上，道：「我去打水回來給爹洗腳。」然後不再看還在罵罵咧咧的月長祿，出了西廂房，往廚房去打還放在灶上的熱水。

好不容易伺候完月長祿這位據說是在外頭賺錢然而身上明顯帶著劣質女人脂粉香氣的大爺，幼金的眼神又冷了幾分。月長祿的那些破事她也聽到了一些風聲，不過顧著蘇氏的肚子，一直沒敢與蘇氏說，但看蘇氏那副柔弱的模樣，就是讓蘇氏知道了月長祿在外頭亂來，也沒什麼用吧？

把月長祿用過的髒水倒掉，又打回一盆熱水給自己還有六個妹妹都洗了腳、擦了身子，幼金才帶著幾個妹妹在外頭的長炕上並排躺著睡下。

蓋著又黑又硬的破棉被，側身半坐起來看著六個妹妹的睡顏，幼金不禁深深地嘆了口氣。她該怎麼辦啊？要怎麼樣才能帶著幾個妹妹一起脫離月家這個吃人不吐骨頭的火坑？如果只有她自己，要逃離月家倒是十分容易，但倘若自己走了，六個妹妹該怎麼辦？

幼金上輩子是個無父無母也無兄弟姊妹的孤兒，今生得了這六個妹妹，從小看著她們長大，妹妹們又個個十分乖巧，倒是讓她極捨不得這份異世親情。

不過想到月長祿身上的劣質脂粉香，再想想幾個妹妹在月家過的日子，幼金也不禁開始琢磨著，必得想個好法子出來才行了。

每日趁人不注意時，在房裡偷偷拿個破瓦罐熬了藥給小九灌下去，如此過了五、六日，小九的燒可算是徹底退了。看著枯瘦發黃的小臉變得又瘦了三分，幼金不禁嘆了口氣。「明日姊姊上山打豬草時看能不能找到個鳥窩啥的，給妳們找幾個鳥蛋回來補補也好。」從前年開始，幼金幾乎是每日都要上山去打豬草，時不時也總能掏到些鳥蛋回來給幾個妹妹吃。

小九也知道心疼姊姊，乖乖把苦得不行的藥喝下肚子後，又趕忙嚼了幾片酸葉子去去口中的苦澀之味，才奶聲奶氣地說道：「小九不想吃鳥蛋。」雖然說是這麼說，不過因為暴瘦而有些大得過分的雙眸中卻寫滿了對食物的渴望。

幼金見她這般懂事，便笑著將她摟在懷中，揉了揉她跟枯草一般發黃粗糙的頭髮。「那小九想吃什麼呀？姊姊去找回來給妳吃好不好呀？」

小九想起上次路過里長家聞到的那股香噴噴的肉味，還有上回長姊偷偷帶回來的烤野雞腿，不禁用力地嚥了口口水。「小九想吃……」

聽著她越說越小的聲音，幼金嘴角的笑意依舊，摟著小九看著坐在一旁的幾個妹妹。「姊姊以後一定會讓妳們都吃上肉的，相信姊姊。」

六個都長了雙大大眼睛的妹妹認真地看著幼金，然後齊刷刷地用力點點頭。「我們相信姊姊！」

看著六個妹妹這般澄澈的眼神，幼金心中也更加堅定了幾分信念：我一定會保護好妳們，給妳們富足的生活！

月家人多事多，長房小陳氏仗著自己是老陳氏的娘家姪女，加上自己的兩個兒子得老爺子及老太太歡心，家中的活計是能推則推，而三房的韓氏一年到頭在翠峰村的日子也沒幾日，因此大房推掉的活兒便都落在幼金等人身上了。

站在正房門口看著幼金、幼銀姊兒倆用力地抬著一桶豬食，小陳氏帶著看熱鬧的口氣笑道：「幼金、幼銀啊，妳們可得小心著些，這豬食可都是要餵豬的，還有幾個月就過年了，如今正是養膘的時候，妳們若是把豬食給撒了……」未竟之意十分明顯，最後還「呵呵呵」地掩唇輕笑了幾聲。

幼金見她一副看熱鬧不嫌事大的模樣，冷冷道：「大伯娘要是這般怕，便自己來把豬餵了，也省得我們姊兒倆把豬食撒了，在阿奶那裡也不好交代！」

幼金話音剛落，正房窗後便傳來老陳氏冷冷的呵斥聲。「生怕別人不知道妳做了點活兒是吧？日日吃那麼些，餵豬都比餵妳好！長了張嘴除了知道吃便是跟大人頂嘴，真是窮鄉僻壤出來的賠錢貨，教出來的女兒也是這般惹人厭！」這便是將躺在床上安胎的蘇氏也罵了進來。

「娘耶，人家二弟妹才動了胎氣在床上養著呢！您這般說，萬一人家心裡聽了不得勁，虐待您的金孫可咋辦？」搬弄是非這種事小陳氏沒少幹，可以說是得心應手。

說到這個老陳氏便來氣！「就是個只會下孬蛋的賠錢貨罷了，還能生出個屁孫子來？連著生了七個都是賠錢貨的賠錢玩意兒！」這就是要翻舊帳開始鬧事了！

幼銀聽到她們這麼罵自己娘親，心中有些不忿，剛準備說些什麼就被幼金攔住了。

幼金拉住妹妹的衣袖，使了個眼色，見她蔫蔫地合上嘴不說話，幼金才鬆開她，然後將桶裡剩下的豬食都倒入豬食槽中去，提著空桶回了廚房，又揹上自己平常揹著上山打豬草的背簍出來。「奶、大伯娘，我去打豬草了。」

「唉唷，那就辛苦幼金了！都怪大伯娘不好，偏偏把手扭著了，辛苦妳了啊！」小陳氏笑咪咪地說道，還轉了轉據說扭傷的手脖子，做出一副傷了很重的模樣。

「吃我的用我的，打個豬草能有多辛苦？妳個賠錢貨！」老陳氏不依不饒的聲音從窗後傳出。

幼金眼瞼半垂，讓人猜不出她心中所想，交代了幼銀幾句，獨自一人便往山上去了。

翠峰村背靠翠峰山，村子被從翠峰山上蜿蜒而下的翠峰河一分為二，村子也是因村後的翠峰山而得名。

幼金所在的月家住在翠峰村的河東邊，村子中大部分人家都是住在河東。幼金出了月家，走在村子中，一路跟坐在路邊的村民打招呼。

「幼金，這大中午的，日頭毒得很，妳咋還上山啊？」坐在榕樹下納涼，邊說著閒話邊做針線活的老婦人見了幼金，笑著問道。

「三叔婆，我去打點豬草回來，不然晚上家裡的豬就得挨餓了。」幼金笑咪咪地回答那個問她話的老婦人。

三叔婆瞧著這大日頭，嘆了口氣。月家的情況他們也是知道的，想起月家那個最是無賴潑皮的老陳氏，三叔婆也不好多說什麼，只道：「日頭大，妳注意著些。」

「我知道嘞，三叔婆，那我先走了！」幼金笑著跟她道別，拔腿往山上走去。

如今正是大中午，上山摘野果子的、打豬草的人也少了許多，走到山腳便已經看不到旁人的身影了。

幼金摘了些樹枝，隨手編了個草帽戴在頭上擋日頭，沿著被村民們日久天長地走出來的羊腸小徑，走了約莫兩刻鐘，便走到了翠峰山的深山邊界。

翠峰山主峰約有一千三、四百公尺高，連綿一片的山脈少說有數公里長，山上各種飛禽走獸也是有的。雖然幼金前世是軍人出身，不過自己這年幼且營養不良的身軀，手上連工具都沒有，闖深山老林簡直就是不要命的行為，幼金也沒有這麼傻。不過她今日為了給幾個妹子掏個鳥窩，尋幾個蛋回去補補身子，便冒險到了尋常村民都不敢來的深山邊界。

用力踹斷一根兩指粗細的樹枝，把旁枝末梢都掰乾淨後，幼金將棍子拿在手上充當開路的工具。

如今已經是金秋時節，正是野雞、野兔最肥的時候，套兔子、套野雞這種基本的野外生存技能幼金自然是熟悉的，不過套了野雞、野兔回去也沒法兒處理，再者也怕老陳氏等人搶走了，所以幼金自然不能打獵帶回去，只把目標放在找山雞蛋或鳥蛋上了。

深山邊界處村民來得較少，幼金沒費多少力氣便找到了兩窩鳥蛋還有一窩野雞蛋，加起來已有十七、八個蛋。幼金尋了個開闊的地方，用隨身帶著的火石點了堆火，把剛得的雞蛋、鳥蛋都放進火堆裡烤著，然後趁著烤蛋的時間，就近打滿了一背簍的豬草。

坐在燒得只剩些紅紅木炭的火堆旁邊，幼金拿著棍子在附近的野草灌木中掃來掃去打發時間，卻不經意地看到旁邊的一大片野蒜。

看到這個比較熟悉的物種，幼金便好奇地走了過去，拔了幾根出來細細觀察了一番。確實是野蒜，不過跟後世自己見過的種植的蒜苗比起來，這野蒜苗顯得有些嬌小了。

如今大蒜倒是還未普及，在山間路邊肆意生長著，加上生蒜的味道十分衝人，大家也當是野草罷了。

「野蒜啊……」幼金想起了以前自己曾在一個遠房表叔家跟著表嬸做過的酸蒜苗，沒胃口的時候吃上幾瓣蒜頭，倒是十分清爽開胃。她嘆了口氣道：「可惜我現在吃都吃不飽，哪裡還有肚子去吃酸蒜苗？」便將手中的野蒜苗隨手扔了，不過倒是記住了這個地方。現在用不上，說不定以後用得上呢？

摘了幾張大葉子將烤熟的蛋細細包好，然後壓到背簍最下方去藏著。將蛋藏好後，幼金自己又細細地看了幾圈，覺得沒什麼問題，這才揹著背簍往家裡回。

回到家已是午後時分，如今尚未到搶收的季節，月家人也嫌外頭熱，便都各自在房中歇午覺。幼金悄悄推開院門，發現家中一片寂靜，她鬆了口氣，進來後又將院門關上，再一回頭，便看到小陳氏的三子月文偉瞇著一雙三角眼，正不懷好意地打量著自己。

幼金心中一驚，不過很快就鎮定下來了。「幹麼？」

月文偉瞧著她一副愛答不理的模樣，便哼了一聲。「妳是不是藏吃的了？」他似乎聞到一股雞蛋的味道了，直覺告訴他，一定是這個賤丫頭藏了雞蛋！「識相的就快些把雞蛋拿出來，不然我就去告訴奶妳偷了家裡的雞蛋！」

幼金冷冷地瞇上了雙眼。「你有什麼證據說我偷了家裡的雞蛋？」一邊深呼吸壓抑自己內心想要搧他一巴掌的衝動。

誰料到她這般動作在月文偉眼中就是作賊心虛，於是他便大聲嚷嚷道：「我數三個數，妳要是不把雞蛋拿出來，我就去喊奶了！」

月幼金完全不吃他這一套，任由他狐假虎威。

見她一副死豬不怕開水燙的模樣，月文偉便直接衝進了正房。「奶！月幼金那個賤丫頭偷了妳的雞蛋！」說罷，得意洋洋地看了眼站在院子中間的月幼金，看她還敢不敢這般囂張！

果然，老陳氏一聽到自己的寶貝孫子喊著有人偷她的雞蛋，便騰地一下從炕上爬了起來。「這個賤丫頭，真是越來越膽大了，還敢偷老娘的雞蛋？今天不打死她，老娘就不姓陳！」不一會兒便拿著正房廊下的竹鞭子，氣勢洶洶地出來了。「妳把雞蛋都偷哪兒去了？妳個賠錢貨！有爹生沒娘教的賤丫頭，還敢偷老娘東西了？我今天非打死妳不可！」

「我沒有偷雞蛋。」月幼金直挺挺地站在院子中間，看著老陳氏。「奶的雞蛋都是有定數的，奶自己去數數看有沒有少？或者到西廂房去找找看有沒有雞蛋的影子？」

「妳個賠錢貨，偷了東西還敢嘴硬！老娘今天不打死妳，妳就不知道老娘的厲害！」老陳氏揮著竹鞭朝幼金衝了過去。

幼金自然不會傻站在原地等她來打，在鞭子落到身上的前一秒便靈活地閃過了老陳氏用盡全力的一鞭。

老陳氏沒打到人，自己還差點摔了個狗啃泥，更是氣得火冒三丈。「妳個賤丫頭還敢躲？有本事妳今天就都躲開了！」說罷又揮著竹鞭打了過去。

誰料幼金又是一閃。「我沒有偷東西，為何要挨打？」

如今正是午歇安靜的時候，月家大院這邊這般熱鬧，很快就吸引了左鄰右舍的村民來看。

老陳氏見這個賤丫頭竟然敢在村民面前這般頂撞自己，心中更是氣憤不已。「沒偷東西？文偉都瞧見妳偷雞蛋了，妳還不承認？」

「我沒做過的事，為何要承認？」幼金冷冷地站在一旁看著氣喘吁吁的老陳氏。「難不成奶這是要屈打成招？」幼金自然看到了趴在牆頭看熱鬧的村民，也看到了硬生生攔住幾個妹妹的幼銀，心中鬆了口氣，沒打到幾個妹妹就好。

一個看熱鬧的後生便道：「是啊老嬸子，金子說她沒偷，興許是搞錯了呢？」

老陳氏一雙眼白大大的吊梢眼惡狠狠地瞪著那個嬉皮笑臉的後生。「我們家的事關你這個毛都沒長齊的小子什麼事？」

她這話惹得那光棍性子的後生有些生氣，便笑嘻嘻地說：「老嬸子這話就說差了，妳是偷看過我洗澡還是怎地，還知道我長了幾根毛？」

小後生這話一出，惹得圍觀看熱鬧的村民一陣哄笑。

老陳氏臉上也一陣紅、一陣白，不知道是氣的還是羞的。想到都是因為月幼金這個賠錢貨才害得自己這般被人戲弄，便抓起竹鞭朝站在一旁的幼金打過去。「我讓妳個沒皮沒臉的小賤人偷吃！嘴上長瘡腳底流膿的小不死的！」

幼金雖站在一旁看熱鬧，不過也一直保持著警惕，是以老陳氏的竹鞭還未抽到她身上就又被她靈活地躲過。「我沒有偷東西，奶不信可以進屋翻看有沒有少！」

沒想到她竟這般氣性，老陳氏更加氣憤了，便指揮著站在一旁看熱鬧的小陳氏去搜「贓物」。「老大家的，去把賤丫頭偷的雞蛋給我找出來！」

「好嘞！」小陳氏對落井下石的事情做得很得心應手，聽到婆婆的吩咐便挽起衣袖就往西廂房去了。

幼珠、幼寶本還想伸手攔住大伯母，卻被二姊緊緊攔住，只能看著小陳氏就這麼衝進西廂房翻箱倒櫃地「搜贓」。

「我看妳個賤丫頭這回還有什麼好說的！」老陳氏得意洋洋地看著一臉鎮定的幼金。「等我搜出了雞蛋，就打死妳這個敗壞門風的賠錢貨！」

然而老陳氏注定是要失算了。

進去西廂房翻箱倒櫃地找了一番的小陳氏有些尷尬地出來了，走到老陳氏身邊小聲地回報。「娘，沒找到……」

「不可能！她肯定偷了雞蛋，我都聞到味道了！」原在一旁看戲的月文偉立即跳出來質疑。「不在屋裡肯定就是藏在身上了！奶快去搜她的身！」

原本還有些不甘的老陳氏聽到寶貝金孫這般說，眼神都變了，惡狠狠地盯著幼金。孫子說的有道理，如果不是這賤丫頭把雞蛋藏在身上，怎麼可能這麼痛快地讓她們進去搜房子？於是便死死地盯著幼金，一步步地逼近她。

幼金故作害怕地倒退了幾步，然後有些泫然欲泣地道：「奶這是真把孫女兒當賊了？」

「呸！老娘沒有妳這種做賊敗壞門風的孫女！」老陳氏見她倒退了幾步，心中對孫子所說得話又信了三分。這賤丫頭肯定是把偷來的雞蛋藏在身上了，不然幹麼心虛得退這麼遠？於是更加堅定了搜身的想法。

幼金的眼神又冷了幾分，說得還真是冠冕堂皇啊！

見她這般步步逼近幼金，院外看熱鬧的一個乾瘦婦人便笑著打圓場。「哎呀老嬸子，孩子吃個雞蛋也沒啥的，都是自家養的雞下的蛋，孩子拿了就拿了！您老大人有大量，跟自己家的孫女計較這麼細做啥呢？」看向幼金的眼神滿是憐憫。「再說了，幼金平時這般聽話能幹，咱們大家也是知道的，不會偷家裡的雞蛋吧？」

幼金看了眼為自己說話的嬸子，原來是月家大院對門的馬家嬸子。

「我呸！妳個站著說話不腰疼的壞婆娘，敢情偷的不是妳家的雞蛋！我家的事輪得著妳在這兒指指點點的？趕緊滾回妳家的破爛房子去！」老陳氏死死地瞪了眼馬嬸子，呸了一口。

被她這般劈頭蓋臉地罵了一頓，馬嬸子不高興地撇了撇嘴，低聲罵了句「妳個老不修」，不過也不再說什麼了。

老陳氏冷眼看了牆頭上看熱鬧的村民，見沒有人再敢說什麼，便伸手抓住幼金，先是用力地拍了她幾巴掌，再惡狠狠地罵道：「妳倒是再跑啊妳個賠錢貨！」

幼金緊咬牙關挨了她幾巴掌，也知道今天不給她搜身，事情是過不去了，不過正好乘機幫自己多爭取一些同情，便哭著嗓子說道：「孫女真的沒有偷雞蛋！奶實在不信便搜吧！」

「哼！」見她這般矯情，老陳氏更是手下不留情，三下五除二便把幼金破舊的外裳給扒了，只剩下洗得發白、補了好些個補丁的長袖中衣中褲。背簍被掀翻在地，裝滿一筐的豬草也抖落得滿地都是。

聽聞著外頭的吵鬧聲而從炕上爬起來的蘇氏，扶著門看到自己的女兒被扒了衣裳這般羞辱，頓時淚如雨下，跌跌撞撞地跑到幼金身前擋住眾人的目光，又拾起地上的衣裳手忙腳亂地給她套上。「娘啊！有什麼您就衝著我來，幼金已經十一歲了，您這般對她，她將來的名聲可還怎麼辦啊？」這還是蘇氏第一次這般「強硬」地對上婆母，不過她也顧不上害怕不害怕了，一心為了女兒的名聲，就是拚死也要攔住婆母。

老陳氏沒有在幼金身上搜到雞蛋，正當不高興，蘇氏卻在這個時候撞上了槍口。「妳這個只會下孬蛋的，還有臉在這兒教訓我？自己是個沒用的，生下的壞根就知道偷東西敗壞我月家門風！」說罷，用力地甩了一巴掌到蘇氏臉上。

幼金眼疾手快地扶住了差點被老陳氏一巴掌掀翻摔跤的蘇氏，瞧著蘇氏枯黃的臉上已經浮現出一個紅腫的巴掌印，她臉色又難看了三分，攔在蘇氏身前道：「阿奶已經搜了西廂房，又搜了我身上，並沒有看到雞蛋。說我偷蛋總要有證據才是，這般沒證據地指控我是偷兒，我今日就是一頭撞死在這兒也不認這個罪名！」

見她這般斬釘截鐵地說要一頭撞死在這兒也不認罪，圍觀的村民倒是對月家二房的這個丫頭有些刮目相看了，沒想到是這般有氣性的！

便有幾個婦人又幫著幼金說話。「老孀子，妳這找也找了、罵也罵了，既然沒找到雞蛋，這事就這般算了得了唄！」

老陳氏白了眼那些幫著賠錢貨說話的人。「搜了她沒找到，不還有六個賠錢貨嗎？我就不信了！敢偷老娘的雞蛋！」這便是認定二房幾個姊妹偷蛋了！

縱是圍觀的村民也被老陳氏這般無賴的言論給震驚了，搜了房子、搜了身都沒找到，還硬是要栽贓？

「既然奶認定了我們姊妹偷東西，那便煩勞林三叔幫我們去請里正伯伯來，若里正伯伯說是我們姊妹的過錯，我認打認罰，絕無怨言！」

「好嘞，金子妳等著，三叔馬上就去！」林三叔正是方才那個與老陳氏拌嘴的小後生，應了幼金的話後，一溜煙就跑沒影了。

老陳氏忙想攔住，哪裡還能由她？

場面就這麼尷尬地冷了下來，幼金緊緊地護住幾個妹妹，老陳氏倒是有些下不來臺了。

過了一會兒，正房屋內傳出一個蒼老威嚴的男聲——

「大中午的鬧什麼鬧？」話音剛落，一個穿著洗得有些發白的細棉衣裳的乾瘦長臉老漢，從正房走了出來。「也不嫌丟人！」瞪了眼站在西廂房門口的幼金幾姊妹。

老陳氏見自家老頭子出來，便覺得有人給她撐腰了，忙一手插腰，一手指著幼金道：「這個沒皮沒臉的賠錢貨偷了家裡的雞蛋，還不承認！」

看著月大富一副主持大局的模樣，幼金心中有些發笑。何必裝作一副大公無私的模樣？半個村子的人都在院牆外趴著看熱鬧了，他這個就在屋裡的人會沒聽到？不過是看著老陳氏被自己反擊得下不了臺，逼不得已才出來罷了！

幼金倒是真把月大富的心思猜了個透。

自家打孩子倒沒什麼，這招得里正都來了可就過火了。月大富走到老陳氏身旁，冷冷地看著幼金。「還不給妳奶認錯？」

「不知孫女錯在何處？」自己平時多吃些苦倒沒什麼，但幼金來了這個時空也有十一年了，自然知道名聲對女性的重要，今兒就是為了幾個妹妹，她也不能背上偷兒的名聲！

沒想到她今兒個竟這般有氣性，連自己都敢頂撞！在月家數十年如一日的至高無上、說一不二的月老爺子心中對幼金的三分不喜頓時變成了十分。「一點家教、一點孝心都沒有，還敢跟長輩頂嘴，也不知道是誰教出來的這般不記恩的人！」

這便是要給幼金扣上不孝的大帽子了！要麼就是她認了偷兒的罪名，要麼就是她背下不孝長輩的大過！

月大富這招算是十分漂亮，不過幼金卻沒有接他的招。

第二章

林三叔的腳程倒是快，正當院子裡僵持不下之時，他便已經帶著里正來到月家門外了。「月大叔，里正來了，快開門呀！」

見里正來了，村民們更是看戲看得津津有味！這回月家要怎麼收場呢？

聽到外頭的聲響，離院門比較近的幼金便一個箭步衝到門邊拉下門閂，打開了院門讓里正等人進來。

里正也是月氏家族的人，名叫月德富。來的路上他已聽了林家的小後生大概說了一番情況，此時看到院內月家二房的蘇氏跟幾個孩子畏畏縮縮地縮在角落那兒，而月大富夫婦還有長房的幾個則有些耀武揚威的模樣站在一旁。

月家的情況月德富也是知道的，二房多年無子，在月家可以說是一點地位都沒有，七個閨女個個面黃肌瘦的，跟長房那幾個穿得乾淨體面、長得白白嫩嫩的模樣簡直天差地別，大富叔夫妻倆這是偏心太過了些啊！

看著二房幾個小閨女淚眼汪汪的模樣，月德富不忍地別過眼，看向月大富。「大富叔這是跟幾個孩子做啥呢？都是做長輩的，小孩子家家的說幾句就算了，這要是把孩子打壞了可怎麼好？」暗示月大富見好就收，不過一、兩個雞蛋的事，他們家有三十餘畝良田，還缺這點子東西不成？

老陳氏可不這麼想，在月大富開口前便跟炮仗一般炸了。「什麼就算了？現在就敢偷家裡的雞蛋，明日不得偷銀子去了？我今兒個就是打死她也不為過！」

淡淡地看了眼撒潑跋扈的老陳氏，月德富心中更是不喜。所謂娶妻娶賢，這月家娶了老陳氏回來，真是娶妻不賢，禍害三代啊！

「我沒有偷雞蛋，請里正伯伯為我作證。」回到幾個妹妹身旁的月幼金十分堅定有力地說了一句。「奶已經搜過我們房了，我身上也搜過了，現在就差我幾個妹妹了，請里正伯伯找幾個嬸子幫著搜搜。我們沒偷過雞蛋，不是偷兒。」

「我們沒偷奶的雞蛋……」幼銀幾姊妹也跟在幼金後邊小聲地喊道。

蘇氏抹了抹眼角的淚花。「爹、娘，要不今兒的事就算了吧？幼金幾個孩子是您二老從小看著長大的，連針頭線腦都不曾偷過家裡的，她們怎麼敢偷家裡的雞蛋呀！」

看幾個孩子個個哭得淚眼汪汪的，月德富心下不忍，嘆口氣道：「大富叔，不過幾個雞蛋罷了，許是耗子搬走了也說不準。要不給我個面子，這事就這麼算了？」

見他幫著那幾個賠錢貨說話，老陳氏的面色有些難看，不過月德富畢竟是里正，也是村子裡為數不多的童生，因此她也只能閉著嘴不說話，但心中卻沒想這麼高拿輕放地饒過這幾個賠錢貨！

把眾人心思各異的表情看在眼裡，月幼金心中冷笑數聲。老陳氏可是翠峰村有名的潑婦，雖然圍觀的村民大都是站在自己這邊的，但也不能讓此事就這麼含糊過去了！她怯怯地道：「里正伯伯，阿奶都還沒數過家裡的雞蛋呢，我方才從山上打了豬草回來便說我偷了雞蛋，要不叫阿奶把雞蛋拿出來數數？」

聽到幼金這麼說，月德富便拍了拍手，笑說：「正是呢！老嬸子數數看，許是記錯了也說不準？」

圍觀的村民聽到幼金說老陳氏連家裡的雞蛋都還沒數就說孩子偷雞蛋，不禁個個掩嘴竊笑，交頭接耳地竊竊私語。

林三叔更是笑出了聲音。「看來老嬸子真是長了千里眼、順風耳呀！雞蛋都沒數過就知道被偷了，厲害啊！」

老陳氏被他這般明目張膽地嘲笑了一番，臉上青一陣、白一陣的，十分難看，不過她對自己寶貝金孫的話卻是深信不疑。「文偉都瞧見她偷雞蛋吃了！還能有錯不成？」

原站在小陳氏身邊看熱鬧的月文偉毫無準備地被點名了，發現眾人的目光都轉移到自己身上，倒是搞得他有些慌亂，但還是故作囂張地說：「這個賤丫頭肯定偷了雞蛋，我都聞到她身上有雞蛋的味道了！」

轟地一下，圍觀的村民都笑了。

馬家嬸子更是插著腰嘲笑道：「難道你小子長了狗鼻子不成？還聞到雞蛋味兒了？既然你都這麼說了，趕緊叫你奶把雞蛋拿出來數數看才是啊！」頓了頓，然後意有所指地道：「雞蛋要是真不見了，還指不定是誰偷的呢！」

她這話一出，小陳氏的臉色倒是有些難看了。平日裡，她私底下沒少拿家裡的雞蛋給四個孩子補補，不過婆婆也是睜隻眼閉隻眼的。想到這兒她便覺得理直氣壯了，挺了挺胸脯，仰了仰下巴，然後側眼白了眼指桑罵槐的馬家婆娘。

老陳氏已經被架到高處下不來了，只能硬著頭皮應道：「拿就拿！我的雞蛋要是少一個，我就打死這幾個賤丫頭！」說罷，扭著腰轉身回倉房拿雞蛋去了。家裡所有吃的糧食都是鎖在正房邊上的倉房裡頭，鑰匙只有老陳氏一個人有。

不過片刻，老陳氏便提著裝滿雞蛋的籃子回來了，這可都是她辛辛苦苦攢下來要留著給在縣裡讀書的兩個孫子補身子的。

提著雞蛋回到人前時，老陳氏的臉色已經有些難看，她方才在路上大概看了眼，雞蛋好像並沒有少，不過事到如今已不是她說事了就能了的。

月德富見她的臉色有些難看，便笑著問道：「老嬸子可是數過了雞蛋？雞蛋可是少了？」看著老陳氏一臉心虛的樣子，他心中也有了大概的判斷，怕是幾個丫頭都被冤枉了。

月德富能發現老陳氏的不對勁，旁人自然也能發現。

月大富立即便直接出聲喝了幾句。「還不趕緊把雞蛋拿回去？越老越不會當家了！自家有幾個雞蛋自己不知道？」出言讓老陳氏脫離了眾人的視線，然後對著月德富笑道：「今日之事不過是鬧了些小誤會，孩子們還小，鬧了笑話還煩勞賢姪跑這一趟，讓你見笑了。」月大富在外頭闖蕩多年，見風使舵的眼色自然也是有的。

他已經轉了話風，月德富也不好再插手別人的家務事，便道：「都是自家的兒孫，小姪相信大富叔肯定是一視同仁的，誤會說清了就好了。」說罷，拱了拱手便離開了月家大院。

見里正不再插手，月大富便使了個眼色給小陳氏。

小陳氏接到公公的眼色，趕忙去把院門關上，又揮了揮手趕走趴在牆頭看熱鬧的村民。「去去去！有啥好看的？又不是耍猴戲！」

村民們見沒了熱鬧可看，又見小陳氏這般說，討了個沒趣，三三兩兩地散了，不過片刻便只剩下月家眾人在大院中僵持著。

月大富不以為意地瞥了眼坐在地上、渾身滾得跟泥猴一般的二房的幾個孫女，心中十分不喜，淡淡道：「該幹啥幹啥去，別在這兒杵著了。」然後轉身回了正房。

小陳氏見公公和婆婆都走了，便也帶著憤憤不平的月文偉回東廂房上房去了。

大房與三房是住在寬敞舒適的東廂房上下兩房，只有二房帶著七個女兒住在又小又暗、冬冷夏熱的西廂房。

見所有人都走了，幼金也深深地鬆了口氣，用力地扶起坐在地上的蘇氏。「娘，地上涼，您帶幾個妹妹回房裡坐著吧，我把豬草收拾好了再回去。」然後擦了擦小六哭得有些花的小臉。「小六聽話，跟娘回房去。」

小六剛才被嚇得不輕，還有些抽泣地牽著蘇氏的手回了西廂房。

幼珠也帶著幼綾、幼羅，跟在蘇氏身後回了房。

幼銀幫著幼金把散落在院中的豬草收拾好，姊妹倆才一起回去。

小陳氏打發月文偉在東廂房待著，自己則又出了東廂房的門，往正房去。「娘啊，您瞧著今日二房那幾個賠錢貨，都是故意來氣您的！尤其是月幼金那個賤丫頭，要不是她，林家三郎怎麼會去請了里正來？娘怎麼會被氣得下不來臺？要我說，月幼金那個賠錢貨現在是越大越反骨了！今日敢叫人請了里正來，明日還不得上衙門告官去？」

原就被氣得在炕上躺著的老陳氏，聽完小陳氏的話後，倏地拍了拍手，從炕上坐了起來，有些凹陷下去的眼窩都瞪鼓了起來。「那個賠錢貨她敢？」

小陳氏想到剛剛月幼金那陰惻惻的笑，心中一個激靈。「娘啊，您是沒瞧見方才她看咱們的眼神，簡直恨不得要把我們都吃了！哪有啥是她不敢做的？您不就說她偷了個雞蛋罷了，還鬧得這般大動靜！幼婷今年已經十四了，到了要說親的年紀了呀娘！這要是傳出去，說咱們月家的閨女不孝不悌，那以後還怎麼說親啊？」

老陳氏向來偏心大房跟三房，雖然她心裡覺得幼婷、幼荷兩個孫女兒也是賠錢貨，不過因著她喜歡老大和老三多一些，加上兩個孫女兒從小吃得比二房的好些，長得也好許多，雖然還未及笄，不過已出落得比一般農家丫頭好，因此老陳氏對這兩個孫女兒也是懷了嫁到鎮上好人家的期望，對她們也就多了幾分好臉色，是以小陳氏一提到會影響孫女兒說親，老陳氏果然被觸到逆鱗了。「真真是災星禍星投胎的賠錢貨！禍害老二就算了，現在是連老大和老三家也要一起禍害了不成？」氣得坐在炕上用力地捶著棉被，彷彿此刻要是二房的幾個賠錢貨在，她都恨不得弄死她們以洩心頭之憤。

見老陳氏這般氣憤，小陳氏便給她出主意。「娘不如等今晚老二回來……」

聽完小陳氏的話，老陳氏臉上的不豫也變成了志得意滿的微笑。「不錯，老二最是孝順，我要是被氣病了，他自然不會不管不顧的！就照妳說的那麼辦！」

婆媳兩人竊竊私語地商量著如何收拾二房的賠錢貨，越說越開心，一旁半躺在炕上的月大富則半垂著眼簾，不言不語，彷彿睡著了，沒有聽見兩人的對話一般，只是那一絲不以為意的撇嘴卻暴露了一切。二房那幾個不懂事的，是該管教管教了。

躲在西廂房裡的孩子們並不知道厄運已經悄悄來臨，個個歡喜地看著姊姊從對著屋外頭的窗戶中悄悄遞進來一包用大片葉子包著的東西。

等幼銀接過幼金遞進來的蛋後，幼金才又繞回院子正門，光明正大地從外頭回了西廂房。

幾個妹妹早就兩眼巴巴地盯著擺在炕桌上的綠色葉子，一聽見推門聲便齊刷刷地看向走進來的幼金。「姊姊！」

幼金也上了炕，在六個妹妹期待的眼神下小心地打開捆著葉子的草繩。幸好自己方才先把雞蛋藏在了西廂房外頭的灌木叢底下才回來的，不然要是被老陳氏那個老虔婆找到，雞蛋吃不到還是小事，再被打一頓可就虧了。

蘇氏也坐在一旁，看著女兒打開的葉子裡頭竟有八個雞蛋，還有十來個鳥蛋，不禁有些擔憂地問：「金兒妳是進了深山不成？怎地找到這般多雞蛋？」山腳下每日人來人往的，哪裡還會有這麼多雞蛋？女兒肯定是進深山了！幼金平日裡會上山找些雞蛋、獵物給幾個妹妹補身子的事蘇氏也是知道的，她也曉得自己生的幾個孩子在月家過的是什麼日子，加上自己的相公不喜幾個女兒，所以便也幫著幼金幾人瞞著月長祿了。

「沒呢，只是到了深山邊上，不曾進去。」幼金給每個妹妹都分了一個雞蛋、一個鳥蛋，又給蘇氏分了一個雞蛋及兩個鳥蛋，笑咪咪地應道。「娘快吃，現在還有些溫熱。」

見姊姊說可以吃了，幾姊妹便拿著雞蛋在桌上敲開一道裂縫，將剝下的蛋殼都放入原先包裹雞蛋的葉子中，一會兒吃完雞蛋，幼金還要把雞蛋殼偷偷帶出去扔掉的。

已經好了許多的小九小口地吃著香噴噴的野雞蛋。「真好吃！」不過一個雞蛋也就那麼大，不一會兒便吃完了。小九咂吧咂吧嘴，看著幾個姊姊個個吃得噴香，感覺自己的口水又流了下來，好想再吃一個啊！

蘇氏也瞧見小九發饞的模樣，便想將手中還剩一半的雞蛋塞到小九手裡，還未塞過去就被幼金攔住了。

「娘如今懷著身子，更應該多補補，我這份給小九便是了。」說罷把自己手裡還剩一大半的雞蛋全塞到小九手裡。「吃吧！」

「謝謝三姊！」小九喜孜孜地捧著雞蛋吃了起來，還邊自言自語地說道：「要是天天都能有雞蛋吃，那該多好呀！」

聽到小九這般童言無忌的渴望，蘇氏臉上的笑意漸漸黯淡了下來，嘆了口氣。「都怪為娘不爭氣，生不了兒子，才害得妳們跟著我一起吃苦。」

見蘇氏這般自責，幼金將手中剩下的鳥蛋都塞進嘴裡吃完。「不怪娘，小九要是想吃雞蛋，我以後勤些找，肯定能找到的。」又轉頭壓低聲音跟小九說：「不過小九要記得，不能告訴別人自己吃過雞蛋，連爹也不能說喔，不然以後就沒有雞蛋吃了！」

聽到姊姊這麼說，小九認真用力地點點頭。「嗯！我誰也不說！」幾個妹妹從第一回吃到幼金帶回來的烤雞蛋開始，就一直被教育不能告訴別人自己偷偷有東西吃的事情，畢竟姊姊說被別人知道了就沒有雞蛋跟雞腿吃了，所以幾姊妹個個都死咬牙關，誰也不說。

見幾個女兒對丈夫跟公公婆婆的防範心這般重，蘇氏不禁有些擔憂，怎麼說也是一家人，長此以往，幾個女兒都跟家裡頭不親近了可怎麼是好？

蘇氏擔憂的模樣也落到幼金的眼中了，嘆道：「娘，不是女兒不孝順，但您看咱們幾個，小七身上穿的衣裳還是我以前穿的，我又是撿了大姊不要的，縫縫補補穿了多少年了？您再看看大伯和三叔家的孩子，哪個身上衣裳有補丁的？」幼金口中的大姊便是大房的幼婷，如今幼婷穿的可都是細棉衣裳了，不像他們二房家，還穿著破破舊舊的粗棉衣裳。

其實蘇氏哪裡不知道公婆偏心？只不過她自小性格柔順，嫁入月家十餘年也一直是謹守孝道，面對偏心的公婆、咄咄逼人的兄嫂、時不時就動手打她的丈夫，她一個無依無靠的婦道人家又能怎麼辦呢？

想到家中這些鬧心的事，蘇氏有些食不下嚥，便將未吃完的兩個鳥蛋放回桌上。「給小七、小八吃吧。」

小七、小八雖然才六歲和四歲，不過也十分懂事，齊齊搖頭。「給娘吃，娘肚子裡還有小弟弟，要多吃！」

見兩個女兒這般懂事，蘇氏心中寬慰不少，笑著摸了摸兩個閨女的頭，在女兒們的催促下才慢慢將剩下的蛋都吃了。

等大家都吃完了，幼金才將蛋殼攏齊，又用那根草繩把葉子裹緊，從窗口那兒先把雞蛋殼扔了出去，再大搖大擺地從正門出了家門。

趁著沒人注意，幼金便將雞蛋殼連著葉子一起扔進了翠峰河裡去，看著蛋殼隨水漂流至消失不見，幼金才拍了拍手往家去。在村人面前坑了老陳氏一把，還保住了雞蛋，幼金此刻心情可以說是非常好，哼著不著調的小曲，蹦蹦跳跳地回家去了。

然而，幼金的好心情卻沒能過夜。

晚飯時，一向牢牢抓住分飯大權的老陳氏居然缺席了，連晚飯都沒吃就躺在床上哼哼唧唧的，嘴裡還念叨著。「敗家玩意兒的賠錢貨……真真是我們老月家的災星禍星！」

每日在鎮上做事的兩兄弟不明就裡，吃完飯聽說老娘病了，便都到正房去瞧老陳氏了。月長祿聽著自己老娘嘴裡罵著「賠錢貨」什麼的，心中已猜出了幾分，直直坐在炕邊的長條凳子上，臉上的表情十分難看。

「娘啊！您是哪裡不舒服，跟兒子們說啊！兒子好去請郎中啊！」坐在炕邊的老大月長福聲音中滿是焦急，一副恨不得病倒的是他自己的模樣。

月長祿聽大哥這般說，騰地一下站了起來。「我去請馬大夫來！」

見火候差不多了，老陳氏忙給站在一旁的小陳氏使眼色。

小陳氏心領神會，趕忙攔住了月長祿。「二弟你先等等，其實娘不是病的，是被你家幼金給氣的！」

見兩人都看了過來，小陳氏便添油加醋地把今日之事告訴兩人。「娘今日晃了眼，把雞蛋數錯了，便問了幼金是不是拿了雞蛋？原也不是什麼大事，不過幼金這孩子氣性大，竟然叫人去請了里正過來，還頂撞了娘，娘這是被氣的！」

聽完小陳氏的話，月長祿的臉已經黑得跟要滴墨汁一般了。「我這就去把那個賠錢貨帶過來給娘賠禮道歉！」說罷便氣沖沖地甩了簾子出去，往西廂房去了。

給幾個妹妹剛洗完腳，幼金帶著她們在炕上說話，卻被一腳踹開房門的月長祿打破了滿室溫馨。

「妳這個賠錢貨！吃我月家的、穿我月家的，還敢把妳奶給氣病了！」怒目圓睜的月長祿直接一巴掌就把幼金的頭都給打歪了。「老子今天非打死妳不可！」

方才吃晚飯時分，幼金便覺得有些不對勁，沒承想老陳氏還留了後手，讓月長祿來對付自己，真的可以說是用心良苦了！被月長祿一巴掌打歪的臉微微轉過來，乾瘦的小臉上已經浮現出一個又紅又腫的巴掌印，幼金用舌頭頂了頂被打的一側臉頰，便知道這沒個三、五日是消不了腫了。安撫了幾個妹妹一句後，下炕穿鞋。「爹要打要罵到外頭去，別嚇著娘和幾個妹妹。」說罷便挺著腰桿往外頭走去。

月長祿看她竟這般不緊不慢，心中的不悅更是到了極點，一出西廂房門便一腳踹到了幼金身上。「我讓妳個賤丫頭，偷家裡雞蛋還敢叫里正！」

幼金被踹倒在地後迅速反應過來，即便月長祿的動作還未停，幼金卻閃過了好幾下重重的攻擊，雖然被打了幾下，不過也避免了內臟的地方被攻擊，肉痛個兩、三天也還好。

聽到外頭的動靜，蘇氏趕忙從房裡出來，趁著月長祿停手之際，直接攔在了幼金前頭。「當家的，你要打就打我吧，幼金還小啊！」

幼金見蘇氏不顧已經快五個月的肚子也要護著自己，心中微微發熱。蘇氏雖然軟弱，不過她是真心疼愛自己還有幾個妹妹的，就憑著這一點，自己也要護好她們才是。

見她攔著自己，月長祿沒好氣地「呸」了一口。「不要以為妳大著個肚子老子就怕了妳！妳要是再不給老子生個兒子出來，看老子不打死妳！」說罷，氣沖沖地往正房去了，只留下淚流滿面的蘇氏與滿身灰塵的幼金。

見她掩面痛哭，幼金只淡淡地說了句。「光是哭有什麼用呢？難道娘真的想這樣過一輩子嗎？」然後用力地扶起蘇氏，往房裡回。

這話幼金已經不是第一次跟蘇氏說了，從蘇氏生下雙胞胎、還未出月子就被月長祿打了第一回以後，那時才三歲的幼金在四下無人的時候竟跟她這般說，還把她嚇了一大跳。

「不這樣還能怎麼辦呢……」幽幽地嘆了口氣，蘇氏悲慟道。是啊，她一個娘家不管、婆家不愛，身子還那般差的女人，離了月家，又能去哪兒呢？在月家受苦受罪是一回事，起碼能讓幾個女兒好好長大不是？

因著月文偉一句話引起的雞蛋風波，最後便在老陳氏裝病讓幼金被打一頓後翻篇了。

九月初二是老陳氏的壽辰，在縣城開了個小雜貨鋪的老三前幾天就託人帶了口信說要回來給老太太做壽。自從得了這個口信，老陳氏臉上的笑容就沒斷過，果然還是三兒最心疼她這個老母親！所謂「皇帝愛長子，百姓愛么兒」，老陳氏雖然也心疼大房的兩個孫子，不過她心裡最喜歡的還是月長壽。

九月初一這日午後，一輛青布騾車進村後穩穩地停在了月家大門口。

三房的小兒子今年不過四歲，下了騾車便跑到月家大院門前「砰砰」地敲門。「阿爺、阿奶，五郎回來了，快開門呀！」

跟在五郎月文玉身後下車的，是穿著細棉料子書生袍的月家大郎月文濤與月家二郎月文禮。

月長壽跟駕車的車夫結清了租車的銀子，又跟他約好後日一早來接他們回縣城，才提著大包小包往月家大門去。眾人在門口站了不過一會兒，聽到動靜的老陳氏便趕來開門了。

「三兒！」看到自己的小兒子回來，老陳氏高興得眼眶都紅了。

月長壽笑著應道：「娘，兒子回來給您拜壽了！祝您福如東海，壽比南山！」月長壽娶的韓氏，家中是在縣城開雜貨鋪的，不過韓家只有她一個女兒，韓家為了女兒日子好過，便把鋪子都交給了月長壽打理，月長壽也是個頭腦靈活、能說會道的，三房一家的日子雖然不算大富大貴，也還過得去。

「真是的，回來就回來，還帶這麼些東西做啥？放鋪子裡賣能賣不少錢吧？」看著月長壽跟韓氏兩人手裡都提著大包小包，老陳氏臉上的笑容更是藏都藏不住。

韓氏笑盈盈地應道：「孝順給爹娘的東西，花再多錢也是值當的。」

看著兒子跟孫子們個個臉上喜氣洋洋的模樣，老陳氏歡喜得不得了，直到月大富出來喝道——

「老婆子是歡喜瘋了？還不叫孩子們進屋歇著！」

聽自家老頭這般說，老陳氏才回過神來。「娘這是歡喜過了頭，都忘了三兒你們坐了半日車才回到家！快快，到正房坐著跟娘好好說說話！」

一行人這才歡歡喜喜地回了正房。

小陳氏也聽到動靜，便帶著文偉一起到正房來熱鬧了。

韓氏因著家中境況不錯，在縣城也是她當家作主的，因而給每個孩子都準備了些小禮物，又給幼婷準備了一疋縣城裡時興的料子。

幼婷還有一年便及笄了，正是最愛美的年紀，得了這般好的料子，心中歡喜得不得了。「多謝三嬸！」

倒是老陳氏心中有些不高興。「不過是個丫頭，妳拿這般好的料子給她做啥？留著賣多好！」

聽到她這般說，幼婷心中的雀躍便冷了三分，嘴角的笑容也淡了不少。

韓氏見狀忙道：「幼婷大了，到了說親的年紀，做身漂亮的衣裳是應當的！」

見韓氏這般說，老陳氏便不再說什麼了。「既然是妳三嬸好心給妳準備的，妳便留著吧。」

聽她這麼說，幼婷才歡歡喜喜地收下料子。

給小陳氏準備的禮物則更加貴重些，是一對精緻的銀丁香，小陳氏歡歡喜喜地收下了。要知道，一對銀丁香可是值不少錢呢！這老三家的還不算太忘本，還知道孝敬家裡人。

給眾人發完禮物，最後才是給老陳氏準備的壽禮。

月長壽自盒子裡取出一個分量不輕的銀鐲子，捧到老陳氏面前。「娘，今年是您的五十大壽，兒子特意為您準備了壽禮，希望您不要嫌棄。」大豐朝歷來有過壽的風俗，在父母五十大壽之時，子女多要送些金銀以表孝心，不過一般鄉村人家，頂多也就是送個鍍銀的小鐲子罷了，像月長壽這般送純銀大鐲子的確實是少有。

老陳氏兩眼都笑出眼淚來了。「你這孩子！這鐲子得值不老少銀子吧？都是成家立業的人了，怎地還這般拋費？」雖然嘴上是怪著月長壽，不過她心裡早就歡喜得不知所以，果然最可心的還是小兒子，確實比兩個大兒子都孝順！

韓氏笑著接過月長壽手中的鐲子戴在老陳氏右手的手腕上，然後笑道：「今年可是娘的五十大壽，孝敬娘也是應當的。兒媳瞧著這鐲子襯著娘，倒是十分好看呢！」

一家十數口人在正房裡其樂融融、父慈子孝，十分溫馨。

送完了所有人，韓氏才發現給二房準備的東西都還沒送出去，便笑著問了一嘴。「娘，怎地幼金幾姊妹都沒過來？這回還帶了好些幼荷穿舊了的衣裳，想著二房閨女多，看她們用不用得上呢？」

一說到二房的那幾個賠錢貨，老陳氏滿是笑意的老黃瓜臉頓時變得有些僵硬，笑也淡了幾分。「那些個賠錢貨，哪裡用得上幼荷穿過的衣裳？給她們也是浪費了，倒不如給幼婷穿。」雖然月幼婷也是個賠錢貨，不過跟二房那幾個比起來，老陳氏可以說是十分疼愛月幼婷了。

一聽說自己還可以有新衣服穿，月幼婷趁人不注意時悄悄瞧了眼幼荷如今身上穿的衣裳，上頭還繡著好看的粉蝶戲花紋樣。雖然是幼荷穿舊的，她心裡還是有些雀躍。

「都是幼荷早些年穿舊的衣裳，如今身量大，穿不上了。幼婷還比幼荷高了半個頭，更是穿不了呢！」韓氏笑咪咪地拒絕了老陳氏。「幼婷如今也十四了，要穿也該是拿好料子做了穿才是。」

老陳氏瞧著韓氏笑盈盈的模樣，心中掠過一絲不喜。要不是當年韓氏的父親與自家老頭子認識，老陳氏也不會讓三兒子娶了這個城裡的媳婦，搞得現在三兒子住得離自己遠遠的，雖說不是倒插門，但也是住在岳丈家中了。這韓氏更是討人嫌，明知她不喜二房那些賠錢貨，還上趕著給她們送這送那的！

月長壽對二哥一家雖然沒有多大感情，不過自家媳婦說要送，便也就由著她送了。「娘，不過就幾件舊衣裳罷了。我上回瞧著幼金幾姊妹還穿著補丁摞補丁的衣裳，咱們這樣的人家，穿那樣出去也著實是難看了些。幼荷的舊衣裳雖說是舊的，不過也比她們如今穿的好些。」又壓低了聲音附到老陳氏耳邊悄悄說了一句。「就怕外頭那些人見二哥家的孩子穿得破舊，要說娘偏心呢！」

老陳氏一聽兒子這般說，立即炸了毛。「那起子小人傳閒話，還敢掰扯到我頭上來了?!」不過老陳氏歷來愛面子，便側著眼對韓氏說道：「既如此，妳便送去西廂房吧，省得人家在背後嚼舌根！」

韓氏得了她的首肯，自然不理會她的陰陽怪氣。

在床上躺著保胎的蘇氏聽到幼寶進來說「三嬸回來了」，忙坐起身來。「弟妹回來了！」

瞧著站了一地、個個面黃肌瘦的小蘿蔔頭，身上還都穿得破破爛爛的，再看著半躺在床上，除了凸起的肚子，整個人都瘦得十分厲害的蘇氏，韓氏心中閃過一絲不忍。

「嫂子快快躺下才是！」

蘇氏靠在硬邦邦的枕頭上，蠟黃的臉上掛著一絲親熱的笑。如果說在月家中還能與自己說上幾句話的人，便只有一年回來幾次的韓氏了。「這大老遠的回來也不去歇息，要是娘知道妳過來，肯定又要說妳了。」老陳氏不喜韓氏與自己來往，蘇氏也是知道的。

「不妨事的，我來之前跟娘說過了的。」坐在幼珠、幼寶兩姊妹搬過來的凳子上，韓氏笑吟吟地從大包袱裡掏出一大包飴糖。「幼珠、幼寶真懂事，快拿些飴糖去和妹妹們吃了，嬸娘跟妳們娘說會子話。」

兩姊妹看了眼蘇氏，見她微微點頭，才接下韓氏手中的飴糖。「謝謝三嬸。」然後邁著小小的步子，帶著幾個妹妹回到她們平時睡覺的炕上去分飴糖吃了。

韓氏看著不過兩歲出頭也十分乖巧的小九，微微嘆了口氣道：「嫂子這幾個閨女都教得十分有規矩呢。」

「哪裡是我教的？我這身子骨常年不見好，她們姊妹的事都是幼金帶著幼銀教的。」蘇氏笑著解釋。

「幼金這孩子從小便十分懂事，比我家幼荷還小了將近三歲，瞧著倒是比幼荷還穩重許多。」說起二房的長女幼金，韓氏也是十分心疼，那孩子今年都十一歲了，瞧著身板還跟六、七歲的孩童一般，幼荷十一歲時都開始抽條了呢！越想心中就對二房的幾個孩子越憐惜，韓氏趕忙回神，將方才提來的包袱打開。「這是上回家裡收拾出來的一些舊衣裳，都是幼荷打小穿的，雖然是舊了些，不過也將就還能穿。」拿起一件有些褪色的衣裳說：「這給幼珠穿肯定合適，我這回帶了有七、八套呢，幾個孩子一人一套，嫂子千萬別嫌棄才是。」

接過韓氏遞過來的細棉料子衣裳，細細撫摸著衣裳上的繡紋，蘇氏的眼眶微微發熱。「這般好的料子，弟妹還是留著吧！」

韓氏心想她該是怕婆母知道了生氣，便笑著說：「方才問過娘了，娘說給幾個孩子穿正好。幼荷如今也漸漸大了，家裡又沒有別的小姑娘，還是給幼金幾姊妹穿著好。」

見韓氏這般說，蘇氏忙用袖子拭了拭眼角。「弟妹有心了。」

蘇氏撐著精神頭與韓氏說了好一會子話，韓氏見她確實是累了，便不再多留。「嫂子還是要保重身子才是，哪怕是為了幾個女兒。」語重心長地說了一番，韓氏才空著手出了西廂房，往自家住的東廂房下房回去。

小心翼翼地坐在房裡的椅子上，月幼荷見娘親回來了，忙站了起來挽著娘親的胳膊。「娘可算是回來了！弟弟們跟著大房的幾個哥哥出去玩了，就剩我自己在房裡，可是無聊死人了！」

韓氏拉著女兒坐到炕上，倒了碗水，笑著問道：「方才幼婷不是來跟妳說話來著？怎地這會子就不在了？」

聽娘親提起月幼婷，幼荷便噘起了粉嫩嫩的小嘴。「娘親可別說了，大堂姊一來便要翻這翻那的，要不是穿不下，恨不得都把我的新衣裳拿走了！女兒見著她便煩得不行，隨口找了個由頭就打發她了。」坐到韓氏身邊繼續抱怨。「咱們在縣城多好呀，這鄉下人真真是沒見過世面的，女兒瞧著都膈應！」

一開始還笑著聽女兒抱怨的韓氏，見她這般說，臉色變得有些難看，正色道：「什麼鄉下人？這裡始終都是妳的家，妳自己也是鄉下人，從哪兒學的這拜高踩低的性子？」韓氏雖然出身小商戶人家，不過因著家中只有她一個女兒，加上母親強勢，父親也不敢納妾，便把自己當成男兒一般教育，心志倒比很多女子強上三分，對二房幾個女兒的遭遇多有同情，所以時時明裡暗裡幫扶著蘇氏。她也知道雖然自己生在縣城，不過當家的並不是入贅到自己家來，自己怎麼都是月家的人，女兒這話實在不妥，如果叫婆母聽去想必又有得鬧了。

見娘親這般疾言厲色，月幼荷心中雖有不滿，不過也不敢辯駁，乖乖認錯。「女兒知錯了。」

韓氏嘆了口氣，把話一點一點掰碎了跟她說：「妳還有妳兩個兄弟，雖然如今在縣城裡過著好日子，不過將來家人才是你們的依仗，一個家族要興旺，最重要的是兄弟齊心。雖然娘親也不喜大伯娘的行徑，不過妳瞧娘親何時阻攔過妳兩個兄弟跟堂兄們出去玩？妳幼婷姊自小生在村裡，見過的世面是比妳少些，但是妳也不能瞧不起人，知道嗎？不過就是給她瞧個新鮮，又不會掉一塊肉，妳怕個啥？」

月幼荷自小是被韓氏悉心教養的，也不是小心眼的人，只不過方才被月幼婷那般翻東西給氣到，才口不擇言地說了幾句重話。聽完韓氏這番話，她也意識到自己的問題，這才心甘情願地認了錯。「娘教訓得是，女兒知道錯了。」

見女兒這般受教，韓氏也鬆了口氣。「如今妳也十三了，也到了要議親的年紀，妳想想，如果這番話傳了出去，那旁人該怎麼看妳？該怎麼看咱們月家的女兒？」撫摸著女兒的長髮，柔聲道：「女人一輩子，最重要的便是自己的親事，妳也別害臊，這些話知道總比不知道的強。」

幼荷原還有些害臊，見韓氏這般掏心掏肺地說，便紅著臉應道：「娘親說得是，女兒曉得了。」

正帶著幼銀在廚房裡準備一大家子飯菜的幼金自然不知道正房發生了什麼，拿著鍋鏟翻動鍋裡已經炒得半熟的菜。幼金看著廚房裡只有她跟幼銀兩個小孩子在做飯，心中默默暗罵這老陳氏心夠大的，這麼一大家人吃飯，她竟然放心得下把飯菜交給兩個孩子來做！

今日因著三房還有大房的兩個寶貝金孫回來，老陳氏也是下了大本錢準備這頓晚飯的，三房帶回的三斤肉她這會兒全拿到廚房來了，叫多做幾個大菜，生怕把她那幾個寶貝金孫給餓著，臨出廚房的時候還惡狠狠地瞪了眼灰頭土臉的姊妹倆。「好好給我做好飯了，要是敢偷吃，仔細妳們的皮！」

送走了老陳氏後，幼金撇了撇嘴。她也是存了一點小心思的，故意把菜都炒得鹹了些，又蒸出了夾生的糙米飯。

幼銀看著大鍋裡有些夾生的飯，不安地搓了搓手。「三姊，飯都夾生了，一會兒奶生氣了該怎麼辦？」

幼金臉上掛著一絲淡淡的笑。「不怕，天塌下來有我撐著，一會兒妳別作聲。」

幼銀打小就怕老陳氏，不過見姊姊這麼胸有成竹的模樣，不安的心反倒奇異般鎮靜了下來，用力地點點頭。「嗯！我相信三姊！」

把最後一個土豆炒肉片撈出鍋來，幼金示意幼銀去擺飯。「把飯菜都端上桌去，然後叫人吃飯了。」今天的飯菜還算豐盛，月長壽這次回來還帶了三斤肥肥的五花肉，真是下了大本錢。

幼銀很快就擺好了飯菜，原還空空蕩蕩的月家大院不一會兒便坐滿了聞香而來的月家人。看著方才做飯的時候沒有蹤影的大房母女，如今正眼巴巴地看著老陳氏手中的勺子，生怕漏了一勺半勺一般，幼金心中真是對這對母女充滿了鄙夷。她低下眼瞼，在心中默默地吐槽了一番。

看著桌上擺了四、五個大盤都裝滿了菜，再看看灰頭土臉的幼金姊妹，韓氏笑著給幼金挾了一筷子肉片炒土豆。「辛苦妳們姊倆了，也不知道來叫一聲三嬸幫忙！多吃些，可別累壞了身子！」說罷，又給幼銀挾了一筷子肉，絲毫沒注意到老陳氏已經發紅的雙眼正惡狠狠地瞪著她。

坐在老陳氏對面的幼銀倒是發現了阿奶這個熟悉的眼神，被嚇得小心肝抖了好幾下的她，端起碗來想把肉挾出去，卻被幼金一把攔住了。

「四妹還不多謝三嬸？」說罷，還用手在飯桌底下扯了扯幼銀的衣袖。

幼銀見她這般舉動，於是吶吶地放下粗瓷碗，然後小聲囁嚅地說道：「多謝三嬸。」

老陳氏忍了又忍，最後還是指桑罵槐地罵了句。「光吃不幹的破爛玩意兒，一天到晚光知道吃吃吃！」

隔壁桌的月大富正樂呵呵地跟三個兒子喝著三兒帶回來的燒酒，聽到老陳氏又在罵罵咧咧的，便放下還剩些酒的碗，不悅地喝道：「得了，老婆子一天到晚的沒個消停！今兒啥日子，還要罵罵咧咧的！」

原就心中窩火的老陳氏被他這麼一說就更加窩火了，還未來得及發作，就聽到一旁的幼婷「唉呀」了一聲。

「今兒飯沒熟！」

老陳氏一聽就來了火氣，手裡的筷子「啪嗒」一聲拍在桌子上，冷眼瞪了二房的兩個賠錢貨。「今晚飯是誰蒸的？」

骨子裡都透著狠勁的話嚇得幼銀說不出話來，放在桌子底下的雙手緊緊揪著衣袖，不知如何是好。

幼金吃完碗裡的土豆炒肉片後，好整以暇地放下筷子。「是我蒸的。」

拿起桌上的筷子直接往幼金臉上砸去，老陳氏扯開嗓子就開始罵人。「沒皮沒臉、光吃不做的賠錢貨！真真是禍星轉世來害我們老月家的敗家玩意兒！這麼好的糙米飯還給我蒸夾生了？老娘今兒要是不打死妳，妳就不知道天高地厚！」說罷便站起了身，準備去揍幼金。

見老陳氏發火了便都不敢言語，個個低著頭安靜地坐著。

看著隔壁桌自己那個便宜老爹投過來的嫌棄眼神，幼金眼中閃過一絲嘲諷。閃過了老陳氏砸過來的筷子，見老陳氏走來準備揍自己，幼金忙也起身跑到了伸手護住自己的韓氏身後，為自己辯駁。「今兒飯沒蒸熟是孫女兒的錯，因為我之前做飯都不曾做過這麼多人的飯菜，一時沒把握好水的多寡才這般的……」轉頭便把槍頭對準了小陳氏。「今日本來是輪到大房做飯的，若是大伯母來做飯，想必就不會出問題了……」

韓氏看著婆母來勢洶洶的模樣，趕忙攔住了，好言相勸道：「娘，飯夾生了拿回去加點水再煮煮就是了。幼金姊兒倆畢竟還小，做事毛糙些也是有的，娘一向心疼兒孫，因著一點小事就打孩子，傳出去了咱們月家的臉面可就難看了，您說是不？」

老陳氏臉色本就難看，見韓氏護著那個賠錢貨，還拿話來堵自己，更是氣得眼前一片發紅，不過看著自家老頭子一臉不贊同地看著自己，便掉轉槍頭，一巴掌用力拍到小陳氏腦袋上去了。「妳個好吃懶做的婆娘！輪到自家做飯了還躺在屋裡偷懶耍滑？還不趕緊把飯都弄下去蒸熟了！今晚要是蒸不熟飯，老娘扒了妳的皮！」

原本被幼金當面告了一狀，心裡還有些害怕的小陳氏，一開始見老陳氏沒有責怪自己，想著事情定也會如同之前那般發展，最後倒楣的都是那幾個賠錢貨，因此正安靜地看著熱鬧，沒想到就「砰」一下被老陳氏打了後腦勺一巴掌，髮髻都被打亂了。

不過小陳氏也不敢多說什麼，只哭著為自己辯解道：「娘啊，不是我不想幹，是這兩日傷了手，幹不了活啊！」

「上回輪到大伯娘打豬草時，大伯娘也說自己崴著手哩！」躲在韓氏身後的幼金毫不留面子地戳破小陳氏蹩腳的謊言。「還有上上個月，大伯娘說自己腳崴了！」

看著老陳氏還有月大富兩人臉色十分難看地瞪著自己，小陳氏畏畏縮縮地想辯解幾句，還沒想好怎麼說，就被自家漢子打斷了她的話頭。

月長福重重地擱下手中的筷子，白了眼不知天高地厚的幼金。「真是沒規矩的賠錢貨！大人說話哪裡輪得到妳插嘴了？二弟回去可要好好教教孩子才是啊！」又轉頭對小陳氏喝道：「還不趕緊把飯拿回廚房燜熟了去！」

被丈夫這般劈頭蓋臉地一頓喝罵，小陳氏心中還有些窩火，不過看丈夫不動聲色地朝自己使了個眼色，便忙將眾人碗裡還未開始吃的飯全倒回飯盆裡，一手端著飯盆，一手拽著幼婷往廚房去。

「我瞧著大伯娘手腳挺索利的，也不像是崴著了呀！」幼金哪裡不知道月長福是想息事寧人？不過也要問問她樂不樂意才是！

老陳氏對小陳氏欺壓二房的賠錢貨一事向來是睜隻眼、閉隻眼的，今日卻被二房的賤丫頭這麼抬到明面上來扯皮，臉上的表情自然十分難看。偌大的院子中坐了二十來口人，卻個個都安靜得不說話，陷入一種十分尷尬的寂靜中。

月大富乾咳了兩聲。「好了，有什麼好鬧騰的！一天天的，老不老、小不小的，像什麼話！」月大富在月家自然是至高無上的地位，他都這般打破僵局了，眾人便也不再多說什麼。

看著臉色十分難看的大兒子跟二兒子，月大富嘆了口氣後說道：「你們也不要只顧著幹活賺錢，家裡的婆娘、孩子也要管教好才是，我月家怎麼也算得上是耕讀之家，這樣的事傳出去不得笑掉外人的大牙？」

月長福的面色有些難看，不過也吶吶地應了下來。「爹教訓得是，兒子定好好管教管教那個懶婆娘！」

月長祿的臉色更加難看些，面色赤紅地瞪了眼月幼金。他在家中原就是最不受寵的兒子，偏生娶了個不會生兒子的壞婆娘，生出這七個賠錢貨，還這般害他丟臉！不過當著三弟還有幾個姪子面前，他也並未發作出來，只是用力地點點頭應承下來。

然而他威脅的眼神並沒有嚇到幼金，幼金見老陳氏偃旗息鼓了，便坐回原位將韓氏方才挾給自己的菜小口小口地吃完。雖然一會兒可能有些罪受，不過好歹以後不用再被大房當奴才一樣使了，也算是一個進步不是？

等到小陳氏端著燜熟的飯回來後，老陳氏出奇地沒有再為難小陳氏，癟著嘴給眾人又分了熱氣騰騰的糙米飯，然後坐下便埋頭吃起飯來，彷彿碗裡的飯菜是她的仇人一般，用力地嚼碎。

小陳氏看著她一副咬牙切齒的模樣，心底一陣顫抖，生怕婆母又要收拾自己，便也埋頭痛吃起來，不敢再有什麼言語。

幼金成功地坑了兩個陳氏一把，可以說是通體舒暢，自己快速地吃完飯，又給幾個妹妹都挾了不少菜，最後給在房裡臥床養胎的蘇氏送了滿滿的一碗飯菜進去。

小陳氏瞧著月幼金這個賤丫頭志得意滿地翹著尾巴走了，心中一陣氣不過。「娘，您也不管管那個賠錢貨——」

小陳氏話還沒說完，便被正在氣頭上的老陳氏劈頭蓋臉一頓罵。「這麼些好飯好菜都餵不飽妳這個肚子嗎？一張臭嘴除了吃就知道嚼舌根！」

小陳氏原還想罵兩句二房的賤丫頭來給婆母消消氣的，沒想到拍馬屁拍到馬蹄子上去了，又被婆母一頓訓，臉上頓覺無光，吶吶地閉上了嘴不再說什麼。

韓氏見幾個姪女兒都嚇得不行，趕忙笑著給老陳氏挾了一筷子菜。「這豬肉是今兒一早當家的就到菜市那兒買回來的，說要帶回來給娘嚐嚐，看縣城的豬肉跟家裡的比起來哪個好吃些呢！」

韓氏話說得好聽，原本心裡還對韓氏有七分不滿的老陳氏頓時也消了不少氣。「我家三兒買回來的肉自然是好的！」說罷又扭過頭去，對著隔壁桌的月長壽笑道：「難得回來一趟，你多吃些菜才是，離了家裡可就吃不到這麼些新鮮的蔬菜了！」

月長壽笑吟吟地應道：「欸！娘既吩咐了，兒子就是敞開肚皮也要多吃些才是！」一番話逗得老陳氏心頭暖暖的，十分熨貼，果然還是她的小兒最會疼人！

原還有些尷尬的氣氛，便在月長壽夫婦倆一唱一和的配合下變得其樂融融。

老陳氏臉上的陰翳也消散了不少，三兒可是回來給自己過壽的，自己的大喜日子，怎麼能為了這些賤丫頭而氣著自己？這般一想，老陳氏便也不想再跟二房那些賠錢貨計較了。

第三章

西廂房內，半躺在床上的蘇氏有些嗔怪地看了眼幼金。「妳一個小丫頭片子，跟妳奶還有大伯母較什麼勁？前兩日被妳爹打的地方都好了是吧？」

將蘇氏扶著坐了起來，幼金笑咪咪地說道：「娘放心，今日三叔一家還有大堂哥、二堂哥都回來了，奶就算再惱也不會動手打人的。」老陳氏雖然潑皮，月大富也不是什麼好人，不過兩個人都有一個毛病，就是要面子。幼金也正是看準了這點，才敢在三房回來的時候鬧這麼一齣。

「妳呀！真真是膽大妄為，平日裡看著穩重，沒想到是蔫兒壞！這回是妳三嬸護著妳，那後日妳三嬸走了，誰還能護著妳？」蘇氏瞧著平時總跟個小大人一般幫著自己做家務、照顧幾個妹妹的大女兒，沒想到她今日這般衝動，心中不由得也多了幾分擔憂。「妳如今年歲也漸漸大了，女孩子總該是要顧著些名聲的，將來還要議親不是？」

一想到自己還有七個女兒要出嫁，蘇氏就深深地嘆了口氣。婆母歷來不喜幾個孩子，將來議親之後又能給她們準備多少嫁妝？到時幾個孩子要出嫁可怎麼辦？蘇氏越想越愁，連手裡端著的飯都沒心思吃了，恨不得立即想出個好主意來解決這個問題。

幼金瞧著她這般發愁，便寬慰了幾句。「娘您現在該操心的是肚子裡的弟弟，旁的都有我呢！」

見大女兒這般懂事，蘇氏心中也有幾分熨貼。這幾個孩子從小過慣了苦日子，因著自己的緣故，倒還讓她們受了不少苦。六個女兒在大女兒的教導下與自己十分親近，也懂事，不過與當家的倒是十分疏遠。想到這兒，蘇氏心中又是一陣發愁。

幼金見她愁眉不展的模樣，趕忙勸慰道：「娘親如今懷著弟弟，上回馬大夫來給您把脈時還說了，孕中最忌憂思，就算是為了肚子裡的弟弟，娘也不該這般發愁不是？」其實幼金自己倒覺得是弟弟或者妹妹都無所謂，不過蘇氏還有月長祿都一心盼著是個兒子，所以她們幾個姊妹也都習慣了說蘇氏肚子裡的是弟弟。

「娘知道了，外頭吃飯應該也快吃完了，妳快去瞧瞧有什麼要幫忙的不？省得一會兒妳奶又要說妳偷懶。」聽著院子裡的動靜，似乎是快要吃完飯了，蘇氏趕忙打發幼金出去幫忙收拾。

幼金卻老神在在的，絲毫不見緊張。「娘放心，今日可是初一，輪到大房來做家務活了，我如今去了可不就搶了大伯娘的功勞？」然後便開始催促蘇氏用飯。「娘還是緊著自己些才是，先把飯菜都吃完了再說。」

蘇氏性子歷來柔順，因此在月家才會這般任人欺壓，毫無還手之力。見女兒這般輕描淡寫的話中卻透著強硬的態度，蘇氏便不再說什麼，用筷子扒拉著還有些溫熱的一碗飯菜，不一會兒就吃完了。

看著蘇氏吃飽了，幼金才拿著空碗出了西廂房，卻瞧見幼銀跟著幼婷在收拾碗筷，其他幾個妹妹都不見了蹤影，便問了句幼銀。「小五、小六她們幾個呢？」

幼銀見三姊來了，便低聲應道：「跟著三嬸到東廂房去了。」

「那妳怎麼不去？」幼金接過幼銀手中拿著的筷子放在桌上，又將蘇氏吃過的空碗放到桌上。「妳去東廂房看著幾個妹妹，別讓她們在三嬸屋子裡撒野了。」

幼銀本還想跟三姊說，一開始三嬸也叫了自己，不過被大堂姊拉住才沒跟著去的，現在三姊叫自己也去，幼銀便點點頭，去接了半瓢水洗了手才往東廂房去，留下一直插著腰在指揮自己做事的幼婷跟幼金在這兒大眼瞪小眼。

「那剩下的活兒就辛苦大堂姊了。」幼金才沒那麼傻，剛剛才撕破了臉皮，怎麼可能這會子就上趕著去巴結她呢？

雖然生養在農村，不過幼婷是從小被小陳氏嬌慣著長大的，加上家裡還有二房的幾個孩子在，月幼婷哪裡沾手過這些家務活？此時聽她這般說，幼婷粉白臉上的表情變得有些難看。「月幼金妳敢指使我幹活？」

幼金淡淡地抬頭看了她一眼，壓低了略帶一絲嘲諷的聲音，道：「大堂姊這話說得倒是奇怪了，我何時指使過大堂姊幹活？往日裡不都是大堂姊指使我們做牛做馬的嗎？怎地大堂姊都不記得了？」然後揚起聲音大聲道：「今日可是輪到大房幹活，大堂姊要是不想幹，我這便去跟阿奶說，讓阿奶來定奪！」

「妳個賤丫頭，妳敢！」幼婷氣急敗壞的，也跟著揚起聲音來吼了月幼金幾句。「絕戶頭的賤丫頭，也配在這兒指手畫腳地指使我幹活——」

「月幼婷！」從廚房裡出來的小陳氏聽到她這般口無遮攔地把私底下自己笑話二房的話說了出來，立即緊張地吼了她一句。「這麼大的姑娘了，一點分寸都不懂！」然後又掉轉頭來對一旁冷眼看著自己的幼金涎著笑臉。「幼金啊，妳別聽妳大姊瞎說，妳大姊也是心直口快了些，妳別往心裡去啊！」

幼金哪裡不知道小陳氏這般急驚風地跑出來打斷月幼婷的話，不就是怕正房裡的月大富跟老陳氏聽到嗎？畢竟二房無子不只是月長祿的心病，也是月大富夫婦的心病，這話要是傳到了老陳氏耳裡，她們母女怕是有一頓排頭吃了。

幼金還未開口，正房裡頭就傳出老陳氏的聲音——

「收拾個碗筷也要吵吵鬧鬧的，真是幹啥啥不成、吃啥啥不剩的懶婆娘！」

聽著老陳氏的話，估計是沒聽清外頭說的是什麼，小陳氏便鬆了口氣，揚聲應了一句。「欸！知道了，馬上就收拾好了！」然後又壓低聲音對幼金說道：「幼金啊，妳也不想奶罵妳們吧？方才妳大姊說的，便當作什麼都沒聽到成不？妳也不想家裡因著妳娘一直生不出兒子而鬧得雞飛狗跳不是？」

幼金哪裡這麼容易就被小陳氏唬住？不過是裝著面露遲疑地說道：「我也不想說什麼，只是方才大堂姊口口聲聲罵我們是賠錢貨，說我爹生不出兒子，還說我們就是要給她做牛做馬的，我們也是月家的子孫呀，怎地大堂姊總是指使我們幹活？」

聽完幼金的話，小陳氏忙說道：「是妳大姊不懂事，大伯娘一定好好教她！今日既是輪到我們大房幹活，自然不能要妳們沾手，這裡有我跟妳大姊就夠了，快回去吧！」

見幼金終於一步三回頭地走了，小陳氏才真的鬆了口氣，然後用力地拍了拍幼婷的腦袋。「妳這丫頭怎麼嘴上沒個把門的？這話要是讓妳奶聽見了，肯定讓妳掉層皮！」

「我又沒說錯！是娘自己說的，二房是生不出兒子的絕戶頭！」幼婷心中有些不甘，這話又不是她自己空口無憑說的，明明生不出兒子，還不許別人說啊？

見她這般不受教，小陳氏也懶得說了。「妳且記著這話不能讓妳奶知道便是！趕緊把碗筷收拾了端到廚房來！」

幼金才懶得理會大房那對母女的事，徑直回了西廂房，她還要趁著幾個妹妹不在，收拾收拾房子。蘇氏雖然身子骨不好，不過素來是個愛乾淨的，在她的影響下，七個女兒也都是這般，即便平日裡穿的衣裳都破破舊舊，不過衣裳卻是漿洗得乾乾淨淨的，幾個妹妹雖是乾瘦了些，但比村裡那些窮苦一點的人家裡髒兮兮的孩子好太多。

將韓氏下午送過來的一大包袱衣裳拿出來，每件都細細檢查了一遍，雖然都是有些舊的衣裳，不過全是細棉料子縫製而成的。對於韓氏，幼金真是打從心底感激的。「同是一家人，這差距還真不是一星半點的……」幼金一邊拿著針線改小要給小九穿的衣裳，一邊喃喃自語。

幼金前世也是打小就給自己縫縫補補的，今生還要給她們七姊妹縫補衣裳，針線活自然不錯，不一會兒便將小九的衣裳改好了。「等到小九再長大些，再放出些也還能穿。」

背靠枕頭坐在炕上的蘇氏瞧著女兒飛針走線十分俐落，自己也拿著一件衣裳在改，笑道：「金兒如今越發能幹了。」蘇氏真是打從心底心疼這個少年老成的大女兒，原該是愛玩愛笑的年紀，大女兒卻跟個小大人一般。

可惜蘇氏心中所想幼金並不知道，不然都能尷尬死了！雖然她如今才十一歲，不過她的芯子是一個年近四十的成年人啊！一個年近四十的女漢子，妳讓她去賣萌撒嬌，簡直比讓她殺人還難好嗎？

抬頭看著眼中滿是慈愛的蘇氏正細細地幫幾個孩子改衣裳，幼金的嘴角也帶了一絲笑意。雖然蘇氏性子軟弱、沒主見，不過倒沒有因著重男輕女而對幾個女兒有什麼不滿，反倒是在老陳氏還有月長祿面前還因護著她們姊妹幾個而經常被打，讓她們七姊妹少挨了不少打，並經常悄悄省下口糧來給幾個孩子吃，也算得上是某種意義上的為母則強吧？

方才幼金與幼婷吵架一事，雖然老陳氏沒有聽清她們說些啥，但是坐在炕下長凳上的月長祿耳朵十分尖利，清清楚楚地聽到月幼婷口中的「絕戶頭」三個字，臉色瞬間都變了，連月老爺子問他話都沒聽見。

「老二，爹問你話呢！」坐在一旁的月長福推了推晃神的老二。「怎地心不在焉的？」

月長祿這才回過神來。「啊，爹說什麼？」

看著有些木訥的二兒子，月大富心底微微嘆了口氣。這個家裡真的是二房最不爭氣，又沒個兒子，二兒子還有些呆笨，不像大兒子跟三兒子一般十分精明。見他這般心不在焉的，月大富對二兒的厭惡又多了一分。「馬上就要秋收了，家裡那麼些地，你們工頭說沒說何時放工給你們回來搶收？」

「啊，說了說了！說再過五日便給大家夥兒都放個三、五日工回家搶收！」月長祿趕忙應道。他是在鎮子邊上一處挖河道的工地幹活，雖然辛苦，不過每月也能掙個一、二錢，但比起在鎮上鋪子裡頭做帳房的大哥跟自己當掌櫃的三弟，二房真是過得最不容易的了。

「爹，我們可比不了老二他們，我們鋪子最近生意好得很，掌櫃的也器重我，怕是不能回來幫著家裡搶收了。」老大慢條斯理地回道。

月大富聽了便點點頭。「自然是鋪子上的工重要些，到開始搶收那日再多請幾個短工便是了。」月家可是有著三十餘畝良田的人家，光靠月大富還有月長祿自然是搶收不完的，基本上每年都要請三、四個短工一起幫著搶收。

「書院倒是有放搶收的假，不若我與二弟一同回來幫爺幹活？」十分受月大富喜歡的大孫子月文濤朝月大富提議。

聽完他的話，別人還沒說話呢，就被老陳氏打斷了。「那怎麼行！你們兄弟倆可都是要考狀元當大官的，怎麼能回來幹這種粗活累活？二房不還有一堆賠錢貨嗎？到時都給我下地去！」

看著二兒子的臉色變得有些難看，月大富白了自家婆娘一眼。「那幾個孩子年紀都還小，能做什麼活？年年都是請短工的，到妳這兒怎就這般多話了？」搶收的事便這樣拍板定下了。「文濤、文禮還是在縣城好好讀書就好，明年的童生試眨眼就要到了，你們當務之急是科舉，家裡不用你們操心，早日考個功名回來才是！」月大富對兩個孫子寄託甚大，雖然今歲童生試文濤失利，不過他相信兩個孫子都十分聰慧，考過是必然的事。

月文濤想起前兩日聽同窗說起的一事，猶豫著說了出來。「孫兒前兩日聽同窗說，他們有門路找到知縣大老爺去，不過可能要花些銀兩疏通疏通。今歲孫兒文章作得不差，連書院的先生都說能過，結果最後卻名落孫山，想著便是因為沒有花銀子疏通的原因……」

一提到兩個孩子的前程，月大富便緊張了起來。「那要真是這樣，咱們家也得花些銀子去疏通疏通不成？」

「我那同窗說了，咱們要是願意，每人湊個五十兩，便能湊出五百兩送去疏通疏通，指不定能搞到卷子。我與二弟兩人便要一百兩……」一說到銀子，月文濤的聲音就越來越小，雖然他也知道自家日子還算過得去，不過一百兩對於一個鄉村家庭而言，無異於是鉅款了。

「一百兩?!咱們家哪來這麼多銀子？」老陳氏一聽，便跟急驚風一般驚叫出聲。家裡雖然有三十餘畝良田，但是如今朝廷賦稅不輕，要養活的人也多，還要供著兩個孫子讀書，每年能存下的銀子統共就七、八兩，不知攢了多久才有這份光景呢！「再說了，你們兄弟二人出一份銀子買卷子，到時兩兄弟再一起看不就行了嗎？」老陳氏對銀子的帳目可是門兒清，能省一分是一分。

月文濤踟躕了好一會兒才囁嚅著道：「我那同窗說了，須是每人都要出銀子……」

坐在一旁的月長壽也皺著眉頭。「一百兩可不是小數目，文濤你確定這銀子使進去真能有用？萬一被人騙了，那可了不得。」

月大富也開始吧嗒吧嗒地抽起旱煙來，心中無比糾結。一百兩不是小數目，但兩個孫兒的前程也是全家的希望，這著實讓人發愁。

月文濤見大家似乎都沒怎麼反對，忙乘勝追擊。「不會的，我那同窗是知縣大老爺夫人家的遠房外甥，他既這般說了，便是有八分可能的！爺，開春如果能考上童生，便可到府城去考府試，再過了院試便是秀才之身了，距下一回鄉試還有一年，如果錯過明年這次機會，怕是還要再等上三年……」

「是啊！爺，那就是四年了啊！」坐在一旁的月文禮接收到兄長的示意，趕忙幫著一起勸說。

錯過了就要再等四年！不得不說，月文濤這話說到了月大富心坎上去了——一頭是一百兩銀子，一頭是全家再熬上四年。月大富用力地捶了捶自己的大腿，道：「成，一百兩就一百兩！」

聽完月大富的話，月文濤兄弟都歡喜地瞪大了雙眼。

老陳氏則被嚇得倒抽了一口冷氣。「你個老頭子瘋了啊？家裡哪有這麼多銀子！」家裡這麼些年辛辛苦苦地攢著銀子，也不過才攢下一百餘兩，月大富這是要一把將家底都掏空了啊！

「妳個糟老婆子咋這般不知輕重？這銀子是有正道用的！只要兩個孩子考上功名，將來多少銀子沒有？」月大富瞪了一眼捨不得銀子的老陳氏。「趕緊去把銀子取來才是！」

家裡要出錢給自己的兒子買卷子疏通路子，月長福自然是高興的，也忙勸老陳氏。「是啊娘，您想，孩子考上了功名，將來當了官，您可就是老夫人了，到時候給您送銀子的人不得都排著隊來送？」

倒是月長祿與月長壽兄弟倆心中有些不得勁，如今還未分家，一切都是公中的，一百兩銀子就算是分家，自己也能分到二、三十兩不是？月長壽還好說，他在縣城開著鋪子，一年也能掙個二、三十兩的。倒是月長祿，一個月辛辛苦苦也就一、二錢銀子，這一下子就要拿出一百兩銀子，他心裡怎麼可能好受得了？

哄完娘親後，見二弟一副鬱鬱寡歡的樣子，月長福又轉過頭來勸他。「二弟，雖然錢是多了些，不過你看，你們二房如今也還沒有兒子，你兩個姪兒要是考上了功名，咱們都還是一家人，將來也是你的依靠不是？」笑得十分真誠地給他畫大餅。「等將來你兩個姪子當了官，你就是二老爺，那生不出兒子的婆娘不要也罷！到時候有權有勢的，多少黃花大閨女任你挑、任你選，還怕生不出兒子來嗎？」

不得不說大房的人全是精怪精怪的，看人說話的本事都十分厲害，不一會兒老陳氏與月長祿都被大房的人哄得暈頭轉向的了。

老陳氏在月大富的催促下才慢吞吞地進了內室，過了好一會兒才取了零零散散十幾錠銀兩回來。「家裡統共就這麼些銀子了，都拿去折騰吧！」

見爺奶這般痛快就拿出了一百兩銀子，月文濤兄弟倆歡喜得不得了。

尤其是月文濤，他今年都十五了，連童生都還沒中，再不疏通，怕是到老也考不上秀才！如今得了這一百兩，明年開春的童生試肯定能順順當當地過去！

給了銀子後，月大富又語重心長地訓誡了幾句。「在書院要用功，不要辜負家裡人對你們的期望。」

「是，爺放心，我們定會用功讀書，早日考取功名，光耀我月家門楣！」月文濤看著零零散散擺在桌上的銀錠子，心中志得意滿，彷彿自己把銀子湊出來了，明日便能中舉了一般。

夜涼如水，月家正房一燈如豆，室內坐滿了月家的男人，就這麼將「拿一百兩銀子出來給兩個讀書的孫子疏通門路」的事給定了下來。

月長壽拖著疲憊的身子回到東廂房下房，一進門韓氏便迎上前。

「說了什麼要說這般久？」手上活兒也沒停，幫著丈夫脫了外衣裳，又濕了帕子來給他擦臉。「瞧你一副心事重重的模樣，出什麼事了？」

月長壽與韓氏成婚多年，夫妻二人感情甚篤，他知韓氏心志比一般女子堅毅許多，許多時候生意上的事還是韓氏拿主意的，因此也沒將此事瞞著她。「文濤哥兒倆說找到了門路要給縣太爺送銀子，一人五十兩白銀。」

接過他擦完臉的帕子，韓氏都有些嚇到。「咱們在縣城開著鋪子，一年左不過也就能攢下二、三十兩，這一下子要拿一百兩銀子出來，爹娘竟也同意了？」雖然月家拿這兩個孫子當香餑餑，但是韓氏卻覺得要掏空家底去賄賂縣太爺這事怎麼想怎麼不可靠。

「全家的希望都放在濤哥兒跟禮哥兒身上了，怎麼可能會不同意？」月長壽有氣無力地癱在炕上。「我瞧著娘拿出來的銀子還有好些個都是零零散散的碎銀子，想必家裡統共就這麼些家底了。」

其實一百兩在鄉村人家裡已經是鉅款，畢竟蓋一幢又大又寬敞的青磚瓦房也不過二十兩出頭，一畝上等良田也才六兩銀子。況且月家要吃飯的人還這麼多，月大富與老陳氏能存下一百餘兩銀子，也確實是有些本事的。

韓氏收拾完手頭的活兒後，躺到月長壽邊上側臥著。「當家的，要不明日咱們給爹娘送點銀子？」

「咱們家哪有多少銀子？兩個兒子都在書院讀書，幼荷也漸漸大了，將來兒子娶媳婦、幼荷的嫁妝，哪樣不是錢？」月長壽想都不想便否決了韓氏的想法。「再者，如今家中還未分家，咱們每年交回家裡的銀子也不在少數，今兒個拿出的一百兩，指不定有多少是咱們家給的呢！」

月家尚未分家，雖然三房住在縣城裡頭，不過每年也是給了三、五兩銀子回來的，月長壽一家在縣城裡頭住著，又養著三個孩子，如果不藏些私，恐怕日子都過不下去。丈夫說得也是在理，韓氏便不再說什麼，夫妻二人一時無話，也就歇下了。

再說月長祿那邊，從正房出來後高一腳、低一腳地回了西廂房，想到爹娘竟然拿了一百兩銀子出來給大哥的兩個兒子疏通門路，心裡就有些不得勁，見坐在炕上的小九朝自己笑了笑，不假思索地伸手過去便是一巴掌。「妳個賠錢貨，整天就知道吃吃吃！」

原還樂呵呵的小九沒想到父親竟然直接打了自己，臉上的疼痛讓她「哇」的一聲便哭了出來。

哭聲很快吸引了出去為月長祿打水洗腳的幼金，幼金端著水盆趕忙進來。「爹，水正好，快洗腳歇下吧！」將裝了半盆水的木盆放到他面前，便抱著小九坐到離他遠遠的角落裡小聲地哄著。

見大女兒這般，月長祿才罵罵咧咧地坐在炕邊脫鞋洗腳，邊洗邊罵。「格老子的，天天不是吃就是哭的賠錢貨！老子的兒子要是被妳哭走了，老子非弄死妳不可！」

內室的蘇氏聽見外頭的動靜，強撐著下了床，走到房門邊上倚靠著門框。「當家的這是怎麼了？小九不懂事我再慢慢教便是，何苦動這麼大的氣？」

瞧著蘇氏那張蠟黃的臉，渾身乾瘦、只有一個高高凸起的肚子，月長祿的氣性越發大了些。「還怎麼教？妳看妳生養的這些好女兒，一個兩個都是有大本事的！老子在外頭幹死幹活，一天也才掙那麼些錢，回到家來還要受妳們的氣不成？」

蘇氏被罵得眼眶發紅，強撐著一口氣走到月長祿身邊蹲下幫他洗腳。「當家的在外頭做事辛苦，洗了腳早些睡才是。小九不懂事，我明日再好好教。」

見她一副打不還手、罵不還口的逆來順受模樣，月長祿骨子裡的大男子心態得到了極大的滿足，罵罵咧咧地叫她趕緊幫自己把腳洗乾淨，也不再去揪著小九不放。

等月長祿洗完腳回房裡的炕上躺下後，幼金也將哭到睡著的小九放進被窩中，這才發現方才躺在被窩中的小五正睜著大大的眼睛看著自己。

小五壓低聲音說起了悄悄話。「三姊，我方才在正房廊下偷聽到爺奶拿了一百兩銀子給大堂兄他們，說是要給縣太爺通什麼路子！」原來方才小五去上了趟茅房，回來時便偷偷趴在正房外頭的牆角下聽了裡頭的話，如今才悄悄告訴三姊。

輕輕拍了拍幼珠的小腦袋，幼金也學著她壓低聲音說話。「這事不能告訴別人，是小五跟三姊兩個人的小秘密，好不好？」

「嗯！」小五雖然只有八歲，性子跳脫，不過十分懂事，而且也很聽幼金的話。

「好，已經很晚了，小五早些睡，明日還有很多事要做呢！」哄著小五睡覺後，幼金也睡下了。明日是老陳氏的五十整壽，雖然不會大辦，想必出嫁的女兒也是要回來的，估計有得忙了。

清晨的薄霧還未散去，中秋過後的清晨已經帶有一絲寒意。早起的幼金穿著一件打了好些個補丁的夾棉粗布衣裳，揹著常用的竹簍，跟韓氏打了聲招呼便往外頭去了，她要趁著時間還早，到山上把豬草打回來，不然今日家裡那幾頭豬就要沒豬草吃了。

「幼金這麼早就上山啊？妳一個小丫頭不怕嗎？」後頭一個也是揹著竹簍的後生追上了幼金，原來是林家的三郎。

「林三叔。」林家三郎雖然只比她大了六、七歲，不過因輩分較高，幼金還是恭恭敬敬地叫了聲三叔。

林三郎跟上幼金的步子。「正巧我也要去打豬草，咱倆作個伴？」想著小丫頭一個人上山可能會害怕，便好心地建議一起走。

幼金搖了搖頭，雖然鄉下人男女之防沒有城裡那般重，不過孤男寡女走在一起還是有可能傳出閒話的。「三叔先去吧，我還要等二壯伯家的喬喬一起去。」

見她停下了腳步說要等人，林三郎也不強求。「行，那妳們注意安全，三叔先走了！」

幼金站在原地，等林三郎的身影漸漸消失在晨霧中。

過沒多久，喬喬一路小跑，也到了兩人約定的地方。「幼金，我來了！」喬喬今年十三歲了，是個健壯可愛的小姑娘，平日裡與幼金的關係算得上好，兩人時不時約著一起上山打豬草，也算是有個伴。

「那咱們走吧！」見她來了，兩人便結伴往山上去。

如今天漸漸冷了，山上的豬草也越發少了，估摸著再過一、兩個月開始下雪後，豬草便也沒有了。兩個小姑娘一前一後地爬上小山包，兩人一邊割著豬草一邊說話。

「幼金，你們家是要做什麼？這不年不節的，怎地妳三叔一家還有妳大伯家兩個堂兄都回來了？」昨日月長壽等人坐騾車進村時可是大多數村民都瞧見了的，喬喬也十分好奇，便多問了一嘴。

「我奶過生兒呢，便都回來了。」幼金的動作十分俐落，一把一把的豬草割進了背簍，不一會兒就裝滿了。「喬喬妳快些，我奶今天過生兒，家裡還有一堆活計等著我幹呢！」

見幼金割的豬草已經裝滿了背簍，喬喬才趕忙加快手腳，不一會兒也把背簍都裝滿了。

兩人揹著豬草往家走時，東邊的天上才開始泛金光，是日頭要出來了。

在路口跟喬喬分開後，幼金才揹著重重的背簍回了家。一推開院門，就聽到老陳氏逼逼叨叨地罵人，果然她還是不能對老陳氏寄予「過壽脾氣能變好點」的希望⋯⋯

將豬草放到豬圈門口，去老陳氏面前將被罵的幼銀、幼珠換下來。「奶今日過生兒呢，妳倆還在這兒氣奶？趕緊該幹麼幹麼去！」接過幼銀手裡的菜，趕緊把兩個妹妹趕走，又扭過頭來笑著對老陳氏說：「妹妹們還小，奶大人有大量，再說您今日過生兒，可得高興些才是！」

插著腰站在廊下的老陳氏沒好氣地看著笑得十分狗腿的幼金，再看了眼縮頭縮腦地站在西廂房門口的一排賠錢貨，重重地哼了一聲便回了正房。今日可是她的五十大壽，不能在這兒跟這群賠錢貨白白生氣。

雖說是過生兒，不過月家也只是莊戶人家，因此不過是吃了頓比往日裡好些的飯菜，再煮十個紅雞蛋，便算是過生兒了。老陳氏嫁出去的女兒也帶了兩個外孫回來給老娘過生兒，還帶回來兩隻老母雞，歡喜得老陳氏直誇自家閨女有出息。

月長紅嫁的是鎮子邊上一個比較富裕的村子裡頭一家姓葛的富戶的獨子，嫁入葛家那年便生了個大胖小子，後來又連著生了兩個兒子一個女兒，這讓她在三代單傳的葛家裡地位十分穩固，加上她男人也是個妻管嚴，因此月長紅在葛家的日子可以說過得十分舒坦。

月家的女婿葛金寶是個瘦弱的中年男子，只見他笑呵呵地說道：「今日是娘的五十大壽，我們家雖然也沒什麼錢，不過該孝順娘的還是要孝順的。」

一番話說得好聽得不得了，把孝心表得滿滿的，老陳氏更是被哄得開心得不得了。午飯時，老陳氏也是難得地大方，將女兒帶回娘家的兩隻老母雞宰了一隻，然後剁了好些土豆進去燉著吃，加上昨日月長壽帶回的還未吃完的豬肉，也算是有兩個帶葷的菜了。雖然月家人多，不過也算是吃到了葷腥，個個都十分滿足。

至於過生兒的紅雞蛋，老陳氏則是秉承她一貫的偏心來分：先是自己拿了一個，然後給了五個孫子每人一個，又給了月大富父子四人每人一個，正好十個雞蛋瓜分一空。連女兒、女婿跟外孫都沒能分到一個雞蛋，更別說二房的七個孫女兒了。

看著老陳氏等人剝著紅雞蛋殼，坐在幼金懷裡的小九咂吧咂吧嘴，她也好想吃雞蛋啊！「三姊，蛋、蛋！」

幼金還未反應過來，老陳氏便將手中拿著的雞蛋殼直接砸了過來，惡狠狠地瞪了小九一眼。

「賠錢玩意兒還想吃雞蛋！」

幼金將她砸過來的雞蛋殼一點一點都撿了出來，然後丟到桌下，一邊哄著被嚇哭的小九，一邊跟老陳氏賠罪。「小九還小，不過是有些嘴饞，她不懂事，奶別生氣，我這就帶她回去。」小九年紀還小，雖然也被老陳氏打過，但是這才剛會說話不久的孩子，哪裡就會記仇？不過是想吃蛋，卻被老陳氏尖酸刻薄的模樣嚇得躲在幼金懷裡哭鬧了起來。

「一天天除了吃就是哭！真是禍家精、賠錢貨！」老陳氏最是不喜二房這些孫女，如今見小九還哭鬧起來，心中的厭煩更甚，不過想著今日是自己過生兒，便強忍著揍人的衝動。

幼金忙將人抱回西廂房去哄了，這要是繼續在老陳氏眼前哭鬧，指不定要怎麼收拾小九呢！

見老陳氏還在罵罵叨叨，月大富的臉色有些不好看，今日還有女婿一家外人在，哪能就這麼失了分寸？便出聲喝止了她。「好了！也不看今兒是什麼日子？」

見月大富開口了，老陳氏才不再說什麼，不過心裡還是怨恨二房的賠錢丫頭。要不是那又懶又饞的賠錢貨作死，自己怎麼會被老頭子當著兒子及女兒的面這般喝斥？心中的怨懟不禁又多了三分。

月長紅見她不高興，便趕忙轉移了話題，跟老陳氏說起今日城中的小道消息。女人都是愛聊這些的，老陳氏的心思便被她轉移開了，尷尬的氛圍回轉不少，一家子又和樂融融地說著笑著。只有二房剩下的五個女兒一個個呆坐在原處，一動也不動，一聲都不敢吭。

老陳氏過完生兒後的第二日，三房的人還有大房的兩個孫子都回了縣城。

送走了兩個孫子，老陳氏的心卻七上八下的。「老頭子，你說咱們花那麼些銀子，這事要是不成可怎麼是好？」畢竟一百兩幾乎是月家的全部家當了，自家存了幾十年才存下的銀子就這麼一下子全給出去了，老陳氏心緒不寧也是正常的。

躺在炕上抽著旱煙，月大富眉頭微皺，心中也有些放心不下，不過仍覺得值得一試。「想來文濤也不是騙人的孩子，既然敢問咱們要這麼些銀子，想必也是真的有門路的。如果明年童子試能過，那這銀子花了就花了吧！」

「可是當家的，這考童子試就要一百兩，那將來啥鄉試會試的，咱們家哪裡還拿得出銀子來？」老陳氏雖然沒讀過書，不過也聽過不少科舉難考的閒話，自然擔心將來需要更多的銀子。「如今咱們家統共可就剩下十七、八兩銀子，這要是得再花錢可就沒有了！」老陳氏乾脆就跟月大富交底了。

吧嗒吧嗒地抽著旱煙，月大富的面色有些沈重。「總會有辦法的，實在不行就大家少吃幾口飯，也能省出些糧食來賣錢。」月家地多，糧食也比旁人多些，這些年也是靠著每年賣些糧食存下了一些銀子，不過一百兩銀子，月大富想想也是心疼得很。三個兒子都在外頭幹活，老三常年在縣城，每年也都給回幾兩銀子；老二倒是個實心眼的，但凡有個錢都不藏私；倒是老大兩口子小心眼多，估摸著也藏了不少家底。

老陳氏用力地白了眼不當家不知柴米貴的月大富。「哪就這麼容易省口糧？不說別的，光是老二家那七個賠錢貨，一天就不知道要吃多少糧食去！」想到那幾個光吃不幹的賠錢貨，老陳氏胸口便憋悶著一股氣，眼珠子骨碌碌地轉了幾圈後，想了個主意。「要不過幾日秋收，便都把二房那幾個賠錢貨趕到地裡幹活去吧？小的幹不了，幼金、幼銀兩個都半大丫頭了，怎麼著也能頂一個短工吧？」

月大富對二房的幾個孫女也沒多少感情，加上前幾日幼金頂撞長輩還招來了里正一事，月大富明面上雖然沒發作，不過心裡還是有根刺在，這半大的孩子就這般反骨，將來大了還了得？想了想便也同意了老陳氏的建議。「不過都還是小孩子，能幹多少是多少吧。」

見月大富同意，老陳氏也咧開嘴笑了。要知道，秋收可是十分累人的事，半大ㄚ頭，不死也得脫一層皮！笑著幫月大富塞了把旱煙，道：「這樣一來，也能省下不少雇短工的銀子呢！」

老陳氏過生兒後沒幾日，第一場霜便下來了。村莊外頭的莊稼沈甸甸地垂下了頭，等待著付出大半年辛勞的人們去採摘豐收的喜悅。

月大富扛著鋤頭，帶著月長祿走在田埂邊，父子二人剛從地裡回來。

月大富褶皺的臉上寫滿了喜悅。「稻子都熟得差不多了，明日便開始搶收吧！」如今家中幾乎所有家底都被月文濤兄弟掏光了，豐收意味著能多賣些銀子，月大富自然高興。

月長祿跟在父親身邊，慢了半步，常年憂鬱的臉上也帶著淡淡的喜悅。「等收了糧食，我再去鎮上做工，想來也能攢下些銀錢過冬。」

月大富看了眼面上帶了一絲笑的兒子，想到老二家只有七個孫女，心中有些嘆息，不禁搖了搖頭。

父子倆才回到家，小陳氏正好也做好了飯。少了一百兩銀子後，老陳氏更加摳索了，原先還是糙米飯，如今都換成水嘩嘩的粗糧粥，菜裡更是半點葷腥都沒有，一小碗醬菜跟幾盤炒得軟趴趴、看起來毫無食慾的青菜。

老陳氏是不敢餓著月大富的，月大富剛洗完手上桌，一碗稠稠的粗糧粥便盛到了他面前；然後是月長祿與長房的月文偉還有老陳氏自己，也都分得了大半碗稠粥；至於小陳氏與長房的月幼婷，也還能分得了些許乾貨；倒是二房的，就是每人一碗煮粥的粥水。

月幼金覺得自己倒還好，可是幾個妹妹年紀都還這麼小，要是餓壞了胃，將來可怎麼是好？但看了眼老陳氏臉上得意的表情，便知道她這是等著自己找事，然後好好教訓自己一頓呢！於是月幼金便改了主意，端著一碗稀碎的粥水，一口一口地餵著小九，然後筷子不斷地往桌上的菜盤裡伸去。

在幼金挾了第三筷子菜的時候，老陳氏臉色難看地拿筷子，用力「啪」的一聲打在了幼金的手背上。「餓死鬼投胎的賠錢貨！光吃不做，也不怕撐死妳！」

老陳氏突如其來的責難不僅嚇到了幼銀、幼珠、幼寶幾個，還把幼金抱在懷裡的小九嚇得「哇哇」一直哭。小九哭的聲音不大，不過也引來了隔壁桌月大富的注意。

「一天天在外頭辛苦幹活，回到家裡也沒有半刻能消停的！妳這是怎麼管的家？」

言語中雖然在怪罪老陳氏，但月大富不滿的眼神卻是明晃晃地瞪到了月幼金身上。

月長祿對於家中的一切都十分敏感，尤其是涉及到那幾個賠錢貨時，因此月大富才剛開口斥責完，還不等幼金反應，他就站起來，一個巴掌呼到她後腦勺上。「妳個賠錢貨！一天到晚就知道哭哭！」

幼金被他的動作打懵了頭，只感覺後腦勺火辣辣地疼，身子搖晃了好幾下才沒往下倒。

坐在幼金旁邊的幼銀也發現了姊姊的不對勁，趕忙扶住了人。「三姊！」

幾個妹妹一臉驚慌無措地看著幼金，生怕幼金出事。

幼金回過神來，拍了拍幼銀，讓她放心，然後垂下頭來認錯。「小九突然被嚇到才哭的，我這就抱走。」抱著瘦弱的小九起身離開飯桌前，她冷冷地瞥了眼月長祿。

月長祿被她透著毒的一瞥嚇得心裡有些發毛，不過很快就緩過神來了。一個毛都沒長齊的賠錢貨，還敢做什麼不成？這般想著，便又坐回去繼續吃飯。

幼金抱著小聲抽泣的小九回到西廂房，半躺在炕上的蘇氏見了便強撐著坐起來。

「怎麼了？好好的，怎麼還哭起來了？」

左手托著小九沒三兩肉的屁股，右手輕輕拍著她的背部哄著，見蘇氏問，也只是搖了搖頭，等小九哭著哭著睡著以後，幼金才將她放到外頭幾姊妹平日裡睡覺的炕上，然後撩起門簾進了蘇氏房裡，將方才發生的事簡單地告訴了她。

「妳奶她是嘴硬心軟……」蘇氏說出這般連自己都騙不過的話，因常年營養不良而乾癟枯黃的臉上露出一絲苦悶的笑。「妳別怪妳爹，要怪也是怪娘生不出兒子來，才害得妳們幾姊妹受苦……」

「娘！這不是您的錯！」幼金見蘇氏又要把過錯都攬到自己身上，便面色嚴肅地看著她。「生不出兒子，這不是您的錯！」生不出兒子明明是因為男人的關係，可她又不能跟蘇氏講什麼XY的問題，也只能一再給她洗腦，這不是她的過錯。

見蘇氏無言以對，幼金心中嘆了口氣，然後再次問起蘇氏老調重彈的問題。「若是咱們分家出來，是不是會比如今好？或者娘帶著我們離了月家？我們幾個總不會餓死的。」

蘇氏第一次聽到女兒說分家這番話，還是前年，女兒那時不過九歲，因為婆婆想將剛出生的小九扔到山上去，被她偷偷救了回來，後來小九活下來了，被老陳氏打得遍體鱗傷的幼金氣息奄奄地問了自己這番話「娘，要不您帶著我和妹妹們走吧？離了月家，就算餓死也比現在好啊」，打那次以後，幼金彷彿一夜之間成長了許多……不，她只是把原先內斂埋藏於心的情緒在蘇氏面前表露出來了而已。蘇氏已經從一開始聽到這般驚世駭俗的話時的震撼與不可置信，變成了如今這般淡定，甚至偶爾午夜夢迴之際，居然會思考起女兒所說的話的可行性！

今日又聽到女兒這般說，蘇氏嘆了口氣，道：「妳跟幾個妹妹都還小，我的身子又一直不好，若是真離了月家，將來莫說嫁人，怕是活都難以活下去吧？」蘇氏哪裡不知道月家只是面上好看，內底其實早就爛透了，可又能怎麼辦呢？她既沒有一個能支持自己和離的娘家，也沒有一技之長跟勇氣來養大自己的幾個女兒。待在月家，至少自己的幾個女兒還可以長大嫁人。

幼金卻搖搖頭。「娘，我馬上就十二歲了，妹妹也十歲了，我們能養活妳跟妹妹的！只要妳願意，哪怕是吃草、啃樹皮，我們都能活下去的。」靠山吃山、靠水吃水，總會有辦法活的。

「金兒，妳真的覺得咱們離了月家能活下去嗎？」蘇氏這輩子活了近三十年，少女時期雖然家中困難，但爹娘也勤勤懇懇地種地養活自己姊妹幾個，哪曾想到一夕之間家中突遭變故，父母雙雙離世，自家的房屋田地全被族中叔伯瓜分一空，就連自己跟兩個姊姊也都被親大伯當成貨物賣掉一般各自嫁了。正是如此，蘇氏才會被老陳氏嫌棄，因為老陳氏打從心底覺得蘇氏就是自己家花錢買回來的奴才。

蘇氏這一生只有爹娘還在時才過過幾天開心日子，爹娘去後便一直活在別人的操縱之中，如今面臨這種不知該何去何從的抉擇時，她不知該如何是好，但對這個少年老成的大女兒卻總是莫名信任。

「娘，只要您心裡是想帶我們離開月家的，我不僅會養活妹妹們，還要給她們都攢下一份嫁妝，讓她們日後風風光光地嫁入好人家，過上幸福、富足的日子。」幼金眼神熠熠地看著蘇氏，只要蘇氏能堅定信念離開，自己就一定有辦法能找到機會讓月家跟蘇氏和離。

蘇氏嘆了口氣。「就算我願意，妳爺奶還有妳爹又怎會同意呢？」

幼金聽到蘇氏終於鬆了口，歡喜地走到她身邊蹲下身來，輕柔地摸著蘇氏已經鼓起來的肚子，抬頭笑瞇了眼。「娘您放心，我會有辦法的！」

蘇氏見她這般有信心，心中不免也有了一絲期待。「好，如果可以，娘便帶著妳與妹妹們一起離開月家，咱們一家人到別的地方重新開始。」

第四章

月家因著花了一大筆銀子出去，但是家中又有三十餘畝地的糧食等著收割，便還是咬咬牙花了些銀兩，雇了兩個短工回來幫忙。

興許是老天爺也知道農人們要秋收，十分賞臉地給足了陽光。秋日微涼的清晨，東面山坡上才泛出魚肚白，翠峰村裡頭家家戶戶卻都已攜家帶口，扛著農具往村外頭的田地去了。

農家少閒月，農家的孩子也早當家，不過四、五歲、走路還有些蹣跚的孩子，也都慢悠悠地跟在大人後頭，提著個籃子往地裡去撿稻穗。一個豆丁大的孩子一天下來也都能撿一斤半斤稻穗，對於本就缺糧的人家而言，多多少少也算是個進項。

早些年月家因著家中境況好，加上月大富也不在乎這點子糧食，況且拿這麼點糧食換個好名聲也是只賺不賠的，便都沒攔著村裡的小孩上自家田裡撿。

然而老陳氏卻一直很心疼那些糧食，不過以前因著月大富說一不二的性子，也只能咬咬牙忍了。可如今自家幾乎所有家底都被掏空了，老陳氏都恨不得把一個銅錢掰成八瓣用，哪裡還肯讓別人家把自家地裡的糧食撿走？因此，今兒個一早便都給幼珠、幼綾、幼羅姊妹準備了籃子。

陰毒的目光在三人身上打了個轉，老陳氏惡狠狠地恐嚇道：「今兒不把籃子裝滿，晚上就不許吃飯！」幼金與幼銀則是要作為主力到地裡去收割稻子的，老陳氏便也惡狠狠地瞪了眼她倆，然後才沒好氣地扭著屁股去給月大富喝水用的葫蘆灌了滿滿一大壺井水。

幼寶因著剛出生時被老陳氏用水桶差點溺死，雖然救了回來，不過身子終究差了些，倒是幼珠身子強健，也沒落下什麼病根。因此幼金便求著老陳氏，留幼寶在家中照看小九，順便幫著小陳氏做午飯。

被打發到地裡去撿稻穗的姊妹三人提著籃子，跟幼金去地裡幹活了。

此時日頭還未出來，略帶了一絲寒意的秋風吹在人身上也不覺得難受，反而將早起的睏意都吹跑了。

幼金帶著三個妹妹到了地裡後，又叮囑了一番。「不要跟別人家的孩子搶，知道不？幼珠，妳是姊姊，要照顧好幼綾和幼羅，不能讓妹妹們往河邊去。」幼珠今年才八歲，但五歲開始就提著籃子跟在大人後面撿稻穗了，倒是小七和小八，今年都是第一回來，幼金才免不得一番操心。

幼珠認真地點點頭。「三姊，我會照顧好小七、小八的。」

幼金看著幼綾、幼羅乖巧地跟在幼珠身後前去已經收割過的田裡尋找稻穗後，便也暫時放心，拿著鐮刀走到已割了小半壟稻子的幼銀身邊，兩姊妹前後腳站在一起，彎著腰、抿著嘴，一言不發地埋頭割起稻子來。

日頭爬過山坡，從鴨蛋紅一般散發著柔光，到發射灼熱光芒的毒辣，其實不需要多長時間。日頭出來不過一個時辰，在地裡收割稻子的人們已經個個汗如雨下。

眯著眼看了看東邊山頭的日頭，幼金挽著粗麻袖子擦了擦額頭上不斷冒出的汗珠，艱難地嚥了口口水，又看了眼幼珠姊妹三人還在不遠處撿稻穗，便繼續埋頭割稻。

幼金打小就在月家操勞各種活計，現在還不到最熱的時候，還在她能承受的範圍。倒是已經被幼金遠遠落下的幼銀有些吃不消了，原本彎腰割著稻子的她突然坐了下去，然後小聲地喊道：「三姊……」

原本還在埋頭割稻子的幼金聽到一個虛弱的聲音，回頭一看，原來是被毒日頭曬得兩眼發花的幼銀已經癱坐在地，有氣無力地喊了她一聲。

幼金忙將手裡的鐮刀放下，三步併作兩步地走到幼銀身邊，一把將人揹起，走到田邊樹下才將人放下，又取了清晨出門時揹著的一葫蘆水過來讓幼銀就著喝了幾口，將她枯黃小臉上的汗珠一一拭去。「幼銀，還好吧？」

月家這幾個女兒，幼金因為是當年月長祿盼了兩年才盼來的第一個孩子，所以她剛出生的時候沒被老陳氏虐待過，雖然瘦弱了些，但跟幾個妹妹相比，她已強壯許多。

幼銀渾身無力，背靠著老槐樹，在陰涼處才漸漸緩過氣來，露出一絲無力的笑。「三姊，我沒事，歇會兒就好了，妳快去收稻子吧！」幼銀生怕三姊在這兒陪著自己，一會兒爹看見了要過來罵三姊。

幼金見她這樣，知她是中暑了，不過也曉得她與幼銀被分到的稻子如果今日沒割完，想必今晚的飯也是沒著落了。「那妳在這兒好好歇著，頭若是暈就不要亂走動，多喝些水。」又回到田裡繼續割稻子。

田的另一頭，月大富遠遠就瞧見了那邊的情況，雖沒說什麼，不過瞥了幾眼過去，月長祿這麼些年早就養成了敏感暴躁的性子，父親的異樣他也注意到了，順著月大富的視線看過去，原來是兩個賠錢貨偷懶躲到樹下乘涼去了！他立即便想過去教訓那兩個賠錢貨一頓。

「老二你幹麼去？」月大富並不心疼兩個不值錢的孫女兒，他只是怕兒子在外頭教訓孩子要讓村人看了笑話。「四處都是人，來來往往的，別胡來！」

月長祿自然也聽懂了父親的意思，面色陰鬱地點點頭。「爹，我只是去喝口水。」見他明白自己的意思，月大富便不再說什麼了。

月幼銀才歇不到半刻鐘，月長祿便陰沈著臉過來了。

其實月長祿原先皮相長得不算差，不過八、九歲時調皮，在眉心上一寸往耳朵方向劃了一道長長的口子，毀了容，也因為如此，性子變得越發陰沈，整日陰惻惻的，看著有些瘮人。說親時說了好些人家都沒成，後來老陳氏也是瞧著蘇氏模樣好，才花了一兩銀子的彩禮，從蘇氏大伯手上把蘇氏「買」了過來，月長祿這才安了家。

月長祿好不容易才娶了個明眸皓齒的媳婦兒，加上蘇氏眼裡有活兒，手裡勤快，剛成婚那年老陳氏對她還算滿意，小夫妻的日子過得也算十分美滿。可過了兩年，連比蘇氏後進門的弟媳都生了孩子，蘇氏的肚子卻一點動靜都沒有，老陳氏的臉色不禁越來越難看，月長祿臉上好不容易才消失了些許的陰鬱也重新回來了。

直到成婚第三年，蘇氏的肚子才傳出好消息，生下了幼金。那時候月長祿覺得只要妻子能生，早晚都能生到兒子的，所以對幼金還算得上是喜歡。可這幾年蘇氏的肚子是鼓了消、消了鼓，連著生了六胎七個女兒，還是沒有兒子，老陳氏的臉色便一年比一年難看，而月長祿的脾氣也一年比一年差，在蘇氏生下幼珠、幼寶這對雙胞胎後，月長祿便開始家暴蘇氏。發展到如今，他只要稍有不順心的事，回來不是打蘇氏便是打幾個女兒。

因此幼銀一見到父親陰沈著臉向自己走來，便不由自主地瑟縮了一下，然後怯怯地喊了聲。「爹。」

月長祿一把拿起老槐樹下老陳氏為他們準備的葫蘆，先是咕嚕咕嚕地喝了幾口水，然後將葫蘆蓋好，一把砸到幼銀身上，壓低聲音罵道：「一天天除了吃就是偷懶！再不幹活信不信老子打死妳！」

幼銀雖有防備，但月長祿砸過來時她也依舊不敢反抗，被水壺重重砸到，當即痛得眼淚都出來了，不過也不敢說什麼，忙顫巍巍地扶著老槐樹站了起來，一瘸一拐地走回自己剛才割稻子的那壟田邊上，看父親注意不到了，才伸手擦乾淨臉上嘩啦啦流下的淚珠。

幼金離得遠，加上是背對著後方，所以沒注意到老槐樹那頭的動靜。不過幼銀走到田裡後小聲抽泣的聲音她倒是聽到了，趕忙回頭看。「妳咋又跑來了？不是讓妳歇著？」

幼銀沒想到被三姊聽見了，趕忙放下擦眼淚的袖子，小聲道：「我歇夠了，來幫三姊一起收稻子。」

幼金看著她蒼白的臉，哪肯信？回頭瞥了眼從老槐樹方向走往地裡的月長祿，幼金便知道是怎麼回事了。「是爹去趕妳下地的是不？」這月長祿也忒不是人了！幼銀不過十歲，就算到地裡割稻子又能割得了多少？就算是女兒也是他的種不是？有必要這般禍害死自己的女兒嗎？

幼金「霍」地一下站了起來，丟下手中的鐮刀便往老槐樹那頭去了。月大富等人收割的是老槐樹那頭地裡的糧食，幼金姊妹則是這頭。走到老槐樹邊上，在距離月大富還有十數公尺的距離她便停了下來，然後大聲喊道：「爺！這天兒太曬了些，幼銀曬得頭昏，又沒有草帽，能不能讓她歇會兒？」幼金刻意喊得很大聲，附近地裡幹活的人都聽見了，還有幾個好事的有意無意地瞥眼過來瞧熱鬧。

遠處的幼珠三姊妹聽到三姊喊說四姊曬得頭昏，便都提著籃子「噔噔噔」地跑了過來圍著幼銀看。「四姊，妳沒事吧？」

月長祿剛才把二女兒收拾一頓，才見父親的臉色好看了些，沒想到大女兒這麼快就來討人嫌了，害他在父親面前沒臉，便惡狠狠地罵道：「滿地都是幹活的人，怎地就妳們一個個嬌氣，才多久就要歇？」

大庭廣眾下，幼金倒是不怕月長祿動手，畢竟月家人都有一個毛病，就是愛面子，遂大聲應道：「妹妹今天早飯就沒吃，奶說家裡沒有草帽了，這日頭毒得很，幼銀還小，扛不住也是有的！」

「我說大富叔啊，幾個孩子還小，小姑娘家家的能幹多少活？就讓她歇會兒唄！這要是曬壞了，不還得你們大人操心？」挨著月家田地的是月家同族的地，那家的媳婦周氏聽完幼金的話，便幫著說了一嘴。「這秋老虎可不是鬧著玩的，我們戴著草帽都曬得頭痛了，那幼銀還小，哪裡扛得住？」

被那後生媳婦這般一說，附近幾塊地裡的人也都有意無意地瞥了眼頭戴草帽的月大富父子。

月大富乾癟的嘴開合了兩下，看著別人有心的目光，不由得覺得嗓子一陣乾啞，伸出舌頭舔了舔有些乾裂的雙唇，好一會兒才開口應道：「那就讓她歇會兒吧。」

「欸！謝謝爺！」幼金笑著大聲謝了月大富，然後又感激地看了眼方才幫自己說話的嬸子，回到地裡又把幼銀扶了出來。「妳好生歇著，可不許出來曬了。」

幼銀被她一把按在老槐樹的樹底下坐著，卻彷彿地裡長出針來扎著她一樣，不安地扭動著，臉上有些為難與驚慌。「可是三姊，要是爹……」

幼金用力地將人按住，讓她安心坐下，小聲說道：「爺跟爹都是愛面子的人，方才那麼多人都聽著了，爹就算想過來說妳，爺也不會讓他來的。」幼金對月家人的秉性可以說是摸得一清二楚。又分別給另外三個妹妹都喝了幾大口水，交代了一番。「若是覺得日頭毒了，便找陰涼的地方歇會兒，可不要曬壞了，知道不？」

幼珠、幼綾、幼羅三人齊齊點頭。「嗯！三姊，我們知道了！」然後便又牽著手，往已經收割過的田地走去。

聽完三姊這般說，幼銀才微微安心地坐下。

幼金見她不再鬧騰，又交代她坐在這兒順道看著不遠處撿稻穗的幼珠三姊妹，這才拿著鐮刀繼續回去割稻子。

那頭月家同族的地裡，月長祿同宗的堂兄弟月長和有些責怪地看了眼自家媳婦，低聲道：「妳好端端地去招惹他們幹啥？那一大家子是怎麼樣的人妳又不是不知道。」

雖然月大富很喜歡在村人面前充大頭，可都是住一個村裡的，又住得近，加上自家早已過世的老爹當年跟月大富之間也有過一些糾葛，因此月家那幾個丫頭在家裡有多不受待見，在村裡也不是什麼秘密，這自家婆娘還上趕著幫她們說話，可不是要得罪月大富了嗎？

「我就是瞧不慣他們一副女娃子就是累贅、賠錢貨的模樣！要是沒有女娃子，哪裡有人給你們生兒育女、操持家務的？」周氏也是個厲害的，不屑地撇著嘴，低聲罵道：「你看看那幾個丫頭，一個個穿得破破爛爛的，才幾歲的女娃娃，到地裡幹活居然連頂草帽都不捨得給她們戴！再看看月家那幾個帶把兒的，一個個跟城裡人一樣，穿著細棉衣裳當老爺一般！都是你們月家的種，這心眼也是偏到沒邊了！」話說得狠，不過手上的功夫也沒耽誤，手裡的鐮刀下得快，不過說著話間就又割了一片稻子。

見自家婆娘越說越起勁，嗓門也越來越大，月長和趕忙拉住她。「得了得了！才說妳一句，妳還唱戲一樣唱起來了是吧？」一徇傻著站到自家婆娘身邊，小聲道：「我知道妳心善，可那月家老嬸子可不是吃素的，妳別為了幾個丫頭得罪人便是了。」

周氏沒好氣地白了他一眼，不過還是撇撇嘴，答應了下來。「我省得。」

一個小鬧劇便這麼毫無預警地開始，然後又快速翻了篇。

日頭越升越高，火辣辣地曬在人身上直發疼，好不容易熬到了午時左右，被打發出來送飯的幼寶才提著兩個罐子，搖搖晃晃地從村裡出發。

每年搶收時節，農人們為了節省時間，大都是在地裡將就著用些扛餓的糧食，歇息片刻後又繼續幹活。

等幼寶把飯食送到的時候，幼金身上的衣裳已全被汗水浸透了，葫蘆裡的水也都喝完了，乾啞得跟要冒煙一般的嗓子有些發痛。

幼寶將瓦罐放到老槐樹底下，然後朝著地裡喊道：「爺、爹，吃飯了！」又轉頭喊幾個姊妹。「三姊、五姊，吃飯了！」

在樹下歇息的幼銀幫著幼寶將瓦罐裡的飯食盛了出來，搶收是極耗體力的工作，一般人家在搶收時也都會咬咬牙添點葷腥給家裡的壯勞力補充一下，老陳氏自然也要為月大富好好補補。

月家眾人圍成一圈坐在老槐樹底下。

兩個短工接過幼銀遞過來的兩碗半稀的粗糧粥，笑著道了聲謝。

幼寶則將揹在背上的包袱解了下來，裡頭放著的是今天中午的麵餅子。

老陳氏在偏心這件事上可以說是爐火純青，幼寶臨出門前，老陳氏就拿著燒火棍指著幼寶，惡狠狠地囑咐了一頓：這兩張餅子是妳爺跟妳爹的，妳們幾個一人半張餅子！要是讓我知道妳敢亂分，可就等著吧！

幼寶想起阿奶揮舞得虎虎生風的燒火棍，自然不敢有些許違背。她先將兩張摻了不少白麵的肉餡餅子遞給月大富跟月長祿，然後再給兩個短工一人一張黑乎乎的粗麵餅子，最後才是給幼金幾姊妹每人半張餅子。

兩個短工接過餅子，看了眼對方之後，便不再說什麼，就著半稀的粗糧粥，吃著拉嗓子的餅。

幾個孩子都已習慣這種待遇了，接過餅子就開始吃。

幼金接過黑麵餅子後，又掰了一半出來遞給幼寶。「幼寶，妳也吃些。」

幼寶乖巧地搖搖頭拒絕。「三姊妳吃，我在家裡吃過才出來的。」三姊在地裡幹活辛苦得很，自己餓肚子倒還好，要是三姊餓肚子可就沒力氣幹活了，說不定到時又要惹爹生氣，又會打三姊也說不準。

幼金直接將餅子塞到幼寶空蕩蕩的手中，笑著咬下一口粗刺刺的黑麵餅子。「我還不知道妳？快些吃吧！」平日裡有自己在家護著，幾個妹妹都是飢一頓、飽一頓的了，今日沒有自己護著，老陳氏還能有飯給幼寶吃？那根本就是不可能的事！

幼寶也確實是餓了，眼眶紅紅地看著三姊，然後用力地點點頭。「嗯！」

幼金無奈地笑著搖搖頭，她這幾個妹妹什麼都好，就是都有一個毛病——淚窩淺，動不動就要哭。幼珠的性子是幾個妹妹中最像幼金的，比起其他淚窩淺的妹妹，幼珠是那種就算被打得遍體鱗傷也咬著牙一聲不吭的性子，平時也能幫著照顧幾個妹妹，幼金算是比較放心的。

眾人吃完午飯後，幼金便笑著跟月大富打商量。「爺，要不讓幼銀幫著幼寶把罐子和碗筷拿回去，順道再裝些水來吧？這大熱天的，大家幹活沒水喝可不成。」幼寶身子弱，提著這麼些東西過來估摸著也累得夠嗆，正好幼銀在這兒也怕礙了月長祿的眼，倒不如讓她回家一趟，也能歇一歇。

月大富吃完飯後，坐在老槐樹下抽了幾口旱煙鬆鬆乏，聽幼金這般說，便瞇著雙眼盯著手足無措地站在她身後的幼銀，然後長長地吐出一口白煙。「早去早回。」

「欸！知道了！」幼金笑得燦爛，乖巧地點點頭，然後將幼寶帶來的瓦罐等物件分了兩份，姊妹倆一前一後揹著瓦罐、提著葫蘆便回家去了。

吃完午飯後，月長祿趕著牛車拉著稻子往曬穀場去。翠峰村有一大片曬穀場，為了避免每年搶收時出現鄰里紛爭，翠峰村里正早幾年便規定了曬穀場的使用範圍，按每戶田地多寡來分，月家因著田地多，加上月大富在族中也有幾分面子，分到的曬穀場地方也還算大。

此時曬穀場上，大半都已曬上了糧食穀子，月長祿將牛車上的穀子都卸下來，均勻地鋪開在自家曬穀場上晾曬，然後回頭看了眼幼珠、幼羅，沈聲道：「家裡的穀子要是少一顆，妳倆就少吃一頓，曉得不？」

村子裡也不是沒發生過曬穀場上偷糧的事，所以月長祿拉著糧食過來時，月大富便叫他把在地裡撿稻穗的幼珠、幼羅給帶了過來，負責看顧曬穀場上的稻穀。

幼珠一手牽著幼羅，點點頭。「曉得。」

目送月長祿趕著牛車離開後，幼珠便牽著用一隻手不斷搓著眼睛、有些犯睏的幼羅尋了片陰涼的地方坐了下來。「小八，來挨著姊姊睡會兒吧。」

幼羅已經睏得小腦袋一直往下掉，聽五姊這麼說，便乖乖地點頭。「嗯！」然後挨著幼珠坐到地上，側臥著睡，不一會兒便睡去了。

幼珠手裡拿了片大樹葉，一邊輕輕地給幼羅搧風驅蚊，一邊百無聊賴地看著曬穀場，也有些發睏，不過她卻不敢睡著，因為她要是睡著，說不準就有別人家來偷穀子了。

頂著大太陽跟小夥伴到山上找野果子吃的月文偉乘興而去，在大山腳下轉了好幾圈，卻連個熟果子都沒發現，最後敗興而歸。

路過曬穀場的時候，其中一個人用胳膊肘頂了頂月文偉。「文偉，那邊那兩個不是你二叔家的賠錢貨嗎？」

因為月文偉的關係，村裡頭跟他差不多大、口無遮攔的半大小子們，背地裡都是這麼喊幼金幾姊妹的。

月文偉沒摘到果子本就不高興，一聽二狗子說是二叔家的兩個賠錢貨，漫不經心地瞥了眼，發現居然是月幼珠那個臭丫頭，便一下子來了興致，朝那幾個半大小子一招手，笑得有些不懷好意。「走，咱們去嚇嚇她們！」

幼珠一邊哄著妹妹睡覺，一邊無聊地打著哈欠，全然沒有發現危險正悄悄襲來。

月文偉幾人悄悄饒到幼珠背後不遠處，然後用一根木棍子從樹上抓了隻洋辣子。

看著蠕動著的洋辣子四周的黑色毛刺，月文偉露出了一絲惡劣的笑容。

倒是跟他一起的幾個小子都有些猶豫了。「文偉，這要是被洋辣子螫到，可要疼上好久，要不咱們就嚇嚇她得了？」畢竟是小姑娘，他們幾個男子漢欺負一個小姑娘總覺得有些過意不去。

月文偉有些輕蔑地瞥了眼他們。「怎麼，這就怕了？一點男子氣概都沒有！」

半大小子最在意這種莫名的男子氣概，見他這般挑釁，個個都拍拍胸脯說道：「誰說我不敢了！」

月文偉「哼」了一聲，道：「真有種就也去抓一隻洋辣子過來，咱們一起去嚇唬她們！」

幾個小子動作也快，三兩下就竄上了樹，沒一會兒便人手一隻洋辣子，無聲地靠近幼珠她們背後。

「哇！」月文偉先是衝著幼珠的背影大喊了一聲。

幼珠果然應聲回頭，還沒反應過來，月文偉就帶頭，四、五個半大小子陸續把手上拿著的木棍子扔了過來！

幼珠的臉被月文偉首先扔過來的洋辣子螫到，一陣火辣辣的刺痛襲來，幼珠咬著牙忍受痛苦，趕忙撲到幼羅身上。也多虧那幾個小子慢了半拍才扔出來，剩下的四隻洋辣子大部分都落在了幼珠背上，只有一隻落在了幼羅因為下地挽起了褲腿而露出來的腿脖子上。

睡夢中的幼羅被突如其來的刺痛給痛醒，開始哇哇大哭。「五姊！好痛！好痛——」

幼羅的哭聲引來了附近看守穀子的人，兩個上了年紀的大嬸見是幾個小子在欺負月家的兩個小姑娘，趕忙拄著枴杖來把人趕走。「也不知羞，一群半大小子欺負人家兩個小姑娘！」

月文偉見目的已經達到，原還想在一旁看熱鬧笑話幼珠的，沒想到那兩個老婦子過來趕人，便做了個鬼臉，「咧」的一聲，帶頭跑了。

那幾個小子見他跑了，也都一哄而散。

只留下被洋辣子螫了多處、痛得臉色蒼白地暈過去的幼珠，跟哇哇大哭的幼羅。

那兩個老婦子見事情不對，趕忙走近一看，卻見幼珠背上有好幾隻洋辣子在緩慢地蠕動著。姓張的老婦子先是用棍子將幼珠身上的洋辣子都挑開，然後另一個姓周的老婦子才將她翻過來，只見幼珠的左側臉頰已被洋辣子螫得起了一片密密麻麻的紅腫，看起來格外瘮人！

此時幼羅也顧不上自己疼了，慌亂地拽著幼珠的胳膊。「五姊！五姊！」

張婦子瞧著不對勁，便伸手叫來了陪著自己一起守曬穀場的孫女兒。「妳快去月家找幼金來，說她家小五和小八出事了！」月家二房的幾個孫女兒不受寵不是什麼秘密，張婦子自然也知道如果去叫老陳氏，對方肯定是不會理的。

「欸！」七歲的小姑娘跑得也賊快，一眨眼便不見了人影。

幼羅半跪在地，哭得眼淚橫流。「五姊、五姊！妳快醒醒啊！」幼羅根本不知道發生了什麼事，只知道自己在睡夢中突然被痛醒，然後便只聽到大伯家的三堂哥熟悉的哈哈大笑聲音，可為什麼五姊就突然暈倒了？

周老嬸子以前倒是見過他們村子裡頭有個小孩被洋辣子螫了以後，昏迷了好幾日最後人都沒了，所以看著幼珠的模樣，倒是有些怕沾上事，不說什麼便挪著步子走了。

張嬸子不贊同地瞥了她一眼，都是鄉里鄉親的，孩子出事了還能見了不管不成？先是哄好了幼羅，然後柔聲跟她說道：「小八呀，妳記得馬大夫家在哪兒不？」

幼羅歪著頭想了想那個整天笑呵呵的馬大夫的家，然後用力地點點頭。「嗯！小八知道！」

「現在妳五姊暈倒了，張奶奶要在這兒守著妳五姊，妳能不能去馬大夫家把他叫過來？只要馬大夫來了，妳五姊就能醒過來了！」張氏慈祥地看著小八，繼續哄道：「小八已經四歲了，可以去找到馬大夫的對不對？」

小八擦乾臉上的淚珠，扶著曬穀場邊上的石頭顫悠悠地站了起來，然後點點頭說道：「小八這就去找馬大夫！」然後便有些瘸著腿，一瘸一拐地往馬大夫家的方向去了。

張氏的小孫女兒小可很快跑到了月家，卻沒找到幼金，只見到坐在院門口抱著小九的幼寶。小可插著腰，大口喘著氣，站在幼寶面前問：「幼寶！妳、妳……妳三姊呢？」

幼寶有些不明就裡，疑惑地問道：「妳找三姊有什麼事？三姊不在家，在村西頭地裡收稻子呢！」

小可好不容易才喘過氣來，艱難地嚥了口口水，滋潤乾啞的嗓子。「是妳五姊跟小八，她們在曬穀場那邊被欺負了，我奶叫我來找妳三姊呢！」

幼寶一聽說五姊跟小八被欺負了，立即緊張地站了起來。「她們被誰欺負了？」

小可搖了搖頭。「我也不知道，我奶叫我來的。」她當時守在自家曬穀場前，遠遠是瞧見了幾個小子在那邊嘻嘻哈哈的，不過也沒看清是誰。

幼寶看著懷裡剛睡著的小九，有些不知所措，祈求的目光看向了小可。「小可，妳先幫我去找三姊好不好？我娘身子不好，小九這兩日有些不舒坦，離不開人……」

小可點點頭。「行，那我趕緊找妳三姊去！」說罷便一路小跑地往村西頭方向去找幼金了。

幼羅一路跌跌撞撞的，竟也真的找到了馬大夫家。站在馬大夫家院門外，幼羅舉著小手用力地拍著木門。「馬爺爺！馬爺爺！」

馬大夫年輕時是在縣城裡當郎中的，存了些積蓄，自己家買的幾畝地都佃出去給別人種了，自家倒是沒種地。此刻正在家午歇的馬大夫睡得迷迷糊糊的，聽到外頭有人叫，趕忙起身出來開門，卻只瞧見一個不過三、四歲的小女娃哭得唏哩嘩啦的，便蹲下來，伸手擦乾她臉上的淚珠子，低聲問道：「妳是誰家的娃娃？怎麼跑到這兒來了？」

「五姊在曬穀場暈倒了，張奶奶說、說找馬爺爺，五姊就、就會醒了……」小八一路哭著跑過來，抽抽噎噎地將張氏說的話斷斷續續地說了七、八分。

馬大夫原先臉上還掛著笑，以為只是小孩子調皮，一聽說是有人暈倒了，立即就站了起來。「妳在這兒等會兒，我去拿藥箱！」

馬大夫那頭揹著出診的藥箱、帶著幼羅往曬穀場去的路上，這頭小可也終於在村西頭的地裡找到了幼金。她邊跑邊朝月家田地的方向揮手喊：「幼金姊！幼金姊！」

原正埋頭弓著身子割稻子的幼金聽到有人喊自己，抬頭一看，原來是張奶奶家的小孫女，便站直腰來朝她揮了揮手。「小可！怎麼了？」

小可一路狂跑，還邊跑邊喊，已經累得不行了，終於找到了幼金，便深吸一口氣，直衝到幼金面前才趕忙停下來，然後彎著腰，雙手撐在膝蓋上，大喘氣了好一會兒才緩過來。「幼、幼金姊，我阿奶叫妳快去，幼珠跟、跟小八在曬穀場被欺負了！」小可終於將話帶到了，累得不行的她也顧不得什麼，一屁股就坐在已經收割完的地裡，大口大口地喘著氣。

「什麼？幼珠她們出什麼事了？」幼金一聽說出事了，整個人都繃緊了神經。「小可，幼珠怎麼了？」

小可卻搖了搖頭。「我也不知道，我阿奶叫我來喊妳的，好像是被欺負了。」

幼金頓時覺得是出大事了！若只是小孩子打打鬧鬧，張奶奶沒必要叫小可來找自己，況且幼珠素來也是個潑辣性子，怎麼會吃虧？她趕忙放下手中的鐮刀，跟一旁也是一臉急相的幼銀交代道：「我這就過去看看，妳在這兒看著幼綾。」

「三姊，我也跟妳去！」幼銀性子軟，淚窩也淺，一聽說小五她們出事了，就已經急得眼淚汪汪，哪裡還肯在這兒乾等？

幼金卻顧不得那麼多，壓低嗓門嚴厲道：「如今不知道幼珠她們出了什麼事，妳給我乖乖聽話，別添亂！」然後飛奔到老槐樹下，朝著月大富等人的方向大喊了聲。「爺，幼珠她們在村裡出事了，我過去看看，一會兒就回來！」說罷，也不管月大富答應不答應，飛奔著往村裡回了。

月大富站起身，夾雜著不悅與深思的目光落在飛奔往村裡回的幼金身上。這丫頭是越大越反骨了，再不管教一番，怕是將來要鬧得家裡雞犬不寧……

等幼金來到曬穀場的時候，馬大夫已經在查看幼珠的情況了。

馬大夫細細檢查了一番，又問了問當時的情況之後，面色有些凝重。「這洋辣子螫狠了可是會出人命的！趕緊搭把手，把人抬到我家去。」

幼金趕忙請了張奶奶幫著把昏迷的幼珠扶起來放到自己背上揹著走，又交代了一句不放心地揹著小九過來的幼寶看好小八及曬穀場，這才匆匆跟著馬大夫走了。

到了馬大夫家，按照馬大夫的吩咐，將幼珠放到馬大夫家充作病房的簡易床板上。

馬大夫站在門外指點著幼金。「妳解開她的衣裳，看看身上還有多少處被螫到的？」

幼金看著幼珠左側已經紅腫不堪的小臉，眸中閃過一絲心痛與狠厲，解開了幼珠的衣裳，細細檢查後，跟門外的馬大夫說道：「除了臉上這一處，背上及腿上還有四處。」

馬大夫聽完幼金說的情況後，心中微沈，只微微點頭。「我可以施針讓妳妹妹醒過來，皂莢水也可以緩解一下疼痛，可是她被螫到的地方要是想好全，還是要到鎮上去買藥膏才行。」這洋辣子要是螫得狠了可是能出人命的，自己這兒並沒有多少藥膏能用得上，這月家二房估計也拿不出什麼銀子，小姑娘這條命就算保住了，那張小臉怕是也難保了。

幼金將幼珠的衣裳穿好後，出來跟馬大夫道：「馬爺爺，我出去一會兒，麻煩您照顧一下幼珠。」

馬大夫聽完後點點頭，想必小姑娘是要回家尋銀子去了，不禁又多嘴了一句。「妳妹妹現在的情況，就算救回來了，但臉上螫得嚴重，怕是要破相了……」

幼金聽完以後，目光一沈，朝馬大夫深深鞠了個躬。「馬爺爺，有勞您照看我妹妹，我去去就回。」如今當務之急是救下幼珠，她沒錢買藥膏，卻總能有別的辦法救人。

出了馬大夫家，幼金徑直往村裡小孩兒最怕去的地方，也是洋辣子最多的地方去。她前世野外生存的時候不是沒碰到過洋辣子，也不小心被螫過幾回，野外哪裡來的藥膏？自然是就地取材緩解傷痛了。

小心地站在遠處防止自己被洋辣子螫到，拿著一根長長的樹枝揮打著上頭爬著許多洋辣子的樹，洋辣子們隨著幼金的動作應聲而下，不過片刻就掉了七、八隻下來。幼金先是用樹枝小心地將這些洋辣子都挑離樹根範圍後，再蹲在這些洋辣子前面，用一根方才來的路上掰下來的竹枝小心地捅破洋辣子的皮，不過片刻便尋找到緊緊倚靠在黑色經脈邊上的那根青綠色經脈，稍微一用力，便將青綠色的經脈挑了出來，然後放置到一片乾淨的樹葉上。

如此重複了七、八回，便將地上那幾隻洋辣子身上那根青綠色的經脈都挑出來放到樹葉上，幼金才估摸著差不多了，便趕緊拿著那片葉子往馬大夫家回。

馬大夫見她這麼快就回來了，以為是沒找到銀錢買不了藥，便也不再說什麼，只微微搖頭嘆了口氣。

幼金倒是沒注意到馬大夫的動作，抱著那片葉子徑直進了幼珠躺著的那間房。坐在床邊，她一手捧著葉子，一手拿起幾根有些黏稠的青綠色經脈，稍一用力便都捏化了，然後細細塗抹在幼珠被螫的左臉與後背、大腿等處，等到忙完了這些，幼金才又出去跟馬大夫打了聲招呼。「馬爺爺，我方才已經尋了東西給幼珠抹上，估摸著一會兒便能消腫，屆時再有勞您幫幼珠看看。」

馬大夫倒是覺得有些神奇，尋了什麼抹上，居然一會兒就能好？便好奇地問了一句。「妳是抹了什麼？」

「我以前也被洋辣子螫過，也不知是聽何人說過，洋辣子身上有根青綠色的筋脈，挑出來抹在傷處，不過一刻鐘便能消腫。後來我也試過一次，確實如此。」幼金微微笑著尋了個理由。這種小知識，能傳出去也是好的，畢竟村人都是平頭百姓，知道了這個方子，好歹以後要是不小心被螫了，還能少花錢、少受罪。

聽完幼金的話，馬大夫果然眼前一亮。「哦？還有這等奇事？」說罷，趕忙站了起身，便往幼珠躺著的房間去看了。

馬大夫的妻子林氏沒好氣地抱怨了句。「真是的！一說到藥啊病的，就整個人都魔怔了！」

幼金笑了笑，也不說什麼。

果然，幼金弄回來的洋辣子經脈塗上去以後，不過一刻鐘有餘，原先還紅腫得有些瘆人的左臉就消腫了大半，不過幼珠人還沒醒。

馬大夫取來銀針在幼珠的人中上扎了一針後，幼珠才幽幽轉醒。有氣無力地睜開雙眼，感受到左臉還有身上多處傳來刺痛，幼珠不由自主地痛吟了數聲，才看到坐在一旁緊張地看著自己的幼金。「三姊……」

幼金見她終於醒了過來，也鬆了一口氣，忙應道：「三姊在呢！妳覺得怎麼樣了？」這幾個妹妹幾乎都是自己一手帶大的，幼金傾注在她們身上的心血早已無法計算，她們幾個就是自己最大的軟肋，如今見幼珠沒事，幼金才放下了高高懸起的心。

幼珠微微搖了搖頭。「我沒事了，小八呢？小八怎麼樣了？有沒有被螫到？」農村的孩子，哪個沒被洋辣子螫過？這熟悉的痛感，幼珠自然知道自己是被洋辣子螫了，生怕小八也被螫了。

幼金輕輕拍了拍她乾瘦的小手。「放心，小八沒事，幼寶在看著她呢！」小八不哭不鬧，是以幼金等人都沒有發現小八也被螫了，只以為她是被嚇到而已。

幼珠卻著急地搖了搖頭。「三姊，妳快去看看，小八指不定也被螫了！」眼中都是焦急，催促著幼金去看小八。

幼金點點頭，說道：「我曉得了，我一會兒就去。妳先跟我說說是什麼情況？在曬穀場看著穀子怎麼會被洋辣子螫到？」要說是幼珠調皮才被螫，幼金是打死都不相信的，肯定是有別的原因。

聽到三姊這麼問，幼珠眼中充滿了恨意。「是月文偉！他帶人往我們身上丟洋辣子！」咬著牙惡狠狠地說道：「見我跟小八被嚇到了，他們還圍著哈哈笑！我一定不會放過他！」

月文偉！聽到又是他幹的好事，幼金眼中瞬間布滿陰沈，拍了拍幼珠安慰道：「幼珠聽話，月文偉那裡有三姊，妳好好養傷。」

「三姊！我自己可以的！」幼珠卻想自己來報仇。

幼金搖搖頭。「幼珠，妳既打不過他，回去告狀說不定還會被奶反過來打妳一頓，妳怎麼報仇？」

幼金字字扎心，幼珠原還扛得住的眼淚便不由自主地流了下來。「那我們就任憑他們這麼欺負了嗎？就因為我們是女孩子，所以就可以隨意欺負、任人打罵嗎？」

幼金伸手過去擦乾幼珠臉上的淚，眼神堅定地看著她，輕聲道：「幼珠，身為女子不是我們的錯，我們也不是任人欺辱的。妳要記得，就算別人再怎麼說，我們自己都不能認為自己是賠錢貨。我們是女子又如何？我們一樣能自立、強大。妳現在還小，以卵擊石是最笨的路子，我們要成為比石頭還堅硬的存在，就算別人是石頭，我們也不會被擊碎，知道嗎？」

許是三姊的眼神太過堅定、語氣太過有力，幼珠不由自主地點點頭。「三姊，我知道了，我一定會早點變強大，這樣就可以保護妳們！」

幼金笑著揉了揉幼珠的小腦袋。「好，等妳長大了以後，三姊讓妳保護！」

正是因為幼金的這句話，讓幼珠更加堅定了要保護一大家子姊妹的心，長大以後甚至鬧著要跟幼金一起不嫁人，可讓蘇氏頭疼壞了，不過這都是後話。

說回眼前，幼金瞧著幼珠沒多大事了，便又拜託了馬大夫夫婦照看著幼珠，自己則去了曬穀場查看幼羅的情況。

確認了幼羅無大礙後，幼金也給她上了藥，又細細問了張奶奶事情的經過，拜託她不要告訴外人後，自己安撫了幾個妹妹幾句，才又往馬大夫家去。

見幼珠身上的紅腫也都消得差不多了，幼金才鬆了一大口氣。「多謝馬爺爺！這看診的銀子我能不能先欠著您的……」雖然很不好意思，但也只能厚著臉皮賒帳了。

馬大夫笑著應了一句。「沒事！不過是一些清熱解毒的草藥，都是我自己上山採的，不值幾個錢。再者，妳給了我這麼個好方子，是我占大便宜了！」

幼金心裡暗暗記下了馬大夫的恩情，將來等自己有能力了，一定要報答馬大夫這份恩。

等幼金回到村西頭田裡時，已經急得不行的幼銀趕忙迎上前。「三姊，小五她們怎麼樣了？」

拍了拍幼銀的肩膀，笑著安慰道：「沒事，只是小孩兒鬧著玩，能有多大事？」幼金知道幼銀的性子，一旦告訴她真相，肯定又要多想，還不如不說。

聽三姊這麼說，幼銀便都信了，大大地鬆了口氣。「沒事就好！我看小可這般急匆匆地跑來叫妳，還以為出什麼大事了呢！」幼銀心思纖細，卻十分相信幼金，一聽她這麼說，便也相信了，總算把懸著的心放了下來。

倒是月大富這邊，從幼金走後到她回來這麼久，一句話都沒問，彷彿這事從來沒發生過一般。

月文偉本還想等月幼金這幾個賤丫頭回來鬧一鬧，自己再乘機跟爺奶告一狀呢！沒想到那月幼珠頂著半張還有些紅腫嚇人的臉回來，一個個卻跟沒事人一般，該幹麼幹麼，倒讓他有些失望。

月文偉看著月幼珠頂著張嚇人的臉過了好幾日，最後紅腫都消了卻還留下一道長約一寸的傷疤在臉上，可算是徹底破了相。

想想月幼珠惡狠狠地盯著自己卻又拿自己沒辦法的樣子，月文偉心裡就極為得意，跟那幾個心裡還有些愧疚的小子說道：「我就說了，不過是個賠錢貨，別說破了相，就算把她賣了都不是個事兒，也值得你們怕！」

不過月文偉的得意並沒有持續多久，等到月家今年的搶收結束後，幼金便暗地裡開始了她的報復計劃。

對於月文偉這個人，幼金是一直都沒有什麼好感的，一個愚蠢自大且被溺愛壞了的小敗家玩意兒。這次幼珠被害得破了相，這口氣無論如何她都是嚥不下去的。

不過幼金也不會傻到跟他玉石俱焚，所以這件事她是瞞著家裡所有人，獨自開始以牙還牙的計劃。

秋收已過，天氣轉涼，但時近中午時還是有些熱的。這天月文偉不知從哪裡聽來的消息，說有人在翠峰河裡抓到了好大一條魚，便也來了興致，趁著日頭正猛，帶著幾個豬朋狗友一起往翠峰河撈魚去了。

幼金自然知道他的動向，在月文偉出門後不久，她也揹著打豬草的背簍，沿著村裡的大路上了村後頭的翠峰山去打豬草。幼金一路上笑著跟人打招呼，有人問起便說是上山打豬草去，出了村子後，看四下無人，便來到山腳下，用樹枝拍下來十幾條洋辣子，小心地用棍子挑到一片厚厚的樹葉裡包裹著，放進背簍裡，然後遠遠繞開村子，佝僂著身子避開所有人的視線，悄悄摸到了翠峰河邊。

月文偉幾個人脫下了外衣裳放在河岸上，然後四、五個半大小子進了河裡摸魚。

幼金先是趴伏在岸邊細細看了是哪幾個人，最後確認了全是參與了那日欺負幼珠事件的人，便將從山上抓過來的洋辣子小心地放到他們隨手擺在河岸上的外衣裳裡頭，其中月文偉的衣裳裡頭足足放了八條洋辣子！

幼金看著洋辣子蠕動著消失在衣裳的縫隙中，冷笑道：「月文偉，我今日就教教你什麼叫自作自受、以牙還牙！」瞥了眼河裡還渾然不覺的幾個臭小子後，她又順著原路悄悄回到了翠峰山上，繼續打豬草。

月文偉帶著幾個人在河裡撈了半天卻啥也沒撈著，站在河裡罵了句娘，才悻悻地從河裡起來穿衣裳，準備回家。

日頭過午後，風漸漸大了起來，大家被秋風吹起了一身雞皮疙瘩，幾個小子只想趕緊穿上衣裳，都沒注意到衣裳裡頭有東西，等全穿上衣裳了，才被不知道是什麼的東西螫了一下，一個兩個紛紛「嗷」的一聲叫了出來。

幾個小子一個個站在河岸邊瘋狂地跳動起來，沒一會兒，幾個小子的衣裳裡都或多或少地抖落下幾條蜷縮蠕動的洋辣子，其中月文偉身上抖下來最多，足足抖出來一小片洋辣子，身上也被螫了一片，慘不忍睹。

被洋辣子螫得這般狠，幾個十歲上下的孩子哪裡知道該怎麼辦，便都哭喊著回家找爹娘了。

月文偉平時總裝得很厲害，其實最是沒用，這回被洋辣子螫狠了，跑得最快的就是他。

在家午歇的小陳氏被哭著喊著回來的月文偉嚇醒了，原還有些生氣想說他幾句的，卻看到他抓心撓肝的痛苦表情，趕忙起身查看他的情況。「我的兒，你這是怎麼了？」

月文偉如今只覺渾身又痛又癢，難受得很，哭著跟小陳氏訴苦。「娘……洋辣子螫得疼……」

小陳氏聽他說是洋辣子螫了，便鬆了口氣。「你這孩子，洋辣子螫了也值得你哭的？這麼大的人了還這般哭鬧，也不怕別人笑話！」

那頭老陳氏也聽到了月文偉的動靜，從正房出來查看情況，見孩子哭得厲害，小臉都有些發白的模樣，不禁皺著眉對小陳氏說道：「妳倒是給孩子看看螫得怎麼樣了？哪有妳這麼做娘的，兒子被螫了還站著瞧熱鬧！」

小陳氏轉過頭去撇了撇嘴，才拉過月文偉，解了他的外衣裳檢查。若不是脫了月文偉的衣裳，都不知道孩子被螫得這麼厲害！兩個胳膊上連著一片、背上、腰上，還有挽起褲腳的腿上，都是被洋辣子螫過的痕跡！

「你這孩子怎麼回事？是掉到洋辣子窩了不成？」老陳氏看著月文偉身上被洋辣子螫得遍體鱗傷的模樣，心口都跳了好幾下，忙打發小陳氏。「還不快拿些皂莢水來塗塗，興許能好些！」

小陳氏一時也慌了神，聽婆婆這麼說，趕忙「欸」了一聲，就往廚房找皂莢泡水去了。不過片刻，小陳氏便端著一盆皂莢水回來，小心地在月文偉被洋辣子螫到的地方塗上，才稍微緩解了一下疼痛。

幼金這邊很快就打好了一筐豬草，她按照平時出來打豬草的時間掐著點回家，並未露出什麼破綻。果然，還沒回到月家的巷子，就聽到月文偉跟殺豬般叫起來的嚎叫聲，幼金臉上露出一絲計成的笑，深吸一口氣後，平靜地推開了月家的院門，一進去便瞧見月文偉半裸著上身，褲腿都高高挽起來，痛得擠眉弄眼的，小陳氏則一遍又一遍地拿肥皂水給他塗抹上去，希望能緩解疼痛。瞧見這般情景，揹著沈沈一筐豬草的幼金垂下頭看著地面，露出一絲滿意的笑。螫不死他，也要讓他好好感受一下幼珠受過的苦！

雖然幼金不打算摻和進去，卻有人不肯放過她。

「奶，一定是二房那幾個賤丫頭幹的！」月文偉痛紅了眼，惡狠狠地瞪著站在西廂房門口、剛把豬草卸下來的月幼金。「肯定是她幹的！」

老陳氏偏心的一大體現，就是她對孫子說的話都天然地多信上幾分，尤其如果是牽扯到二房幾個讓人十分討厭的賠錢貨身上，那原先的七、八分相信便成了十分。

一聽見寶貝金孫這麼說，老陳氏陰毒的目光便落在了幼金身上。「是妳害得文偉被洋辣子螫的？」

幼金一臉茫然地看著老陳氏。「文偉這是被洋辣子螫了？」頓了頓才蹙著眉頭，故作關懷地說道：「如今到處都是洋辣子，可不是文偉不小心掉進洋辣子窩了不成？幼珠那日在曬穀場也被螫得厲害，還被螫得留了個疤在臉上呢！」

一聽幼金說起幼珠就是被洋辣子螫得臉上留了疤，月文偉沒來由地心虛了一下，不過這種心虛只持續不到片刻，看著幼金若有所思的目光，更是一口咬定是幼金幾人來報復自己了。「肯定是妳幹的！妳這是報復我！」

幼金疑惑的表情做得恰到好處，皺著眉頭看了眼老陳氏與小陳氏。「文偉這話說得倒是奇怪，你又沒欺負我，我報復你啥了？」她不信月文偉能自己不打自招地把那日的事說出來！

果然，月文偉被她這麼一問，便瞬間啞口無言，只咬定就是幼金幹的好事。

「那日幼珠被螫得厲害，後來還是馬大夫不知道用什麼土方子給治好了，奶跟大伯娘要不要也帶文偉去看看？」幼金想了想，最後加了句。「我聽張奶奶說，這要是被洋辣子螫狠了，可是能螫死人的呢！」

果然，老陳氏等人一聽說洋辣子能螫死人，趕忙慌亂地給月文偉套上衣裳，火燒火燎地帶著往村尾馬大夫家去了。文偉是寶貝金孫，可是一點子意外都不能出的！

看著她們頓時慌亂成一團，帶著月文偉就去求醫，全都忘了要跟自己算帳的事，幼金這才邁著輕鬆的步子回了西廂房。

幼金一進西廂房，幾個小蘿蔔頭便「呼啦」一聲全都圍了過來。「三姊！」

臉上頂著一條長約一寸小疤的幼珠看著幼金，眼中盡是歡喜。「三姊，月文偉也被洋辣子螫了！」

「我知道。還記得當時三姊跟妳說的話嗎？現在三姊再跟妳說，還有妳們幾個也一起聽。」一把抱起走路還有些搖搖晃晃的小九，帶著幾個妹妹坐回炕上後，才用緩慢的語速一字一句娓娓道來。「君子報仇，十年不晚。若是有比我們厲害的人欺負了我們，我們沒有能力正面反擊時，可以想別的法子。妳們都要記住，以卵擊石是最笨的方法。記住了嗎？」

幾個小蘿蔔頭都認真地點點頭。「記住了！」

幼珠的眼中閃著特別明亮的光芒，她從剛才聽到月文偉鬼哭狼嚎的時候就猜到是三姊幫自己報仇了，現在聽完三姊的話以後，心裡更是完全知道這是三姊幹的了！

幼金也看到幼珠兩眼放光的模樣，趁著幾個妹妹不注意，偷偷朝她眨了眨眼睛。

幼珠機靈地點點頭，就把這事當成自己跟三姊之間的小秘密。

姊妹們鬧成一團。

躺在炕上的蘇氏聽著外頭的動靜，不由得也露出一絲慈愛的笑，這才覺得家裡如果只有她們幾個，窮點苦點怕什麼？起碼她的孩子們不用每日擔驚受怕，不知道什麼時候又要被毒打一頓不是？

第五章

老陳氏與小陳氏帶著月文偉到了馬大夫家後，卻恰逢馬大夫上山採藥還沒回來，於是坐也不是、站也不是地等了小半個時辰，直到月文偉痛得額頭都冒出豆大的汗珠，濕透了衣裳之時，馬大夫才揹著藥簍子慢悠悠地回來了。

一聽說又是一個被洋辣子螫得厲害的，馬大夫正好試試上回幼金說的方子。他抓了幾條洋辣子回來，挑出青綠色的經脈塗到月文偉的傷口處，果然不過一刻鐘，紅腫疼痛的狀況就得到了大大的緩解。

看著月文偉終於不嚎叫了，老陳氏婆媳這才鬆了口氣。

馬大夫見他沒事了，便交代了兩人幾句。「回去要是還疼，就弄點皂莢水塗塗。現下正是洋辣子活泛的時候，可得管好孩子才是，這洋辣子要是螫狠了可是能螫死人的！」

婆媳倆本來是帶孩子過來看大夫的，哪承想還被大夫教訓了一頓？

尤其是老陳氏，原還因孫子不再受罪而鬆泛了許多的臉色頓時又變得有些黑沈，含糊地應了句後，也不付診金，帶著人便走了。

瞧著老陳氏離去的背影，馬大夫媳婦兒林氏惡狠狠地呸了一口。「什麼玩意兒！就不該管，螫死了活該！上回幼金跟幾個妹子多懂事啊！真真是歹竹出好筍！」轉頭對坐在院裡切草藥的馬大夫繼續念叨。「你就讓他被螫死也是活該！好心好意說兩句還說不得了？真拿自己當成天上的王母娘娘了不成？」

馬大夫放下手中的草藥，嘆了口氣。「醫者父母心，病人就是病人，不管品性如何，救死扶傷是大夫的天職。妳也別說了，準備些吃的來吧，我這上山採藥了半日，餓得緊。」

林氏沒好氣地白了他一眼。「就你能！」不過還是手腳俐落地熱好飯菜給他吃。

因為沒找到證據，加上上一回偷雞蛋一事鬧出的風波，讓老陳氏對幼金有了些許忌憚，月文偉便只得咬落苦果往肚子裡嚥。

因著洋辣子而鬧出的事故，最後只在幼珠臉上留下了淺淺的疤痕，這一場風波便悄然過去了。

翠峰村的西邊大約六、七里地便是柳屯鎮，鎮上逢二、六做集，即每月的初二、初六、十二、十六、二十二、二十六日為集日，到這些日子，鎮子周邊村莊的百姓大都會提著自家攢下來的雞蛋或者新鮮的蔬果到集上換銀子，畢竟都是自家地裡產的，能多換一文錢那都是好的。

如今月家支出了一大筆銀子，老陳氏也開始要將家中攢下的雞蛋拿到集上換銀子了。這日吃晚飯的時候，老陳氏便跟小陳氏說了一嘴。「大後日便是二十六，到那日把家裡的雞蛋還有自己做的鞋墊都拿到集上換些銀子，多少能補貼一點。」

小陳氏點點頭。「成，娘放心。」想到家裡那麼些雞蛋，還有老陳氏做的鞋墊、打的絡子等一些小玩意兒應該多少也能換些銀子，小陳氏便開始琢磨著自己能在這裡頭偷賺多少？

老陳氏瞥了一眼小陳氏便知道她在打什麼主意，挾了一筷子菜塞進嘴裡嗒吧嗒吧後，淡淡抬眼看著小陳氏。「大後日我與妳一同去。」以前家裡境況好些，加上小陳氏是自己的娘家姪女，讓小陳氏從中抽點銀錢倒是無所謂，可如今家中銀錢短缺，她怎麼可能還把銀子白送給別人？就算這人是自己的兒媳婦兼娘家姪女也不行！

小陳氏被老陳氏的突然出招搞得有些暈頭轉向，不過立即就反應過來了。「娘啊！這大遠路的，您何苦折騰？我保准能把東西給您賣出好價錢來！」臉上笑嘻嘻地哄著老陳氏，心裡卻緊張得不行，生怕老陳氏要跟自己一起去趕集。

可她的小心思哪能瞞得過老陳氏這隻老狐狸？「妳也不用想那些花花心思，就這麼決定了，大後日我與妳一同去。」趕集的事就這麼拍板決定了。

小陳氏滿心不高興，可一旁坐著安靜地吃著飯的幼金心中卻是高興得不得了。以前是蘇氏不願離開月家，加上自己也沒什麼機會去趕集，可如今蘇氏既已生了離開月家的心，首先便是要解決銀錢的問題。

如今老陳氏與小陳氏要一起去趕集，那不正是給自己創造了賺私房錢的機會嗎？

當晚，幼金趁著月長祿還未回來，與蘇氏商量道：「娘，若是咱們要離了月家，那就得有銀子才行，還要您為我改套衣裳才是。」

幼金想到的方法，自然是逮些山雞、野兔去換銀子。如今正值金秋時節，翠峰山脈連綿一片，山雞、野兔也少不了，下套套野雞、找兔子窩燻兔子這種事，她自然也是做得來的。

蘇氏聽她說要賺銀子，不由得有些擔憂。「妳有什麼法子賺錢？」若是要搭上女兒，蘇氏自然是萬萬不肯的。

幼金俯身過去，悄聲道：「娘忘了？我會抓野雞。我明後兩日到山上去轉轉，哪怕是抓到一隻野雞、野兔也能換些銀錢不是？難得碰到奶跟大伯娘都不在家的日子，咱們若是不抓緊機會攢些銀錢，哪日離了月家，該如何過活？」

聽到女兒這麼說，蘇氏的眼眶不由得微微發紅，揪心不已。「金兒，要不咱們就不走了可好？」那翠峰山上早些年可還有大蟲出沒的，女兒這若是真把命都搭上了可該如何是好？

「娘，您就聽三姊的吧！」見到幼金進去跟蘇氏說話，幼珠先是自己偷聽，後來又招手叫來了幼銀、幼寶。聽到三姊說要帶大家離開月家，姊妹三人眼中都掠過一陣驚喜，可是聽到娘親說不願離開，性子著急些的幼珠便撩起門簾衝了進來。

幼銀、幼寶見幼珠先衝了進去，兩人對視一眼，也都跟著進去了。「娘，您就聽三姊的吧！」

蘇氏沒想到原來幾個女兒都這般想逃離月家，不由得想勸說一二。「妳們年紀還小，可知道我們要是離了月家，吃不飽、穿不暖是一回事，咱們這全都是女流之輩，若是叫人欺辱了，那可如何是好？」

性子軟些的幼銀、幼寶聽完蘇氏的話，面上便露出有些猶疑的表情。

可性子俐落的幼珠卻不這麼認為。「娘，咱們若是離了月家，我可以和三姊一起保護大家的！咱們若繼續在月家裡頭待著，又真的能過得好嗎？爹只知道打我們，咱們在月家吃不飽、穿不暖的，還要給人呼來喝去，比外頭村子裡閒逛的野狗都不如！」深深地看了眼蘇氏，而後幽幽道：「若是這樣，我還不如去當一條野狗呢！」

聽完幼珠的話，又看了眼看向自己的目光變得堅定的幼銀、幼寶，蘇氏才驚訝地發現，原來自己的這幾個女兒都已經長大到能辨別是非的年紀了！蘇氏這才覺得自己甚至連自己的幾個女兒都比不了，女兒們尚能亡羊補牢、當斷則斷，可自己卻任人欺辱了這麼多年，還這般優柔寡斷，著實是太失敗了些。眼眶微紅的蘇氏心中思緒萬千，過了好一會兒才重重地點點頭道：「好，這一次，娘聽妳們的。」

「真的？娘真好！」三個小丫頭歡喜地撲到蘇氏床前，開心地伸出小手輕輕摸著蘇氏的肚子。

知道老陳氏等人要在二十六那日去趕集，幼金自然也是要在這日去的，不過她要在老陳氏等人前頭去，前頭回。

這兩日趁著上山打豬草，幼金獨自一人到了翠峰山中平時人跡罕至的地方下了不少繩套，還央著蘇氏用穿破了的粗麻料子的舊衣裳，縫製了一個大口袋用來燻兔子用。

揹著空竹簍，手裡拿著根長長的竹竿敲路，一個一個地去尋找自己昨日下到路邊的繩結，還找到了不少野雞窩，又撿了不少野雞蛋，可以說是收穫頗豐。

還未走到昨日下的繩結那頭，便聽到一陣撲棱的聲音，幼金頓時精神一振：有收穫了！繞過一棵三人環抱大小的參天大樹後，便看到一隻野雞正撲棱著翅膀想掙脫牠左腳的繩結，可繩結還未掙開，幼金便到了。

看到原來是一隻體型不小的雄雞，幼金眼中閃過一陣驚喜，趕忙撲過去抓住了快要掙脫的野雞，扯了根藤蔓緊緊地將野雞的兩隻腳綁住，防止牠逃脫，然後隨手將這隻重約三、四斤的大野雞扔進背簍裡，繼續尋找下一個昨日放置好的繩結。

幼金今日的收穫十分不錯，昨日下了十三個繩套，今日一共收穫了四隻野雞、兩隻野兔，可以說是戰果頗豐了。揹著已經裝滿野雞、野兔的背簍，幼金哼著小曲找到了一處僅能藏進二人的小山洞。

站在小山洞邊上，用蘇氏給自己縫製的簡易麻布袋子將山雞和野兔都裝了進去，再放到那個小山洞裡頭，最後才折了不少樹枝、樹葉將小山洞蓋得嚴嚴實實，從外頭看不出一絲藏匿了這麼些東西的痕跡後，才鬆了口氣，再打了豬草下山回家。

如今離開月家一事已經成了幾姊妹之間共同的秘密，大家都知道三姊今日上山去是要打獵換錢的，因此個個都排著隊坐在西廂房門口翹首盼望著。一聽到院門響起，便都蜂擁過去了。「三姊！」

幼珠快人快語地問：「三姊，怎麼樣？」雖然嘴快，不過也知道什麼該說、什麼不該說，尤其爺奶都在正房上頭，大伯母還有大堂姊也都在東廂房看著。

幼金先是笑吟吟地反手伸到後邊揹著的背簍裡掏出一包葉子，打開後裡頭是一大包熟透了的羊奶果，給每個妹妹都分了幾顆後，才笑著應道：「放心，多著呢！」

聽完幼金的話，知道內情的幼銀跟幼珠、幼寶歡喜地跳了起來，不知情的幼綾、幼羅、幼綢則是吃到了好吃的羊奶果，歡喜得咯咯直笑。

不過二房這邊歡樂的氛圍並沒有持續多久，從後院上完茅房回來的月幼婷輕蹙眉頭，學著城裡頭姑娘的作派，穿著細棉衣裳，用帕子捂著嘴，嫋嫋娜娜地走了出來。

見二房的幾個賤丫頭在那兒鬧騰，還以為是得了什麼好玩意兒，沒想到只不過是幾顆羊奶果，不禁微微翻了個白眼，撇了撇嘴。「真是沒見過世面的賤胚子，幾顆羊奶果就值得高興成這樣，出去可千萬別說是我們月家的人，省得丟光我們家的臉面！」

原還歡喜地吃著羊奶果的幾姊妹被大堂姊這般一頓夾槍帶棒地嫌棄過後，個個低垂著頭，不敢言語。幼金見是她，臉上的笑也淡了七分，冷眼看著她道：「我們都是沒見過世面的鄉下丫頭，大姊您這書香世家的大小姐可千萬別跟我們說話才是，省得髒了您的嘴不是？」然後臉上的笑容變得有些惡意。「大姊穿得好，不像我們穿得破破爛爛的，要是靠近了，一會兒有個跳蚤癢蟲跳到您這身上，那可就別怪我們了啊！」

聽完幼金的話，月幼婷跟碰到什麼髒東西一般，連連倒退了好幾步，沒好氣地罵了句「賤丫頭」，然後才斂神，學著幼金冷眼瞥人的神態回了一句。「我懶得跟妳們這些賤丫頭計較！」輕輕「哼」了一聲，扭著腰往東廂房回了。

見她這樣如同鬥敗的鬥雞一般還要高高揚起頭的模樣，幼金不由得就想笑。這月幼婷還真把自己當成官家小姐了！如今還沒成官家小姐呢，譜子就擺得這麼足，將來若是她那兩個兄弟真走了狗屎運中舉了，那她的尾巴不得翹上天去？

帶著幾個妹妹回了西廂房後，幼金才小聲地跟蘇氏說了說今日的情況。

蘇氏已幫幼金將一套衣裳改成寬大的男裝，幼金換上衣裳，又戴了頂灰撲撲的小帽子，活脫脫一個農家乾瘦的男娃子，她對於這樣的裝扮十分滿意。「成了，那我後日便這麼穿著去趕集！」又交代了幾個妹妹一聲。「我後日到鎮上去，把逮到的山雞和野兔賣了，肯定能換些銀子。妳們幾個乖乖在家待著，若是奶跟大伯娘回來早了，幼珠就到翠峰山腳下那棵老榆樹那兒等著我，知道不？」

第二日，幼金又上山逮到不少山雞和野兔。許是翠峰村這些年沒有獵戶的原因，山上的野物倒是都不怎麼怕人，因此幼金下的套也十分好使。將今日逮到的又拿去跟昨日那幾隻山雞、野兔一起藏著，只等明日一早便來把牠們都揹到集上去賣了換錢。

翌日一早，幼金先是將蘇氏改好的衣裳穿在底下，然後外頭再穿上自己平日穿的衣裳，雖然看著整個人有些脹鼓鼓的，不過如今已近深秋時節，晨起天氣寒冷，倒也不至於讓人察覺不妥。幼金在老陳氏等人眼前路過，徑直上了山。

老陳氏等人忙著收拾帶到集上去賣的貨物，也沒發現幼金的不妥。

上山後，幼金熟門熟路地找到了存放獵物的山洞，先將自己身上穿的衣裳裡外調了個轉兒，才將已經放了一、兩日的山雞、野兔裝進今日特意換了的大背簍中，揹著沈沈的背簍，打算從側面翻過翠峰山，走到翠峰山的另一頭，再走到官道上去。

初秋清晨的山林中，透明的露珠沾滿枝頭。幼金揹著沈甸甸的背簍，艱難地沿著一條羊腸小徑翻過翠峰山，這是她之前曾探險時走過的路，知道這條路最終是通向翠峰山南邊，走到一個小村落邊上的官道上，那裡每逢集日都有不少拉客的牛車，只要一文錢便能拉著人到柳屯鎮去。

幼金今日出門出得早，等走到官道邊上的時候，那輪紅紅的圓日已經半露出來，掛在東邊山頭上，有些害羞似地看著已經漸漸熱鬧起來的人間。

幼金剛到官道邊上不過片刻，就有一輛牛車慢悠悠地走了過來，幼金趕忙伸手招了招。「大叔！我要坐車！」

那趕車的大叔坐在牛車上，聽到有人叫停車，忙「吁」地一聲停下車，見是個半大小子，便笑道：「小子，坐牛車可是要錢的，你有錢不？」

幼金趕忙從身上掏了掏，終於掏出一文錢遞到那大叔面前。「大叔，我有錢！」
那趕牛車的漢子見他拿得出銀子，便笑著讓他上了車。
此時車上已經坐了兩個也是要去柳屯鎮趕集的婦人，見有人上來了，便客氣地挪了挪，給他讓出了一點位置。
幼金也笑著道了聲謝，然後安靜地坐下來，牛車搖搖晃晃地便往柳屯鎮去了。
其中一個婦人打量了他幾眼，見他揹的大背簍上頭還蓋了塊麻布，便笑著問道：「小子，你家裡大人呢？怎地放心讓你一個半大小子一個人去趕集？」
「我爹是翠峰山上的獵戶，得了些山貨，叫我帶到鎮上去賣，再給我娘換些藥著家去呢！」幼金眼皮都不眨一下，隨口就編了個瞎話。「大嬸，您別看我個子小，我都十二了，我爹說我已經是男子漢了！」
幼金的話逗得兩個婦人哈哈直笑。
「你個毛都沒長齊的半大小子，也敢說自己是男子漢了！」
幼金不好意思地笑了笑，然後跟兩人打探道：「大嬸，我這也是第一回到柳屯鎮去趕集，也不知道這山貨是要拿到哪裡去賣呀？」
鄉裡人最大的一個特點就是熱忱，見他這麼問，兩個婦人便將自己知道的情況都說了出來。「這柳屯鎮趕集日都是在西市的集上賣，你要是想賣出好價錢，怕是要到那些酒樓的後廚問問他們要不要山貨？」

前頭趕集的大叔也聽到了，邊趕著車邊說道：「咱們鎮上要說山貨買得多的，也就是鮮味齋了，但凡咱們鎮上有些銀錢的，都喜歡到那兒去吃飯。我以前也拉過一個獵戶去鎮上，他便是送獵物到鮮味齋去的，小子要是願意，可以去試試。」

幼金一聽，趕忙笑著道謝。「多謝大叔指點，那我一會兒到了鎮上便去問問看。」

雖然幼金是從翠峰山南邊官道上的牛車，但牛車的速度也比人的腿走得快了許多，不過半個時辰便到了鎮子門口。

等牛車停穩後，幼金才揹著重重的背簍從車上下來，又跟那趕車的漢子道了聲謝，才邁開腿往鎮子裡頭去。

這是幼金第三回到鎮上來，柳屯鎮本也不算大，所以幼金很容易就找到了鮮味齋的後門。

十里八鄉的村民們都喜歡趁著集日開，買個針頭線腦啥的，所以柳屯鎮的集日十分熱鬧，賣胭脂的、耍把戲的，甚至是沿街乞討的小乞兒都比往日裡多。

幼金前兩回來鎮上都是來去匆匆，倒沒感受過充滿生活氣息與人間煙火味的古代集日。

揹著重重的背簍敲響了鮮味齋後廚外的後門，不過片刻便有負責守著後門的小夥計過來開門。

原以為是每日送菜來的農家，沒想到是個半大小子，臉上還不知道是沾上了鍋底的煙灰還是啥，連長相都看不清，小夥計便問道：「是你敲的門？」

一般客棧酒樓也時不時會有些人拿東西來賣，小夥計也是見慣了的，便瞥了眼他身後揹著的大竹筐，上頭還蓋得嚴嚴實實的。「你這揹的是什麼呀？」

幼金腆著臉笑道：「小哥，我這揹的都是我爹上山套的山雞、野兔啥的，都還是活蹦亂跳的，要不您看看？」

一聽說是山雞、野兔，那小夥計也來了興致。「你打開我瞧瞧好不好再說。」如今正值深秋時節，來鮮味齋吃野味的客人也比夏日裡多許多，不過柳屯鎮附近的獵戶不算多，他們每日能收到的山貨也有限，如今正好有送上門來的，看看也是可以的。

幼金聽他這麼說，便是有希望了，趕忙放下沈甸甸的背簍，當著那小夥計的面掀開了蓋在上頭的麻布，便瞧見七、八隻還在低聲「咕咕」直叫的山雞和瑟縮成一團的灰毛野兔全都擠在背簍中。

那小夥計「嘿」的一聲，露出個笑。「你這小子可以啊！這麼多的山雞、野兔，你這豆丁大的身子還能揹到鎮上來！」蹲下身子來瞧了瞧這些山貨的精神頭，發現都還不錯，便站起身，朝他說道：「你在這兒等會兒，我去問問我們廚房負責採買的管事，看還要不要山貨。」

幼金感激地道了聲謝。「有勞小哥了！」幼金沒想到竟然還挺順利的。其實是因為一般獵戶送來的山雞、野兔很多時候都是射殺的，送到鮮味齋的時候那山貨的身子都硬了，像幼金送來的這還活蹦亂跳的倒是少見，所以才這麼順利。

那小夥計進去後不過半刻鐘，便帶著一個身材微胖的中年漢子出來了。「管事的，便是這個小子要來賣山貨。」

那管事生得一雙透著精光的小眼睛，滴溜滴溜地在幼金身上轉了幾圈，撚著幾根山羊鬍問道：「你小子哪裡來的這麼些山貨賣？作價幾何啊？」

幼金笑呵呵地學著古人拱手行了個半吊子的禮。「回管事老爺的話，我家是翠峰山上的獵戶，這些山貨都是我爹打的。因為家中老母病了，我爹就打發了小子到鎮上把山貨賣了，再換些藥錢回去給老母看病。」

聽她這麼說，那管事的也沒再多問什麼，示意她掀開背簍頂上的麻布後，細細檢查了一番，最後要了八隻山雞，四隻野兔。

幼金揹著相對於來時沈甸甸、現在已經跟沒有什麼東西一般的背簍，懷裡揣著蘇氏昨日用麻布縫製出來的小荷包，裡頭裝著賣山貨所得的銀錢。其實加起來不過一兩銀子，不過幼金卻覺得心頭滾燙滾燙的。

出了鮮味齋後門所在的巷子，然後往西市集日大家擺攤的地方去了。幼金背簍裡還剩兩隻個頭稍小、已經噈氣的山雞。她要趁著如今西市正熱鬧的時候，把這兩隻山雞也賣出去。

進了西市趕集的街道，果然四處都是擺攤賣東西的人，幼金在人擠人的角落裡終於找到了一處狹窄的地方，趕忙將背簍放下，然後才將兩隻噈氣的山雞拿出來擺在地上。

看著四周不斷叫賣的商販，幼金張了張嘴，有些不好意思。前世今生兩世為人，幼金都沒做過沿街叫賣的工作，著實有些張不開嘴。

等幼金心理建設做得差不多，準備張口叫賣的時候，一個穿著半舊細棉衣裳的中年婦人挎著籃子走了過來。

「小子，你們家這野雞怎麼賣？」

幼金見有客上門，趕忙回神笑著應道：「四十文一隻。」這已經是比活山雞便宜了近一半的價錢。柳屯鎮中，好點的豬肉、農家自養的雞鴨都要二十幾文一斤，況且這山貨野味不比家禽易得，所以價格往往會比家養的貴上不少，要是活著的山雞，可是能賣出將近四十文一斤的價錢！

但那婦人卻皺著眉頭扒拉著已經噅氣的山雞，嫌棄地拍了拍手。「你這小子也真敢開價，不過是噅了氣的山雞也敢開口就要四十文錢！一口價，三十文如何？」

聽完這婦人的話，幼金不由得有些想笑，敢情這大嬸是看她年紀小，想占便宜來了？不著痕跡地將被她翻過的山雞往後挪了挪，然後笑道：「大嬸，這三十文也太少了些，您別是瞧我年紀小就哄我啊！」

那婦人被這般一說，臉上有些發燙，「哼」了一口。「兩隻都不知道噅氣多久的山雞，還敢拿出來賣，也不怕吃壞人報官抓你！」然後扭腰擺著屁股氣呼呼地走了。

幼金也不以為意，買賣不成仁義在，況且她也沒想著這麼快就能都賣出去。見那大嬸罵罵咧咧地走了，她安靜地縮回角落中繼續守著她那兩隻山雞。

事實證明，幼金的山雞價格並沒有叫高，那婦人走後不到兩刻鐘時間，幼金便以一隻四十文的價格將山雞都賣了出去，然後揹著已經空了的背簍，哼著小曲出了西市。回去的路上還花五文錢買了一大包飴糖、又買了八個三文錢一個的大肉包子。

出了鎮子，又碰到來時坐車的那位大叔，幼金便樂呵呵地交了一文錢上了牛車。如今日頭已經高高懸掛在空中，趕完集回家去的人也不少，不一會兒牛車上就滿滿地坐了五人，大叔便趕著牛車往翠峰山的方向去了。

到了翠峰山南邊的官道上，幼金便在今日清晨上車的地方下了牛車，跟趕車的大叔揮揮手道別後，揹著竹筐便往翠峰山上去了。

回程的時候因為沒有山貨的重量壓在身上，幼金的腳程快了許多，一溜小跑回到翠峰山北邊，等瞧見了翠峰村的身影後才放慢步子，又去打了豬草，才揹著沈甸甸的豬草回家去。

幼金到家後不過兩刻鐘，老陳氏與小陳氏也從外頭回來了，不過與歡喜回來的幼金不同，老陳氏滿臉不悅，小陳氏則耷拉著臉，垂頭喪氣地跟在老陳氏後頭回來。

在院中斬豬草準備餵豬的幼金瞧著兩人有些不對勁，便朝在西廂房廊下摘菜的幼珠招了招手，小聲說道：「幼珠，妳悄悄去正房後頭聽聽，看奶跟大伯娘說些什麼？」

幼珠有時也會偷聽，不過都是些無關緊要的小事。可現下既決定了要離開月家，自然是知道越多把柄越好。

幼珠圓滾滾的眼珠子亮閃閃的，用力點點頭，悄聲往後院去了。

坐在廊下摘菜的還有幼銀，瞧著幼珠的動向，她卻有些不安。「三姊，萬一被發現了可怎麼是好？」要是被奶知道小五偷聽，怕是打死都不為過的！

幼金一個眼神示意她安下心來。「小五機靈得很，妳放心便是。」

幼珠也確實沒有辜負幼金的期望，無聲地靠近正房後頭的窗沿下頭，然後蹲在一扇開了幾寸大的窗下，正好可以隱約聽到小陳氏的辯解聲——

「娘啊！我真沒有貪過公中的銀子，您老可千萬別生氣啊！」

老陳氏卻有些陰陽怪氣地說道：「那我還錯怪了妳不成？以為我久不到鎮上便哄得了我，鎮上雞蛋賣兩文一個，妳倒是個心黑的，回來跟我說一文錢一個！那不是妳污了我的銀子，是誰污的？」

小陳氏被她這般夾槍帶棒的反問噎住了話頭，然後哭哭啼啼地為自己辯解，無非就是說自己有兩個兒子要讀書，家中花銷大之類的話。

可正是這樣的話卻刺痛了老陳氏，坐在炕上都快跳起來指著她罵了。「文濤兄弟倆讀書花妳什麼銀錢了？束脩銀子哪回不是家裡給的？就連這回說要買卷子的一百兩都是公中出的，妳出過一分銀錢嗎？」

婆媳倆吵得厲害，最後還是月大富作主。「好了！一天天的，除了吵架還知道幹啥？老大家的，你們留私房錢我們不是不知道，可是污公中的銀錢那便不行！按我的意思辦，妳去取二兩銀子來，就當是妳這些年污了公中的銀錢數，旁的我也不跟妳算了。」

聽完月大富的話，兩個陳氏都跳了起來——老陳氏是嫌少，小陳氏是嫌多。婆媳倆妳一言、我一語的，沒個消停。

最後還是月大富用煙斗直接敲了敲炕上的小木桌。「好了，這事就這麼定了！老大家的，妳現在就去把銀子取來！」

小陳氏不甘地癟著嘴，不過也不敢不拿，不甘不願地回東廂房取來了二兩銀子交到老陳氏手上。

老陳氏則一把奪過銀子，然後才惡狠狠地瞪了她一眼。「往後要是再讓我知道，非扒了妳的皮不可！」

小陳氏看著自己不知道攢了多久才攢下來的銀子，轉眼就進了婆婆手裡，心裡滿是不甘。

正房裡頭因為小陳氏污了老陳氏銀錢引起的公案鬧得婆媳倆心中都有了芥蒂，卻沒人發現半開的窗戶外頭有人將她們說的話全都給聽了去，還都告訴了幼金。

已經餵完豬的幼金聽幼珠說完正房裡頭發生的事後，思考了好一會兒才跟幼珠交代道：「妳方才聽到的不許告訴三姊以外的人，可知道？」

幼珠嘴裡含著一塊飴糖，認真地點頭。「我知道。」三姊不止一次跟她們說過，家裡的事不能告訴別人，尤其是跟三姊的秘密，就連娘都不可以說的。

幾個小姑娘躲在西廂房裡頭，先是每人吃了一小塊飴糖，然後到了中午才又將幼金從集上買回的大肉包子分了吃。

月家的午飯歷來只有正房和東廂房的事，西廂房的月長祿則是不在家吃午飯的，而蘇氏以及幾個賠錢貨都是沒有午飯吃的。

幼金買的肉包子雖然貴，但也是真材實料的大包子，雖已經放涼了，不過一口下去，肥膩噴香的肉汁頓時充斥在整個口腔中，讓人欲罷不能，一口接一口，一個成年男子拳頭大的肉包子很快便吃完了。

就連年紀最小的小九，也一口氣吃完了一個大包子，最後還咂吧咂吧嘴，睡午覺的時候都有些意猶未盡。

等大家都吃完包子以後，幼金才將西廂房的門窗打開來通風，待屋內肉包子的香氣都隨著秋風消散了，才放心地將門窗關上。

蘇氏也是久不見葷腥的人，心滿意足地吃完一個大肉包子以後，才拉著幼金問起今日趕集的情況。

除了已經睡午覺的小七八九，剩下的人都兩眼直勾勾地看著自己，幼金便故作神秘地一笑，低聲道：「等我拿出來了，妳們可別叫出聲來！」

幼銀、幼珠、幼寶不約而同地伸手捂住了小嘴，乖乖地點點頭。「嗯！」目光緊緊跟在幼金身上，生怕自己錯過了什麼一般。

在蘇氏跟幾個妹妹期待的眼神中，幼金從懷裡掏出了有些沉甸甸的荷包，然後將裡頭的銀子全部倒在蘇氏的炕上。

「這麼多銀子！」蘇氏低呼了一聲，有些不敢相信自己的眼睛。「這怎麼著也有八、九錢銀子吧？」

「哇！」幾個妹妹都小聲地驚呼出聲，這麼多錢！

幼金笑咪咪地回答道：「八隻山雞換了七錢銀子，四隻野兔換了四錢銀子！還有兩隻嘸氣的山雞換了八十文，買肉包子、飴糖跟搭牛車回來花了三十文，所以現在還有一兩銀子一錢又五十文！」

聽完幼金公布正確錢數，就是蘇氏也驚到了。「這麼多銀子？山雞和野兔竟這般值錢不成？」

「肉價原就不低，城裡頭的有錢人又喜歡吃野味，山貨的價錢自然也高些。再說，那野兔扒了皮不是還能賣錢嗎？自然值錢。」幼金笑咪咪地將銀子裝回荷包中，然後說道：「這些銀錢就由我來保管，等咱們將來離了月家，定不會讓娘跟妹妹們吃苦的。」

蘇氏聽女兒這麼說，想到月長祿這幾日倒是改了不少，對自己說話也和氣了許多，不禁有些猶疑。「金兒，我瞧妳爹如今也改了不少，要不……咱們再給他一次機會？」

沒想到蘇氏竟然心生退意，幾姊妹原還歡喜的小臉都愣了，面面相覷，不知說些什麼好。

倒是幼金先反應過來了，她就知道蘇氏那日是一時頭腦發熱才鬆口的，畢竟她被虐待了這麼些年都不知道反抗的人，又怎能寄望她一朝醒悟？便淡淡地笑著說：「娘的心情我能理解，不過這銀子還是由我來保管可好？畢竟幾個妹妹也漸漸大了，這銀子要是給到爹手裡，指不定就充公了，留在自己手裡也便利些，娘以為如何？」

蘇氏說完反悔的話後就忐忑地看著長女，生怕她不同意自己的想法，見長女能理解自己想圓滿這個家的想法，不禁長長地鬆了口氣，笑著點頭。「這本就是妳賺的銀子，妳自己保管也是應當的。」

幼金見她這般討好似的笑臉，微微點點頭。「那我就先帶妹妹們出去了，娘也該午歇了。」

出了蘇氏的房間後，幼珠才氣鼓鼓地甩掉幼金牽著自己的手，然後乾脆側臥在炕上不理人了。幼銀、幼寶看著突然發難的幼珠，都有些不知所措，站在原地看了看幼金，又看了看幼珠。

幼金嘆了口氣，然後坐到幼珠身邊低聲跟她講道理。「幼珠，三姊知道妳心裡不高興，可那是娘的婚姻，她不願意，我們能怎麼辦？難不成妳要自己一個人走了，留下娘跟小七、小八、小九在月家受苦受難嗎？」

聽完幼金的話，幼珠才騰地一下坐起身。「可是三姊，我不想留在月家，我不想被人當畜生一樣對待！」

幼金將她攬入懷中，小聲地安撫著。「幼珠放心，三姊不會讓妳被欺負的，等娘真正堅定決心後，便是咱們離開月家的時候了。」

「會有這一天嗎？」幼珠的眼中滿是迷茫地看著幼金，彷彿幼金一旦說出否定的話，她的所有信仰就會全然傾頹一般。

幼金緩緩地以小聲卻莫名有股讓人心安的力量的聲音說道：「會有的，會有的。」

不僅幼珠，就連原也有些失望的幼銀跟幼寶眼中的懷疑也漸漸都消失了，只剩下純淨的信任與熱忱，明亮異常。

其實幼金的想法很簡單，狗是改不了吃屎的，他月長祿家暴了蘇氏那麼些年，怎麼可能無緣無故就這般和顏悅色起來？事出反常必有妖，就看月長祿何時露出他的狐狸尾巴，到那時再看蘇氏究竟是否還要繼續執迷不悟罷了。

深秋寒意漸濃，幼金每日不僅要上山打豬草，還要儲備過冬的柴火，因此也有了更多的時間和藉口在外頭繼續她的私房錢儲存工作。

而月長祿確實如蘇氏所言，已經有段時日回家都沒有衝自家老婆孩子動手了，因此性子像足了蘇氏的幼銀也開始猶豫，覺得爹現在這般也挺好的，若離了月家，她們就都要成為沒爹的孩子，就像村西頭吳寡婦一家那般，幾個孩子從小被人欺負了。

因為這事，幼銀跟幼珠之間爆發了一場衝突。

幼珠是堅定地站在幼金這邊的，她才不相信那個只知道打老婆和孩子、畜生不如的男人會一朝醒悟，於是衝著幼銀大喊道：「他要是知錯能改，妳會挨這麼多年的打嗎？妳說他知錯能改，還不如說他是鬼上身！」

幼銀是二房幾個姊妹中性子最軟，淚窩最淺的，她沒想到妹妹會這般大吼大叫，頓時眼淚就下來了。「幼珠，爹再怎麼不是，那也是爹呀！難不成妳真想當沒爹的孩子嗎？」

幼珠被榆木腦袋的四姊氣得不想說話了！倒是幼金被機靈的小八拉過來勸架。問清楚緣由後，幼金嘆了口氣。離開月家這事若是她們姊妹都不齊心，那肯定是辦不成的。先幫幼銀擦乾眼淚，示意幼寶拉走了幼珠，自己才拉著幼銀坐在炕上，柔聲問道：「幼銀是擔心離開月家會被欺負嗎？」她從小看著幼銀長大的，自然知道幼銀雖然性子軟，但也是吃軟不吃硬的性子。

幼銀有些不好意思地抬頭看了眼正看著自己的三姊，她知道三姊是為了自己跟幾個妹妹好，可如果爹已改過了，那他們一家團圓地過日子，不總比她們孤兒弱母在外頭流浪好嗎？於是說出了心中所想。

聽完幼銀的話，幼金微微嘆了口氣，問道：「那幼銀是覺得爹真的改了性子嗎？要不這樣，我們給爹三個月的時間，要是爹真的改好了，我們便不走了，可是如果爹再犯，那妳說該如何？」

外頭扒著牆沿偷聽的幼珠一聽到三姊說不走了，就想立即衝進去，卻被幼寶攔住。

「三姊自然有三姊的道理，妳個炮仗性子，跑進去不又要跟四姊吵起來了？」好說歹說才將幼珠勸住。

幼金不理外頭的動靜，她自然知道幼珠在外頭偷聽，只繼續勸著幼銀。「妳說幼珠為什麼想著離開？妳忘了幼珠和幼寶剛生下來的時候，奶就想溺死她們嗎？幼寶的身子就是這樣落下了病根，還有……」幼金將幾姊妹這些年受過的苦挑了些重點的來給幼銀回憶。說完以後，見幼銀沈默不語，幼金便知道她是把自己的話聽了進去，心裡也悄悄鬆了口氣。「幼珠想走，無非就是想我們一家子能不用再過著豬狗不如的日子，她只是性子急了些，對妳並沒有惡意的，再怎麼說妳們也是好姊妹不是？」

「三姊，我知道的。」幼銀眼睛紅紅地看了眼幼金，她只是難過幼珠一定要離開月家，不過也知道她是為了大家好，所以並沒有生她的氣。

先是跟幼銀講完道理後，又轉頭教育了一頓幼珠。「妳這急性子，我說過妳多少回了？有什麼話好好說不成嗎？妳四姊也是好心，妳急赤白臉地跟她吵架，就差斷絕關係了是不？」

幼珠被她教訓得抬不起頭，不過她心裡也知道三姊是為她好，便吶吶地點點頭。

「三姊，我知錯了。」

就這樣，一場姊妹之間的小爭端就在幼金的左右兩端開解下，悄悄翻篇了。

許是今年時節好，各處都是豐收的年分，月大富想著賣糧食攢下些銀錢的計劃也落空了，反倒是一樣的糧食賣出去，比去年還少賣了十分之一的銀錢，氣得老陳氏在炕上躺了幾天都不肯起來。

今年年歲好，山裡的山雞、野兔也肥，鎮上吃野味的人比往年多了些，幼金趁著每次趕集都能逮到些山雞、野兔去換銀子，跟鮮味齋後廚採買的管事都熟絡了不少，每回得了山貨便都是進城送到鮮味齋去，倒是免了許多麻煩。

在今冬的第一場雪洋洋灑灑地落下來時，幼金已經靠著套山雞、野兔存下了十七兩銀子。十七兩銀子在柳屯鎮可以買下不到三畝的上等良田或者蓋幾間寬敞的泥磚瓦房。

可對於幼金來說，這還遠遠不足。她要養活六個妹妹，還有蘇氏跟蘇氏肚子裡那個不知性別的娃娃，十七兩銀子怕是連她們離開月家去安家的費用都不夠。

不過如今已經開始下雪了，山裡頭的動物都已經進入冬眠，她想再去打獵賺錢怕也是沒多少可能了，只得另想出路。

可是幼金還沒想到新的生財之路時，月家卻出了大事。

月長祿帶了個大腹便便的女人回了月家！

月家正房裡頭，月長祿扶著那個肚子已近八個月的年輕女子，兩人一起跪在了月大富與老陳氏面前。月長祿有些磕巴地說道：「爹、娘，婉娘肚子裡的孩子是兒子的，兒子不能任他們母子在外頭受苦，還請爹娘成全我們！」

老陳氏看著跪在地上妖妖嬈嬈的婉娘，眼前一陣黑，倒仰在炕上不說話。

饒是月大富也沒想到自己這個平日裡老實巴交的二兒子竟然一捅就捅了個大婁子出來，也皺著眉頭盤腿坐在炕上「吧嗒吧嗒」地抽著旱煙。

一時間，正房內寂靜無聲。

而西廂房那頭，出來給火炕添柴的幼金看到月長祿帶著一個女人進門，趕緊回了西廂房交代幼銀幾個。「無論外頭有什麼動靜，都不許出來，看住了娘親，知道嗎？」

小姑娘們不知道發生了什麼事，不過三姊的話還是乖乖聽的，便都點了點頭。

見幾個妹子都認真地點點頭，幼金才皺著眉，緊抿著雙唇往外頭去。

幼珠在三姊出門前心中一動，拔腿跟了上去。「三姊，出了什麼事？」

幼金才出了門，見她跟上，便趕忙把人往屋裡推。「妳趕緊回去！」自己轉身往後院去了。

幼珠見三姊這副模樣，更覺得是出了什麼大事，便也悄聲跟在幼金身後，摸到了正房後面的窗戶邊上。

幼金一回頭就見到了幼珠，也怕出聲音被裡面的人發現，只得使個眼色暗示她不許出聲，姊妹倆冒著紛紛揚揚的小雪，躲在正房後頭安靜地聽著裡頭的動靜。

正房裡頭，月大富與老陳氏沈默了多久，月長祿就跪了多久。

直到手中的旱煙都抽完了，月大富才乾咳了兩聲，看向跪在月長祿身邊的婉娘。「妳看上我家老二什麼了？」

婉娘一張口，便是軟糯的腔調。「我與月二哥相識已一年有餘，月二哥對我真情，我無以為報，只能以真心回報他一二，還請老爺子成全我們這段姻緣！」言辭之間，情真意切，感人肺腑。

「妳可知道，老二已經成家？」月大富雖算不上閱人無數，可這點看人的眼力還是有的，她一個不過二十出頭的女子，長得也算是有三分姿色，怎麼會看上沈默寡言還破了相的老二？

婉娘露出一絲愧疚的笑。「是我對不起蘇姊姊，不過我與月二哥是真心相愛的，我不求名分，只求您二老同意我們在一起。」

「呸！臭不要臉的狐媚子！」老陳氏聽她這麼一說，恨不得跳起來扒了她的皮。「真不求名分，妳今日幹麼來了？」

若不是時機不對，在窗外偷聽的幼金都要笑出聲音來了。這老陳氏為難女子的本領，放到哪兒都是十分厲害啊！

「娘！是我求著婉娘跟我回來的，是我要給她名分，不怪婉娘！」月長祿穩穩地將婉娘護在身後，擋住了老陳氏扔過來的鞋幫子。「您要打要罵，怪我便是了！」

月長祿這般有男子氣概的模樣，幼金姊妹倆還是第一回見，若非這人是自己的父親，現在正求著爺奶同意小三進門，幼金都要為這對苦命鴛鴦鼓個掌了！她給了幼珠一個「少安勿躁」的眼神，這場好戲還沒唱完，怎麼能攪黃了呢？

月大富又點燃一卷旱煙，連抽好幾口才沈沈地開口。「老二，你可知道，別說咱們月氏一族，就是咱們翠峰村、咱們這十里八鄉的百姓家，可都沒有納妾的先例啊！」

「那富貴人家才興納妾，我們這農戶人家納妾，傳出去不得笑掉人家大牙！」老陳氏毒毒地瞪了眼那個婉娘，雖然她討厭蘇氏，但她更討厭眼前這個婉娘！以前自己打罵蘇氏，老二從來沒攔過，如今才拿個鞋幫子扔過去，老二這沒出息的就巴巴上前攔住了，要是真讓她進門，以後老二還能聽自己的話？

可月長祿卻不是想納妾，而是想娶平妻！

要說這婉娘也確實有幾分本事，竟能將懦弱無能的月長祿迷得暈頭轉向，還為了她跟自己的父母正面槓上。

跪在地上，月長祿看了眼兩眼盈盈如水的婉娘，鼓起勇氣說道：「我不納妾，爹、娘，我是想以平妻之禮，娶婉娘進門。」

「平妻?!」月大富跟老陳氏都被嚇了一跳，沒想到兒子竟然提出這種要求。

還不等月大富說什麼，老陳氏便先跳出來反對了。「納妾都是污了我月家門楣，還想當平妻？不可能！」

雖然老陳氏跟一隻鬥雞般見人就啄，不過婉娘卻不怕，因為她有一張王牌在手！輕輕摸了摸自己已經快八個月的肚子，她柔聲道：「老爺子、老太太，回春堂的婦科聖手說我這胎十有八九是個帶把兒的。」柔柔地看了眼月長祿，再緩緩道：「若不是為了給月二哥生個傳宗接代的兒子，我哪裡還有臉活著！」

一聽她說肚子裡懷的是個兒子，月大富跟老陳氏的眼睛都亮了三分。「真是兒子？」

月長祿趕忙接話。「真的！爹、娘，那回春堂的趙大夫說的還能有假？婉娘給兒子生兒育女，兒子實在不願委屈她，還請爹娘成全兒子！」說罷，又重重地磕了個頭。

月大富嘆了口氣，老二一直沒有兒子這事也是他的心病，如今突然跳出來個懷著老二孩子的，說她肚子裡的是兒子，他心裡怎麼不歡喜？可是一想到要娶平妻，月大富就有些難點頭了，這畢竟不是小事啊！

思慮良久，直到第二卷旱煙也抽完以後，月大富才緩緩道：「這事也不是我說了便能算的，問問你大哥跟三弟的意見吧。還有蘇氏那頭，畢竟都是伺候你的人。」

「欸！」月長祿聽父親這頭算是鬆了口，歡喜地又磕了個頭。

老陳氏抿了抿嘴，才沒好氣地說道：「這大冷天的，還不快些起來？」

窗外頭，幼金與幼珠頭頂、身上都沾了不少雪花，可雪花帶來的寒氣也比不上兩人心寒。直到正房裡頭沒有人聲了，幼金才拽著已經麻木了的幼珠，悄悄沿著牆根回了西廂房。

幼銀等人在屋裡等得有些心焦，但不敢不聽三姊的話，一個兩個都不知道發生了什麼事，卻都莫名地心慌，好不容易等到幼金跟幼珠回來了，便全圍了過去。「三姊！發生什麼事了？」

幼金、幼珠兩人卻都沈默不語地坐到炕邊，神色嚴肅，一言不發，搞得幼銀等人心中更是慌亂。「三姊、小五，到底出了什麼事？妳們倒是說呀！」

幼珠一雙猩紅的眼直直盯著幼銀，然後突然爆發地指著幼銀哭喊道：「妳還說什麼知錯能改！都是騙人的！大騙子！」其實幼珠心裡何嘗不希望有一個和顏悅色、不會動手打人的爹爹？可現實就是這麼殘酷！幼珠心中最不為人知的一小點念想，在剛剛全都灰飛煙滅了。

「幼珠！」幼金攔住了幼珠的動作，然後朝不明所以的幼銀搖了搖頭。「沒事，她只是心裡難受，一會兒就好了。」

聽到外間的動靜，內屋炕上的蘇氏強撐著已經七個多月的肚子下了床，才走到房門口便有些大喘氣。「妳們這是怎地了？好好的怎麼還吵架了？」

見蘇氏出來了，幼金趕忙去將人扶回內室炕上躺好，才道：「沒什麼事，不過是幼珠鬧些小脾氣罷了。」

蘇氏卻瞧出了幼金眼神中的不對勁，嘆了口氣。「妳們幾個又有什麼事瞞著我？」正所謂知女莫若母，蘇氏怎麼可能沒瞧出來她的不對勁？

幼金卻只是搖搖頭。「真沒事，不過是幼珠鬧了脾氣，娘您別多想，如今正是安心養胎的時候呢！」蘇氏的身孕雖然才七個多月，不過看著已經是足月般的大小。上回馬大夫來瞧過，雖然看不出性別，可還是把到了一強一弱兩個脈象，蘇氏這回懷的又是雙生子，可千萬不能出什麼意外才是。

第六章

月大富那頭鬆口了，月長福跟月長壽那邊自然也不會有什麼意見。

月長祿歡喜地摟著婉娘，坐在婉娘租來的小房子裡頭，摸著她已經高高凸起的肚子，柔聲說道：「婉娘，爹娘都已經答應了，我明兒個就去找算命先生看個好日子，風風光光地娶妳進門！」

婉娘乖巧地依偎在他懷裡，體貼地說道：「只要能跟二哥在一起，旁的我不在乎。」

這溫柔小意的模樣更是讓月長祿心中熨貼不已，他緊緊抓著婉娘柔嫩的手，立誓般地跟她保證道：「婉娘，我一定讓妳風風光光地進我月家大門，絕不委屈妳一絲一毫！」

婉娘坐直身來，看著月長祿的雙眼盡是愛慕。「二哥，我一個孤苦無依的落魄女子，能進你月家的門，在你身邊伺候你跟蘇姊姊，已是我莫大的福氣了，哪裡還敢奢求別的？」

雖然婉娘對外稱自己是寡婦，不過在月長祿面前倒是半真半假地透露了自己的身分——她騙他，自己是因為府中老爺貪圖自己的美色，才連夜逃離的。這般貞烈、不貪圖榮華富貴的性子，倒是讓月長祿對她又多了三分憐惜。

「呸！提那個黃臉婆做啥？等妳進了門，讓她給妳端水伺候還差不多！」提起家裡那個常年憔悴乾瘦的黃臉婆，月長祿就沒好氣地「呸」了幾句。

婉娘聽他這般說，才心滿意足地依偎回他懷裡。她自然是不可能去伺候蘇氏的，這般說也不過是做做樣子，讓他更死心塌地地對自己罷了。

其實婉娘原不過是大戶人家的丫鬟，因為爬上老爺的床還懷了孩子，被主母知道後，先是將孩子落了，後又把自己趕出了府。

她是怎麼也不想回到將自己賣了的家裡去的，淪落到柳屯鎮後，便對外託稱自己是新喪夫的寡婦，花了僅有的一些銀錢在柳屯鎮中租了間小破房子，在月長祿做事的場所附近擺了個攤賣些吃食。

月長祿時常到她的攤子去買些吃的，一來二去的，兩人便熟識了，月家的家底也被她打探了出來——家裡有著三十餘畝良田，還有兩個姪子在縣城求學。雖說如今還是農戶人家，可一旦兩個姪子有一個出頭了，那月長祿便搖身一變也成了老爺不是？

她算是生得有幾分姿色，年歲也不算大，原可以挑個比月長祿條件好許多的鰥夫嫁了的，但她知道月長祿的妻子只給他生了七個女兒，便曉得自己的機會來了。只要她能給月長祿生下兒子，還怕當不成月家二房的正牌娘子？婉娘一個貧苦出身的丫鬟，能爬上老爺的床，證明她確實是有幾分姿色的。果然，一出手便把月長祿勾得暈頭轉向。

兩人勾搭上不過兩月，她便懷上了月長祿的孩子，不過這回婉娘可不像上一回那樣，才有孕就讓正室知道，硬是咬著牙撐到近八個月，又找回春堂的大夫把了脈以後，才跟月長祿透露自己懷的是個兒子。這不，月長祿一聽便帶她回了翠峰村見父母。

想到自己美好的將來，婉娘嘴角的笑意更深了三分。

一對恩愛的男女就在這漏風的小破屋子裡頭，各自幻想著未來的日子。

入門的日子是看好了，可是在如何操辦上，月長祿卻第一次與月大富夫婦出現了分歧。月長祿堅持要風光迎娶，可月大富跟老陳氏哪裡能答應？

一則，娶平妻這事在莊戶人家裡是聽都沒聽過的，在兩人看來，這就是娶個小老婆還要大操大辦，他們丟不起這個人。二則，月家如今是真沒多少銀子了，現在統共也不過二十幾兩的現銀，難不成都拿出來給他娶小老婆？他月長祿娶小老婆倒是風光了，那全家人難道一起喝西北風去嗎？

「爹、娘，當初文濤哥兒倆說要一百兩銀子去送禮買卷子，你們要拿公中的銀子給他，我這個做二叔的可是眼都沒眨一下就答應了，如今輪到我，你們反倒不願意了，未免也太過偏心！」月長祿直挺挺地跪在正房炕下，因為月大富不肯出這個銀子，父子倆這會兒正磨著呢！

月大富皺著眉頭，這老二自從帶了那個婉娘回來後，整個人都變了性子，竟也學會頂嘴了，他心中對婉娘的不喜便多了一分。

老陳氏痛心疾首地說了幾句。「老二，你這麼說便是拿刀在捅你爹的心窩子啊！你好好想想，等文濤哥兒倆為官做宰的，到時候享福還能少了你這份？」

「你是文濤哥兒倆的二叔，也是我的兒子，我能只顧著他們不顧你嗎？當初你也知道為了文濤兒哥兒倆的事，幾乎把所有家底都掏空了。」月大富嘆了口氣，果然兒女債、兒女債，兒女都是債啊！「你這娶了回來，不得生孩子？生了孩子哪裡不是銀錢？家裡如今統共都沒幾兩銀子了，就是表面看著光鮮而已啊！」

老陳氏嘴快，趕忙接上月大富的話。「正是呢！等你兒子生下來，那坐月子要吃這吃那的，哪兒不花銀錢？將來你兒子長大了，要讀書娶媳婦的，不都是花錢的地方嗎？如今把家底都花光了，那將來如何是好？」

夫婦倆你一言、我一語地轟炸著月長祿，只想趕快打消他要大操大辦的心。

月長祿聽完二人的話後，心中也有些動搖。「可我都答應婉娘要風光娶她進門了……」

月大富見兒子心裡已經動搖了，趕忙拍案決定。「這樣吧，等她生下兒子，咱們再好好請親戚朋友來熱鬧熱鬧，也算是讓她露個臉，如何？」

一聽還是要辦席，老陳氏便有些不悅地小聲道：「辦席得花多少銀子啊！」

不過父子倆都沒人理她。

月長祿想了想，也知道家中如今境況，便點頭同意了。等生下兒子再辦，好歹也是對婉娘有個交代了！

日子定了以後，月長祿摳摳搜搜地挖出自己私藏的兩錢銀子，置辦了好些物件，又趕著幼金帶幾個姊妹將西廂房如今幼金等人住的房間邊上的一間房給收拾出來。

幼金帶著幾個妹妹站在堆滿雜物的房間門口，笑得有些瘆人地看著月長祿。「爹，收拾這房間幹啥？反正又沒人住。」

月長祿被她盯得有些發毛，心裡發虛的他不自覺地挺了挺胸脯，罵咧了一句。「妳個賠錢貨還敢管老子的事不成？讓妳收拾就收拾，哪那麼多話！」

幼金臉上的笑容不變，幽幽地道：「爹讓我們收拾，我們收拾便是了。」

聽她這麼說，月長祿才不再看她，朝地上「呸」了一口，往正房方向去了。

見他一走，幼珠便直接把拿在手裡的掃把惡狠狠地扔到地上，氣沖沖地問幼金。

「三姊，爹明明就是……我們還要給他收拾嗎？」

「不然呢？不然妳能怎麼辦？去跟爹說不讓人進門？還是跟爺說？跟奶說？」幼金看了眼幼珠，然後再把目光轉向正房。「這事不是妳不願意就能阻止得了的，是福不是禍，是禍躲不過。說不定，這就是咱們的機遇呢？」

站在一旁的幼銀跟幼寶都跟聽天書一般，聽著兩人莫名其妙的對話，只覺得一頭霧水。「三姊，妳們說什麼呢？是不是家裡出事了？」

「沒事，趕緊收拾吧，不然一會兒爹回來見還沒收拾好，又要生氣了。」幼金給了幼銀一個安撫的眼神，帶著幾個妹妹一起進了常年堆放雜物的房間好一通收拾。

幼金幾姊妹收拾了三日才勉強收拾出來的房間，卻被月長祿好一通嫌棄。收拾得這般邋遢，可怎麼住人？要不是婉娘體貼，不肯讓自己叫蘇氏騰出地方來，自己怎會委屈婉娘來住這個雜物間？想起婉娘，月長祿心中真是對她千般萬般地滿意，只恨不得日日把人捧在手心上呵護著。

又過了兩日，受了月長祿所託的小陳氏將新買的繡著鴛鴦戲水樣式的大紅棉被枕套都給布置了，出來時見幼銀幾姊妹站在門口張望，便發出十分尖銳高亢的笑聲。「幼銀啊！很快就多一個娘來疼妳們了，高不高興啊？」

多一個娘？幼銀心中有些疑惑。「大伯娘，我娘不是在屋裡嗎？怎地會多一個娘？」

也不怪幼銀無知，這十里八鄉都沒有過納妾或娶平妻的，她哪知道這個？

聽她這般天真地問完，小陳氏當即咯咯地笑了好幾聲。「傻丫頭，誰說妳只能有一個娘呢？」說罷，跟一隻開屏的孔雀一般，得瑟著回了東廂房。二房的人看來還都不知道老二要娶平妻了呢，這下有好戲看了！

小陳氏跟母雞下過蛋後滿世界咯咯叫一般，一副恨不得全世界都知道二房要再娶一個婆娘回來的模樣。

幼銀就算再天真再傻，以前也看過村人娶媳婦時喜房的布置，加上剛才大伯娘一口一個「多一個娘」，再怎麼騙自己也是騙不過去了。她哭著跑回西廂房，還沒進門就直接撞上了從房裡出來的幼金。

「妳做什麼？」幼金自然也是聽見了外頭小陳氏聒噪的笑聲，所以才出來攔住幼銀。

但幼銀哪裡還顧得了這麼多？已經哭成淚人兒的她淚眼婆娑地看著幼金。「三姊，妳是不是早就知道了？是不是啊？」

幼金看著她有些陷入癡狂的模樣，微微點了點頭。「是，那日我跟幼珠在正房外頭偷聽到的。」

「怪不得幼珠那日這般對著我大吼大叫，怪不得她生我氣！怪不得……」幼銀沒有怪幼金跟幼珠瞞著自己，反倒是怪自己還對父親抱有一線希望，還想著說服幼珠，所以幼珠那日才會這般生氣！

幼金看著被自責與悲痛淹沒而放聲痛哭的幼銀，心中十分心疼這個雖然柔弱、內心纖細，卻性子早熟善良的妹妹。她將哭得喘不過氣的幼銀摟在懷裡，安慰道：「幼銀，這不是妳的錯，錯的是月長祿，是他騙了娘也騙了妳，錯的是他，不是妳！」

淚眼婆娑的幼銀有些懷疑自我，不敢確信的目光看著幼金。「三姊，妳跟小五都不怪我嗎？」

「不怪妳。」

幼金輕柔的聲音在幼銀耳邊響起，讓她慌亂的內心得到了寧靜。

「快擦乾眼淚，可別讓娘知道了，娘如今懷著身孕，不能受刺激。」這也正是幼金一直瞞著不敢讓蘇氏知道的原因。雖然早晚都會知道的，但晚知道一日便是一日吧。

可西廂房內室中，幼金以為已經睡下的蘇氏卻將小陳氏與幼金姊妹的對話都聽了去。蘇氏一個人側臥在炕上，抱著微微抽動的肚子默默淌淚，也終於對月長祿徹底死了心。可就算對他寒了心，她也不能讓幾個女兒再為自己擔心，因此只得強忍著內心的悲痛，安撫有些躁動的肚子。

西廂房中，母女幾人各自暗地裡難過，雖都不想讓對方為難，可終究是意難平，個個臉上帶著的都是苦悶的笑。

與近日越來越眉飛色舞的月長祿相比，西廂房其他人都陷入了愁雲慘霧之中。

但就算幼銀幾姊妹再難過，也攔不住婉娘進門這件事。

十二月初六這日，月長祿早早便花錢雇了輛帶篷子的騾車到鎮上婉娘租的小破房裡頭接了婉娘，把婉娘的全部家當捎上，再回了翠峰村，騾車穩穩地停在月家門口。

今日的雪下得不小，可也擋不住一心想看好戲的村民們熱切的心。

沒錯，經過小陳氏的宣傳，如今翠峰村裡上自七十老者，下至三歲幼兒，已無一不知月家那個生不出兒子的老二要娶平妻了！

月長祿先掀開簾子下了騾車，今日他特意穿了身暗紅色的細棉長褂，又拾掇了一番，加上人逢喜事精神爽，面上的陰鬱之氣消散了不少，看著倒沒往日那般瘆人。

一見他下車，就有好事的年輕人起鬨道：「月二叔，快叫新娘子出來給大家夥兒瞧瞧呀！」

「正是呢，我們可都等著月二叔發喜糖呢！」小後生們一個接一個笑嘻嘻地戲弄著月長祿。

原還歡喜著的月長祿，面色頓時就沈了三分，不過他的不悅很快就被跟在他身後下車的婉娘撫平了。

「月二哥，他們也是來沾沾咱們的喜氣罷了。今兒個是咱們的大喜日子，二哥合該高興些才是。」

見她下來了，又怕雪地濕滑傷著她，月長祿趕忙伸手穩穩地將人扶進了月家大院，不再搭理那些瞧熱鬧的村民。

來看好戲的村民看到了婉娘的模樣，便也心滿意足地回去了，畢竟這大雪天的，沒事誰願意在外頭抗凍？

幾個村民勾肩搭背地走了，邊走還邊小聲議論著。「你別說，這新媳婦還真有幾分姿色，怪不得月老二被迷了心竅。」

婉娘不過二十出頭，加上今日進門，特意細細梳洗打扮了一番，在灰頭土臉的村民中自然顯得格外亮眼。

「確實！你想想蘇嫂子那乾癟的模樣，是個男人都要選新媳婦這樣的不是？」一個渾不吝的後生露出一個「你懂的」的表情。

幾個後生心領神會，頓時都露出意會的微笑。

「呸！毛都沒長齊的臭小子就在這兒瞎想！」一個四十出頭的嬸子啐了一口幾人，才道：「你以為那月老二是什麼好玩意兒？當年蘇氏不知道比這個好看多少，都是被月家活生生搓磨的！」

「就是！想當年蘇氏才嫁過來時的模樣，在十里八鄉那都是一等一的模樣人品！可惜就是命不好啊，可惜了！」另一個老嬸子說起當年的蘇氏，也是豎起了大拇指的。

見兩人都這麼說，那幾個後生才將信將疑地問道：「那蘇嫂子常年不出門，我上回偶爾見著她一次，覺著都老得能當我奶了，年輕時候真那麼好看？」

「什麼當你奶！我記得蘇氏才三十出頭吧？身子差，看著是有些老，但年輕時真是個美人胚子，可惜了……」

月家大院正房上頭，月大富與老陳氏今日也穿得齊整，端坐在炕上等著婉娘來奉茶。

婉娘是會來事的，挺著八個多月的肚子也毫不猶豫地跪在冰冷入骨的地上，恭恭敬敬地向月大富夫婦奉茶。「爹、娘，請喝茶。」

喝了新媳婦奉的茶，老陳氏才鼻子不是鼻子、眼睛不是眼睛地給了婉娘一個紅包。

「進了我月家的門，就要好好伺候丈夫，為我月家開枝散葉才是。」

「是，婉娘定好好侍奉爹娘，伺候好月二哥跟蘇姊姊。若是婉娘有做得不對的地方，還請爹娘多多指正。」婉娘恭恭敬敬地磕了個頭，咬著牙等到月大富點頭，才在月長祿的攙扶下有些趔趄地站了起來。

今日是婉娘進門的日子，在鎮上做事的月長福抽空回來了一趟見新弟妹，不過遠在縣城的月長壽因著年關近，鋪子裡頭雜事多，倒只是託人捎了疋細棉料子回來做賀禮而已，一家子都沒回來。

見過了長房的人，婉娘才笑著跟月長祿說：「二哥，今日我進了月家，還沒向蘇姊姊奉茶呢！」

一提起蘇氏，月長祿臉上的幾分嫌棄便一閃而過。「她不過是我月家買回來的，哪裡能跟妳比？要奉茶也是她來向妳奉茶才是！」

聽月長祿這般偏心自己的話，婉娘才滿意地笑了，不過嘴上仍說得好聽。「再怎麼說蘇姊姊也伺候了二哥十幾年，凡事都有個先來後到，二哥還是帶我去給蘇姊姊見個禮吧，不然外頭人知道了，該說我不知禮數呢！」

見她這般明理，原就十成的心都在她身上的月長祿更是連魂兒都沒了。

月長祿扶著婉娘從正房出來，頂著大雪走到了西廂房門口。

今年冬天倒是比往年還要冷些，幼金幾姊妹因著過冬的衣裳不多，加上天氣寒冷，便也都是能不出門就不出門，都躲在西廂房炕上貓冬。

幼金、幼珠已知道今日是婉娘進門的日子，聽到門外頭有動靜，幼珠緊張地看了眼幼金。「三姊！」

幼金微微搖搖頭，這個時候，急又有什麼用呢？今日是月長祿的大喜日子，她們若是敢出什麼么蛾子，以月長祿暴躁易怒的性子，指不定要出什麼事呢！

婉娘在月長祿的攙扶下進了西廂房，便看到一群穿得破破爛爛的小姑娘排著隊站在房裡齊齊地看著自己，她不著痕跡地打量了一番西廂房，心中掠過一陣嫌棄，不過面上還是保持著溫婉的笑。「這便是幾個孩子了吧？」

月長祿看著站得跟木頭人一般的幾個賤丫頭，瞪了她們一眼。「還不快叫娘！」可幾個小丫頭都緊緊抿著嘴，一個個都恨不得咬死兩人的模樣，哪裡會肯叫人？

月長祿正準備生氣，就被婉娘拉住了。

「二哥，第一回見面，孩子們都怕生呢！你的孩子也是我的孩子，以後慢慢教便是了。先帶我去見蘇姊姊可好？」

月長祿先是生氣幾個賠錢貨在他的心上人面前落了自己的臉，不過這種難堪很快就被婉娘溫柔懂事帶來的熨貼給遮蓋住了，當即反手抓住婉娘的手，柔聲道：「好，都聽妳的。」說罷便摟著婉娘進了蘇氏所在的內室，進去前還不忘惡狠狠地瞪了眼想跟進去的幼金幾姊妹，然後當著她們的面將房門緊緊關上。

雖然月長祿把房門關上了，不過也隔不了多少音，幼金幾姊妹便都趴俯在門口，生怕蘇氏被月長祿二人欺負了。

西廂房內室，婉娘瞧著那個渾身上下只有肚子高聳得嚇人，人卻瘦得跟皮包骨似的蘇氏，在月長祿看不到的地方對著蘇氏露出一絲得意的勝利者微笑。這樣的女人，拿什麼來跟自己爭？雖然心中這般想，不過面上還是做足了功夫，朝著蘇氏盈盈行了個半禮。「婉娘見過蘇姊姊。」

躺在炕上、面容枯槁的蘇氏露出一絲慘澹的笑容，猩紅的雙眼暴露出她這幾日已經把能哭的、該哭的眼淚都哭完了，整個人彷彿置身世外，無慾無求了一般。

月長祿今日也是難得的好臉，一手穩穩地扶穩了婉娘，對蘇氏道：「雖然婉娘進門比妳晚，妳也不能托大，日後好好處著便是了。」月長祿在鎮上也悄悄打聽過，新人進門要元配點頭，所以這段日子才好聲好氣地對她，可一瞧她一副泫然欲泣的樣子，他心底就莫名地升起一陣煩躁。「妳若是點頭同意了，那咱們有話都好說，妳若是不同意也沒用！」

蘇氏慘白的臉上露出一個難看的笑容。「既然這樣，為何還要我點頭呢？我之前沒點頭，她不也一樣進了月家門？」

蘇氏的態度惹惱了月長祿，連著在外頭受的氣，便一併發作在蘇氏身上了，直接一巴掌甩到蘇氏臉上，罵了句。「別給臉不要臉！」

蘇氏的臉上應聲浮現出一個鮮紅的掌印。

月長祿沒好氣地啐了一口，罵了句「賤人」，然後轉過頭去看著婉娘的時候，表情又變得溫和。「這裡髒得很，既然這個賤人給臉不要臉，也別委屈了妳。」說罷便攙扶著婉娘，回了他們的新房。

新房內，婉娘柔順地倚靠在月長祿懷裡，有些難過地說道：「月二哥，是不是蘇姊姊跟孩子們都不喜歡我？若是這般，我還是離了月家吧！」

此時的月長祿心啊魂啊都被婉娘抓得緊緊的了，哪肯讓他的心肝肉受一點委屈？忙低聲安撫她。「婉娘，一切有我。妳如今只要安心養胎，然後給我生個大胖小子，至於蘇氏跟那幾個賠錢貨，若真惹我生氣了，賣了她們也不敢說什麼！」

聽完他的話，婉娘趕忙伸手輕撫上他的嘴唇。「別！相公，我不願你因為我而背上拋棄妻女的名聲，我不委屈的。」

聽到她這般柔弱動人的一聲「相公」，月長祿更是酥得連骨頭都要掉了，摟著婉娘的手也開始不規矩起來。「我的好婉娘，今兒可是咱們的新婚之夜，可不能為了這些不重要的人浪費咱們的洞房花燭夜不是？」

天剛擦黑，西廂房月長祿的新房中便傳出淫聲浪語，聽得外頭過來要找兒子的老陳氏面紅耳赤的，站在門口啐了一口。「懷著身孕都不知道節制些，真是沒皮沒臉！」然後扭扭捏捏地走了。

西廂房蘇氏房中，幼金坐在蘇氏正對面，直勾勾地盯著蘇氏臉上的紅巴掌印，然後燙了條熱毛巾來給她熱敷消腫，才幽幽地問道：「娘如今還覺得他會知錯能改嗎？」

蘇氏能流的眼淚這幾日早已流光了，只木然地搖了搖頭，一言不發。

幼金知道挖骨療傷雖然痛，但是效果好，因此就算蘇氏再悲痛，她也要趁這次機會堅定蘇氏活著離開的信念。「娘，我知道您如今恨不得不活了，可是您想想，若是您不在了，您肚子裡的兩個孩子還有我們七姊妹，到時候可都要由著爹跟我們的另一個娘來禍害了！」

看到蘇氏眼中的動搖，幼金繼續發力。「她也懷有身孕了，若是她生下兒子，我們還有活路嗎？娘您當年是怎麼才嫁到月家來的，難道如今都忘了嗎？」

是啊！自己當年就是因為父母雙亡，才被親大伯跟賣貨物一般地嫁進了月家這個火坑，若是她死了，她的女兒們該怎麼辦？雖然她們的爹還沒死，可這才是最恐怖的不是嗎？

想到自己悲慘的命運很有可能再在自己的女兒們身上重演，蘇氏乾澀的眼中又冒出了淚水，連連搖頭。「不，我不能死，我不能扔下妳們不管……」

見蘇氏眼中已經熄滅的求生意志重新點燃，幼金才重重地鬆了口氣，然後招手讓站在房門外的幾個妹妹進來，站到蘇氏面前。「娘，我們都是您的女兒，您真的忍心不要我們了嗎？」

一聽說娘不要自己了，年紀小的小八和小九頓時就哭了起來，一左一右地爬到炕上緊緊摟住蘇氏。「小八（小九）聽話，娘別不要我們！我不要換娘！」

幾個年紀大的也都站在炕下紅了眼，一個個淚珠子「啪嗒啪嗒」地往下掉。

「娘不會不要妳們的，妳們都是我懷胎十月含辛茹苦生下來的，娘就是拚著一條命出去，也不會再讓他們欺負妳們！」蘇氏本身就是在月家這個泥沼裡苦苦掙扎的人，所以她不想她的女兒們再過上跟自己一樣的日子，此時蘇氏為母則強的意識才算徹底覺醒過來。

幼金拿來一條乾淨的帕子為幾個哭成花貓臉的妹妹一一擦乾淨臉後，才與幼銀將兩個哭累的小娃娃抱走，然後又回來查看蘇氏的情況。「如今您的身孕已經七個月，最是要小心的時候，無論那邊做了什麼，您都不要動氣，可知道？」

蘇氏兩手輕輕撫在肚子上安撫胎中躁動的孩兒，已經梳洗過的她顯得精神了三分。「我知道，就算不為了自己，也要為了妳和幾個妹妹好好保重。」愛憐的目光注視著幼金。「這些年娘一直太過糊塗，辛苦妳了。」

幼金搖了搖頭。「娘，我不辛苦。只要您跟妹妹們都好，咱們能開開心心在一起，做什麼也是值得的。」

不管外頭的風言風語還是西廂房的抗拒，婉娘就這麼進了月家的門。

隆冬時節，外頭又三不五時地飄著鵝毛大雪，農人們大都躲在家中貓冬。許是天氣太冷的緣故，連老陳氏來找麻煩的次數都直線下降了許多，不過幼金幾姊妹該幹的活兒還是要幹，比如說洗衣、做飯。

翠峰河的河水早已結冰，冬日裡換洗的衣裳也少很多，因此村民們便大都到村中的一口古井取水洗衣、做飯。

幼金帶著幼銀，兩人抬著裝滿洗過的衣裳的木桶往家回，才進門便有個軟軟的聲音傳來——

「喲，這大冷的天兒，怎麼三姊兒、四姊兒還出去洗衣裳啊？可別凍壞了！」是剛從正房裡頭出來的婉娘。

瞥了眼穿得厚實的婉娘，幼金姊妹倆也不搭腔。

婉娘自從進了月家的門後，每日晨昏定省地在月大富夫婦面前討巧做好，又花了些體己忍痛送了老陳氏一對銀丁香，老陳氏這才對她多了些好臉色。那小陳氏也是個貪財的，只要有些許好處便能跟人變成好妯娌，因此婉娘便覺得自己如今在月家算是站穩了腳跟。

沒想到，那蘇氏生下的賤胚子竟然一聲都沒叫過自己，此時還敢對自己擺臉色，她心中一下子氣不過，便拔腿跟了上去。「妳們給我站住！」

幼金真的就停下了步子，然後冷冷地看著氣急敗壞地追過來的婉娘。

看見幼金眼中明晃晃的戲謔，更是讓婉娘氣不打一處來，伸手便想甩個巴掌過去，不料卻被幼金硬生生地接住了。

幼金一把推開婉娘的手。「我勸妳不要把心思打到我們身上，井水不犯河水最好，不是每個人都把月家當成香餑餑的。」

本來想打人卻反過來被教訓了一頓的婉娘，只覺得幼金這是在打自己的臉！被寒風凍得有些發紅的食指直直地指著幼金，罵道：「妳個賤丫頭，總有一日叫妳好看！」

「我等著，就看到時候是誰讓誰好看。」

幼金那雙似乎能看穿她內心的眼睛直直地盯著她，倒是讓婉娘莫名地生出一陣惡寒，她心中有些氣虛，不過還是故作高傲，重重地「哼」了一聲，這才拖著已經十分沈重的身子回了自己的房間。

看她氣急敗壞離開的模樣，幼銀卻有點擔心。「三姊，要是她跟爹告狀，那可怎麼辦？」幼銀如今也對月長祿寒透了心，只擔心婉娘會跟月長祿告狀。

幼金看著這般輕易就被自己氣得露出本性的婉娘，心中一陣發笑。本以為是多高竿的本領才迷得月長祿暈頭轉向的，沒承想就是個紙紮的老虎，樣子強罷了。她悄聲安撫幼銀道：「放心，她若是敢告狀，我自有辦法。」

見三姊這麼說，幼銀才稍微鬆了口氣。

姊妹倆抖落身上的雪花，趕緊抬著衣服回西廂房晾。冬日裡月家人換下的衣裳洗了以後都是在西廂房晾的，也虧得是有火炕，不然這西廂房冬日裡的日子不知道要多難熬了。

一眨眼已經臘月二十二了。

月家今年養的六頭豬在幼金幾姊妹的精心照料下，隻隻都長得膘肥體壯。終於等到年關近了，月大富早早就跟鎮上的屠戶約好今日要來庖豬。

月家廚房裡頭，幼金幾姊妹正忙著燒水。

而後院豬圈外頭，已站了五、六個青壯漢子，其中為首的便是經常來翠峰村殺豬的黃屠夫。

黃屠夫手裡拿著把冒著寒光的尖刀，插著腰站在豬圈前打量了一番豬圈中待宰的肥豬，眼中滿是欣喜。「月大哥家的豬果然是養得好的！這豬最小的怕也有近二百斤了！」

月大富也是滿眼的歡喜。「都是自家養的年豬，肥不肥的也就這麼回事。今兒個就有勞黃老弟了，一會兒殺完豬咱們再好好喝上一壺熱鬧熱鬧！」

殺豬菜也是翠峰村中慣了的習俗，殺年豬那日都會擺上兩桌，一是多謝來幫忙殺豬的人，二是請村中一些關係好的人家，也算是一年到頭了好好熱鬧熱鬧。

今日月大富家殺年豬，按照月大富好面子的性子，殺豬菜自然也是少不了的。一早起來，幼金幾姊妹就被老陳氏指使得團團轉，又是剁大白菜、又是刨土豆的，一個個轉得跟陀螺一般停不下來。

後院傳來一陣尖銳的豬叫聲，原來是黃屠夫一刀直接插入了被粗麻繩緊緊捆住的一頭大肥豬脖頸上，頓時鮮血如注噴射出來，一旁拿著大大的木盆準備等豬血的漢子也眼疾手快地上前，一滴不漏地把豬血都接到盆裡去了。

婉娘今日特意用桂花頭油梳了頭，又穿了身大紅色棉襖，加上她進了月家之後有月長祿護著，每日吃食倒也沒有落下，因此整個人襯得紅光滿面的，一副小媳婦模樣地跟著月長祿到了後院，還主動笑著跟村裡來幫忙的人打招呼。

原還臉上帶笑的月大富一見她出來，笑容便淡了五分。自從這婉娘進了月家大門以後，老二便不同以前那般服管教了，加上前兩日到族長家吃殺豬菜時，被族長的話臊得自己一張老臉都快丟光了，如今見婉娘打扮得花枝招展地出來見客，是個明眼人都知道她的心思！

月大富先是瞪了眼月長祿，結果對方竟然只是縮了縮脖子就當作沒看見，月大富心中頓時又是一陣氣，不過看著如今後院中這麼多人都等著看熱鬧，也不好鬧什麼，便沈聲朝月長祿說道：「這會子在殺豬，亂糟糟的，要是磕著碰著就不好了，老二趕緊把你媳婦兒領回去！」

看著周圍來幫忙的人若有所思的目光落在婉娘身上，月長祿看了眼父親不悅的目光，只得應了聲好，然後扶著婉娘回了西廂房兩人如今住的房間裡頭。

眾人見婉娘挺著大大的肚子走了，再看了眼月大富有些陰沈的臉，個個心知肚明，也不再多說什麼，又各自忙活起來了。

「我都跟妳說了不要去，妳看妳，非說沒見過殺豬，要去看，爹都不高興了！」月長祿對月大富的敬畏是已經深入骨髓的，此時有些悶悶地坐在炕上生氣。

可何止月長祿生氣？婉娘如今心裡也氣得很！什麼怕自己磕著碰著？不就是覺得自己見不得人，覺得自己出去丟了他月家的面子嗎？她坐在炕沿上氣得緊緊揪住了自己的衣袖，原本整齊熨貼的衣袖變得皺巴巴的，就連肚子裡的孩子都開始不安躁動。

兩人各自生了好一會兒氣，婉娘才小聲啜泣地倚靠到了月長祿身邊。「二哥，你是不是也覺得我出去是丟了月家的臉面？若是這樣，我便帶著孩子離了月家，是死是活也與人無尤。」拉過月長祿的手放在自己肚子上感受著孩子有力的動作。「只是可憐我的孩兒，一出生就沒了爹爹……」

婉娘的話說得悲切動人，月長祿的心頓時軟了幾分。他將嬌弱的婉娘攬入懷中，甕聲甕氣地說道：「妳自己瞎想些什麼呢？好好的又說要走。爹是擔心外頭人多地滑，萬一傷著妳跟孩子就不好，因而才叫我帶妳回來的，妳別瞎想。」

見月長祿肯低下聲來跟自己說話，態度也緩和了許多，婉娘才故作懂事地點點頭。「是我思慮過多了，只是我總覺得爹娘還有幾個孩子都不甚喜歡我。二哥，我在這個家裡能倚靠的就只有你一人了，你便是婉娘的天。」

婉娘的話聽得月長祿身心通暢，大男子心態得到了極大的滿足，便安撫地拍了拍她的背。「爹娘肯讓妳進門，就證明他們是喜歡妳的，妳別多想。等妳生下咱們的兒子，我便去求爹讓妳做正室。」

婉娘聽完這話，心中的不忿才稍微平息，撫在肚子上的手不自覺又輕柔了三分。只要她生下兒子，一切困難便都能迎刃而解了！

後院的這樁公案，幼金等人自然不知。幾姊妹一個兩個邊吸著凍紅了的鼻子，邊將切好的大白菜從冰涼的水中撈出來，瀝乾後放在廚房備用。

後院殺豬的動作很快，不一會兒兩大盆已經凝固了的豬血便送到了前院廚房裡頭來。

今日是月家重要的日子，老陳氏自然是要事事盯著，稍有不順心便罵上幾句，就連掌勺的小陳氏都被罵了好幾回。

「少放些肉！妳個敗家娘兒們，這麼些肉倒進去妳也不心疼！」

小陳氏癟了癟嘴，才道：「娘，我知道嘞，您放心！」今日家裡這麼熱鬧，進進出出都是村裡的人，她好歹也是當娘的人了，老陳氏還這般數落她，她心裡自然有些不自在。

今天也被指使來幹活的月幼婷搬了個小板凳坐在灶頭邊上，小心地斂起衣裙，生怕被廚房裡的髒東西弄髒了自己的衣裳。看了眼撈完菜後隨手在身上擦乾水的幼銀，她頓時露出一個鄙夷的表情。「果然賤丫頭就是賤丫頭！」

不過幼銀等人也沒聽到她的話，畢竟都忙得轉不過身來了，哪裡還有心情管她？

廚房裡頭亂糟糟地忙著，外頭也熱鬧起來了。

此時，穿得圓鼓鼓的月文偉從外頭衝了進來。「奶！哥哥回來了！」

老陳氏一聽說在縣城讀書的孫子回來了，臉上不耐的表情頓時變成了驚喜。「你哥咋這時候回來了？」說罷便急忙起身迎接月家的驕傲去了。

小陳氏剛想跟上，就被老陳氏一個眼神釘在原地。「妳幹妳的活兒！」

看著歡喜離開的老陳氏，小陳氏不甘地低罵了一句。「我自己的兒子都不給我去看，算個什麼！」然後才招手叫來眼饞地看著鍋裡豬肉的月文偉：「文偉，你快去瞧瞧，你哥咋現在回來了？」見兒子不肯挪腳，小陳氏看了眼廚房外頭沒有動靜，趕忙用大鏟子鏟了塊肥膩的豬肉起來。「快吃！吃完了去看看你哥，然後回來跟娘說說！」

月文偉一見到豬肉，也不怕燙，伸手就去接了塞進嘴裡，兩三口就吃完了一大塊肥肉，然後才心滿意足地點點頭答應小陳氏，一溜煙地跑了。

沒一會兒，月文偉便又跟個沒頭蒼蠅一般衝了進來。「娘！大哥和二哥都回來了，還帶了兩個打扮得可好的縣城公子回來，說是書院的同窗！」

「縣城裡的公子?!」一聽到兒子還帶了兩個同窗回來，小陳氏也不問是為什麼，兩眼亮晶晶地看著月幼婷。「幼婷，妳快回去收拾收拾，再出來見客！」

月幼婷如今也是快要及笄的懷春少女，一聽母親的話，頓時羞紅了臉，嬌怯怯地看了眼小陳氏。「娘！」

小陳氏笑得開心。「妳這傻孩子，這有什麼好害臊的？趕緊回去收拾收拾！」縣裡的公子哥兒到翠峰村來，那可不是常有的事，要是女兒能抓住這個機會，認識幾個有錢人家的少爺，說不定哪個就看中了女兒呢？那不就可以嫁到好人家當少奶奶了嗎？

月幼婷見她笑得開心，自己羞紅了臉，扭扭捏捏地往東廂房回了。

月文偉不懂這些，他只想再吃一塊肉，聽著小陳氏母女的對話，一頭霧水。「娘，妳跟姊姊說什麼呢？」

小陳氏臉上的笑容收了起來，啐了一口還要偷吃豬肉的月文偉。「該幹麼幹麼去，別老想著偷吃，一會兒你奶見著，還不得扒了你的皮！」

月文偉被母親推了一把，又見吃不到肉了，便朝她做了個鬼臉，然後「噔噔噔」地又不知道跑哪裡野去了。

沒好氣地瞪了眼什麼都不懂的三兒子後，小陳氏心情極好地翻炒著大鍋裡的菜，心裡還一邊作著女兒嫁到縣城去當少奶奶，然後自己也可以跟著享享福的美夢，絲毫沒有注意到蹲在角落裡毫無存在感的幼寶把他們母子的對話都聽了去。

月文偉雖然貪吃，不過他帶去給小陳氏的消息也是沒錯的。月文濤兄弟這回不僅是自己回來，還帶了兩個書院裡玩得還算好的同窗回來。

老陳氏見了那兩個穿著打扮都像是有錢人家的公子哥兒一般的同窗，頓時有些慌了，趕忙打發了在西廂房門口站著的幼羅。「快去後院請妳爺來，就說家裡有客到！」然後自己拘束著將兩人往正房引。「家裡今日殺年豬，亂糟糟的，兩位哥兒別介意。」

「老夫人客氣了，原是我們沒先送拜帖就上門打攪，還勞老夫人費心招待了。」其中一個瘦高個兒的青衫書生笑著朝老陳氏行了個書生禮，笑得十分溫和。

老陳氏哪裡聽過別人叫她老夫人？如今突地一聽這長得一表人才的書生這般叫自己，頓時心中都激盪了三分，彷彿自己真的變成前呼後擁、錦衣玉食的老夫人一般。她笑得見牙不見眼地回道：「你們這些縣城過來的公子哥兒都是金貴人兒，既然來了就是我們月家的貴客，這鄉下到處泥淖的，可不能輕慢了！」

那頭月大富聽說有客人來了，本來還有些疑惑，這大冷天的，怎麼還會有客人過來？不過還是回了正房。見原來是孫兒帶了兩個同窗回來，他也有些誠惶誠恐的，欣喜道：「兩位哥兒都是文濤哥兒倆的同窗啊？這大冷天的一路過來，可別凍壞了！」許是莊戶人家對讀書人都有些天生的敬畏在裡頭，雖然月大富的年紀都能當兩個書生的爺爺了，不過也還是有些拘謹地坐在炕上招呼著。

瘦高個兒的書生叫周君鵬，聽月大富這般問話，便站起身拱手行了個書生禮，笑道：「老爺子太客氣了些，我與若山也是聽文濤曾提起過村中有殺年豬的習俗，一時好奇便跟著過來瞧瞧，若是給家中添麻煩了，晚生在此先給您老賠罪。」

另一個圓胖些的書生名叫劉若山，一雙小眼睛骨碌碌地轉著，有些不耐煩，便推了推一旁的文禮。「不是說殺豬嗎？快帶我去看看呀！」

月大富與老陳氏倒不覺得他失禮，只覺得城裡來的公子沒見過殺豬，一時新奇也是有的，便趕忙笑著叫月文濤帶兩人往後院去看殺豬了。

等月幼婷收拾打扮好再過來時，正房裡頭便只剩老陳氏一人笑得見牙不見眼地算著周君鵬與劉若山帶來的禮物。「果然縣城裡頭的公子哥兒就是不一樣！」

月幼婷沒見到人，便有些嬌怯怯地問老陳氏。「奶，大哥他們人呢？」眼中有些焦急，不會是人已經走了吧？

老陳氏也沒注意到她的小心思，隨意地揮了揮手。「到後院看殺豬去了。」

沒走就好！月幼婷鬆了口氣，本來也想跟過去的，可看了看自己身上乾淨漂亮的新衣裳，再想想後院裡頭殺豬搞得滿地都是髒水，萬一弄髒衣裳可就丟人了，便忍住了立即去見賓客的衝動，隨便找個藉口離開了。

後院裡頭，如今已經殺到第四頭豬了。月家與黃屠夫約好的是今兒一日便把六頭豬都殺了，然後明日一日租黃屠夫的攤子賣肉，賣得的銀錢自然歸月家，黃屠夫則可以分到些豬頭、豬腳還有該得的銀錢。

周君鵬與劉若山二人都是打小生活在縣城裡頭的，哪裡見過這等陣仗？瞧著那滿臉落腮鬍的屠夫拿著尖銳的殺豬刀直接捅進了哀號著的豬身上，然後那頭原還哀號掙扎著的豬隨著豬血裝滿木盆的節奏，慢慢地就沒了氣息。兩人看得雖然有些怕，不過更多的是新奇。

劉若山還湊近了幾步，打算認真觀察一般。

月大富生怕這殺豬的血腥場面嚇壞了縣城裡頭來的公子們，便揚揚手招呼兩人往前院回。「周公子、劉公子，要不咱們往前院回吧？這殺豬搞得到處都又髒又臭的，若是怠慢了二位就不好了。」

劉若山雖然還想看會兒，不過見周君鵬應了，便撇了撇嘴，跟著眾人一起往前頭回。

見劉若山似乎有些不高興，月文禮便說道：「若山，咱們一會兒吃完殺豬菜，我帶你到翠峰河上滑冰如何？」已經結冰的翠峰河是翠峰村孩子們冬日玩耍的好去處，坐在板子上從高處往下滑，感受著風馳電掣的快感，也是冬日的小樂趣。

一聽說又有好玩的，劉若山果然立即又打起精神來了。「滑冰？怎麼玩？」縣城裡頭缺少這樣的去處，所以在劉若山眼裡，倒覺得又是新奇的東西。

見他果然起了玩心，月文禮跟他哥倆好地勾肩搭背，笑著說：「你放心，一會兒吃完殺豬菜，咱們再好好玩！左右你們今日要歇在我們家，也不差這點兒時間不是？」

劉若山這才滿意地點點頭，跟著月文濤等人回了正房，喝點熱茶暖暖身子。

兩人的對話倒是被藉口上茅房而從廚房偷溜出來的小陳氏聽得精光，趕忙去找已經回到廚房監工的老陳氏回報最新的消息。「娘啊！我剛聽文禮說，那兩位公子要在咱們家過夜呢！」想到剛才遠遠瞅了一眼的兩個書生，雖然不過也是十五、六歲的年紀，不過看著那身行頭，倒是光鮮得很，想必家中也是有些底蘊的，心中都要把那兩人當作自己的準女婿一般了，實在歡喜得很。

老陳氏見消失了半日偷懶的小陳氏終於回來了，剛想說兩句，就被她一句「兩位公子要在咱們家過夜」給轟得頭有些暈乎乎的。「咱們這種鄉下人家，兩位公子看著身嬌肉貴的，會不會輕慢了人家？」

「我的娘耶！您老這是忙糊塗了啊！如今哪裡是要擔心輕慢兩位公子的時候？兩位公子願意在咱們家多住一晚，咱們幼婷也快十五了呀！」小陳氏真是被這平時聰明一世，到緊要關頭卻開始犯迷糊的老陳氏給氣得倒仰，忙壓低聲音道：「娘啊！咱們幼婷長得不比縣城的閨女差，若是能嫁到城裡的有錢人家去，那您老不也能跟著享享福了嗎？」

聽完小陳氏的話，老陳氏才恍然大悟過來，伸手拍了拍腦門。「真是越忙越亂，越亂越忙，竟都忘了這茬了！」雖然老陳氏也算不上有多喜歡月幼婷，不過好歹也是自己親姪女給自己長子生下的孩子，長得也有幾分像老陳氏年輕時候的模樣，所以比起月家的其他姑娘，月幼婷已經算得上是備受寵愛了。若是這孫女兒有這份機緣，倒也不枉費自己這些年嬌養著她。老陳氏直勾勾地盯著站在廚房中間的月幼婷，這般想到。

月幼婷被老陳氏盯得面上臊紅，轉身扭著腰往東廂房回了。左右她也不咋沾手這些活計，也沒人管她。

倒是老陳氏，想著想著，又想起自己唯一的女兒月長紅，還有一個已經十三歲的閨女，便著急慌忙地去了西廂房找月長祿。「你快些套牛車去接你大姊過來，叫她記得帶上柳兒！」月長紅唯一的女兒名叫葛柳兒，年方十三，也是可以開始留意人家的時候了。送著月長祿出門的時候，她還不忘加了句。「叫你大姊好好給柳兒拾掇拾掇再來！」

在房裡跟婉娘卿卿我我的月長祿被老陳氏沒頭沒腦地叫去接人，雖然不明就裡，不過還是趕緊套了牛車出門。所幸月長紅家離得也不算遠，來回一個時辰便能將母女倆接過來。

那頭，小陳氏倒沒想到老陳氏一聽她說完兩個公子要在家裡住一晚，便立即想著把自己的女兒跟外孫女兒接過來，心中有些不忿，小聲地咒罵了兩句。「一天天就記著嫁出去的女兒，真是親疏不分！」

一旁被揪過來頂替月幼婷的攤子繼續燒火的幼珠看她嘴皮子動著，又聽不清她說什麼，便問了句。「大伯娘妳說啥？」

突然出聲的幼珠冷不防把小陳氏嚇了一大跳。「哎喲！妳個死丫頭！」惡狠狠地瞪了眼幼珠。「妳躲這兒偷聽啥呢？」說罷還想動手教訓教訓她。

「大伯娘，妳做啥呢？」提著一筐濕漉漉的白菜回來的幼金，正好看到小陳氏準備動手打人的動作，趕忙攔在了幼珠前面。「剛才我聽爺在前頭說，今日家裡有貴客，可不能輕慢了，這會兒了還沒人上茶呢！」

一聽說正房裡頭要茶水，小陳氏便覺得機會來了，也懶得跟衝撞自己的幼珠計較什麼，趕忙放下手中的大木勺，油膩膩的雙手在有些髒的粗麻圍裙上擦了擦，才急沖沖地往東廂房回。

見三姊才說了句正房沒茶水，大伯娘就急匆匆地出去了，幼珠簡直覺得有些不可思議。「三姊，大伯娘什麼時候變得這般勤快了？」這還是她這輩子第一次見到大伯娘上趕著要幹活的，真有些不敢相信。

幼金露出一絲了然的笑，她自然知道小陳氏為何這般著急？要知道，縣城來的公子哥兒可是小陳氏眼中的香餑餑，小陳氏還能錯過這個機會？她看了眼一臉茫然的幼珠，笑著說：「妳還小，有些事等妳長大就懂了。」

「喔！」雖然幼金這般敷衍地回答，不過幼珠也不刨根問底，繼續坐在灶頭前邊燒著火，也算是乘機偷懶了。

第七章

不過一會兒，打扮得花枝招展的月幼婷便被小陳氏拉著到了廚房，然後端著小陳氏準備好的茶水，嫋嫋娜娜地往正房去了。

走到正房門外，月幼婷停下了腳步，暗暗為自己打氣加油，片刻過後，才邁著輕巧的步子進了正房。「爺，娘讓我送些茶水過來。」鶯啼婉轉的聲音倒是有幾分動人。

不過月大富卻沒注意這些，只微微點頭。「快些給客人上茶。」

月幼婷先是給月大富上了茶，然後再給自己的兩個兄弟跟周君鵬二人上茶。「公子請用茶。」

周君鵬笑得十分溫和。「有勞月姑娘。」接過茶杯的手卻不知是有心還是無意地觸摸了下月幼婷蔥段般的柔荑。

月幼婷端著茶杯的手微微顫抖了下，臉上浮現出嬌羞的紅暈，不過室內光線昏暗，旁人倒是沒看出來什麼。上完了茶，月幼婷一個未嫁的閨女自然也不好厚著臉皮留在有未婚外男的正房裡頭，便一步三回頭，含羞帶怯地看了好幾眼一直用火熱的目光注視著自己的周君鵬，依依不捨地離開了正房。

月家的人正說著話，倒是沒有人注意到兩人這頭發生了什麼。

見月幼婷走了，周君鵬便恢復了翩翩君子的模樣，笑著與月文濤說著書院中的趣事給月大富聽，彷彿剛才那個用十分露骨的眼神看著月幼婷的人並不是他一般。

月幼婷出了正房後，滿臉羞紅地端著盤子回了廚房。

小陳氏見女兒羞紅了臉，心中一喜，也顧不得手裡髒不髒，趕忙迎了上去拉她。「咋樣？見著兩位公子了吧？」

月幼婷嫌棄地用盤子隔開小陳氏伸過來的手。「娘，我這是新衣裳！」

「妳這丫頭，就是愛嬌！」小陳氏被擋了一下也不生氣，她心裡急著想知道女兒進正房送茶水的事呢！「快跟娘說說，我方才遠遠瞧了眼，穿著打扮都是好的，就是看不太清長什麼模樣？」

月幼婷想著方才不經意摸到自己指尖的那位溫潤如玉的公子，小臉不自覺地紅透了。「娘！您這讓人家怎麼說嘛！」

小陳氏怎麼說也是過來人，自然看出來女兒這是害羞了，心裡就覺得這事已經成了一半，歡喜地拍了拍手，然後問道：「那兩位公子可有跟妳交談？」

「嗯，周公子溫和有禮，還謝了我。」想到那張溫和有禮的笑臉，月幼婷整顆芳心都已經淪陷進去。「周公子，極好。」說罷羞得不行，扭頭便跑回了東廂房。

小陳氏見女兒這般姿態，便知道女兒這是有意了，歡喜地站在廚房直樂，巴不得用盡渾身解數做一頓好飯菜來給她未來女婿吃！

月長紅來得也快，月家這頭飯菜剛擺上桌，外頭月長祿便停穩了牛車。裹著棉被的月長紅母女將身上沾染的些許雪花都拍打乾淨了，才笑著推開月家的院門。

跟在月長紅身後的葛柳兒跟弱柳扶風的月幼婷比起來，是一個有些圓潤的少女，個子也不高，一雙圓滾滾的大眼睛鑲嵌在肉乎乎的臉上，倒顯得十分討喜。

雖然不知道娘親的用意，不過臨出門前月長紅也按著老陳氏的話，好生拾掇了閨女一番——穿了身半新的桃紅色襖子，衣袖、下襬處葛柳兒還自己繡了幾朵鵝黃色的花兒紋樣，遠遠一看，倒也有幾分少女特有的韻味在其中了。

聽到外頭有動靜，老陳氏趕忙迎了出去，見女兒跟外孫女都打扮一新，才滿意地點點頭。「今兒家裡殺年豬，來貴客了，妳們且隨我進去先見了貴客再說。」

一聽說家裡來貴客了，月長紅不由得都有些緊張了。「娘啊！家裡來什麼貴客了？」月長紅也是知道家裡並不認識什麼權貴，這突然間說有貴客臨門，倒有些不敢置信。

「是文濤哥兒倆在書院的同窗，一個姓周的是縣老爺夫人家的遠房外甥，一個姓劉的是家裡在縣城開綢緞莊子的！」老陳氏笑得見牙不見眼地小聲說給女兒知道，這都是她剛才探聽出來的。

一聽是縣老爺夫人的外甥，月長紅的眼睛一下就亮了。「真的？」葛柳兒已經快十四了，現在也該物色婆家了，若是真有好的，先定下來等及笄了再成婚便是。

「娘還能哄妳不成？」老陳氏雖然對孫女兒們極其重男輕女，但對於自己這個唯一的女兒可是如珠似玉地疼寵著，自然有什麼好的也緊著她來。「兩個公子年歲也正合適，不然我也不會催著妳二弟接妳們過來！」

母女倆邊走邊盤算。

跟在兩人身後的葛柳兒也是少女芳心萌動之時，不禁小臉羞紅，羞答答地低著頭，邁著小碎步跟在月長紅身後，一言不發。

雖然雪已經停了，不過外頭還是冷，月家這頓殺豬菜便在正房的廳中設了三桌，其中村裡族親還有來幫著殺豬的漢子們坐一桌，月文濤兄弟跟兩個貴客一桌，女眷一桌。

月長紅進去的時候，正房裡頭已經坐得滿滿當當的都是人了。月長紅笑得熱絡地道：「我這還是來得早不如來得巧了！」

「也就是我長紅妹子有心了，這大雪天的也回來看爹娘！路上沒凍壞吧？」小陳氏笑得親切地上前搭著她的手，不過心中卻有些不忿。這死老婆子，還真是事事都想著她女兒！這月長紅也是個煩人精，就連相看人家的事都要來跟自己搶！

「回來看看爹娘也是應當的！大嫂快別忙活了，我聽娘說今兒個的菜可都是大嫂妳辛苦做的，還是坐著歇會兒才是！」月長紅不露痕跡地掙開了小陳氏的手，眼珠子滴溜提滴地轉著，在屋裡眾人身上打量了一圈，果然見到了兩個穿著打扮都與月家格格不入的年輕公子哥兒，便笑著走了過去。「這兩個哥兒倒是面生，是哪家的後生？」

周君鵬十分知禮地站起來行了個書生禮。「月家姑姑好，後生周君鵬。」

看著眉眼俊俏的周君鵬，月長紅不由得有種丈母娘看女婿，越看越滿意的意思，笑得十分熱絡。「周公子好！我們家這窮鄉僻壞的，周公子要什麼儘管說，文濤你們哥兒幾個可萬萬不能怠慢了客人！」

看著她一副跟人家是自己人般的態度，小陳氏無聲地「切」了一聲，十分瞧不上月長紅這副巴巴上去勾搭的嘴臉，絲毫忘了自己方才是怎麼讓月幼婷出來露臉這回事了。

看見月長紅身後站著的葛柳兒打扮得十分好看，幾個已知人事的婦人便都露出了了然的笑容。

一個跟小陳氏要好的婦人小聲地問她。「妳這大姑子是怎麼回事？咋還帶著閨女過來了？」

小陳氏臉上僵著笑，咬牙切齒地小聲說道：「還能為著啥？還不是我娘幹的好事！見了個好後生就眼巴巴地叫了她閨女來，也不想想自己家還有孫女兒！」

那婦人一聽，便皺著眉頭應道：「妳這還是她親姪女呢，妳娘咋這麼向著嫁出去的女兒？真真是偏心得很！」

正房裡頭敬酒的、勸酒的漢子們你來我往的十分熱鬧，兩人邊快狠準地挾著盤裡的豬肉，邊小聲地抱怨著，倒也沒讓旁人聽見。

正房裡頭熱鬧，倒是沒有幼金幾姊妹什麼事。方才做好菜的時候，老陳氏便直接把大部分帶肉的菜全給撈進了端進正房上桌的菜盤裡頭，只剩下一些肉末、豬下水啥的，還有滿滿當當的土豆、大白菜在鍋裡頭，並告誡她們今兒個有貴客上門，不許進去丟人現眼！

老陳氏乃至月家其他的人都覺得今日能到正房上桌吃飯是件極體面的事，比如還有一個不能上桌的婉娘，氣得一口飯都不肯吃，月長祿哄了好久，直到老陳氏打發幼金來叫他去吃飯，才留下氣得不輕的婉娘一人在屋裡頭。

可幼金幾姊妹倒是樂得輕鬆，歡歡喜喜地端著幾碗雜糧飯跟兩小盤還冒著熱氣的菜，一溜小跑地回了西廂房，母女八人坐在外間的炕上，熱熱鬧鬧地吃了頓飽飯。

而一牆之隔的婉娘，聽到隔壁的歡聲笑語，卻只覺得她們是刻意在奚落自己，恨恨地擦乾眼角的淚珠。「妳們一個兩個都想看我笑話，總有一天我會叫妳們這群小賤丫頭好看！」小聲咒罵著，原恨不得將桌上的飯菜都摔碎了去，可一早上沒吃什麼東西的她聞到了肉香味，便不自覺地端過碗來，兩三下便吃完了。

雖然幼金幾姊妹不能進正房上桌吃飯，不過洗碗也還是幾人的活兒。西廂房吃完飯過了小半個時辰，幼羅、幼綢都已經被哄睡著了，外頭才傳來被打發來叫人去收拾的月文偉的聲音——

「月幼金！快出來幹活！」

輕柔地為幾個妹妹蓋好被子，又叫幼銀留在家中看著，幼金獨身去了正房。

幼金恭恭敬敬地說道：「爺、奶，我來收拾。」在外人面前，她還是十分懂事又有禮的孩子。

果然，一個來幫著做殺豬菜的族親嬸子就笑著對老陳氏說道：「老嬸子好福氣，這老二家的女兒才這麼大點人，就這般勤快能幹，可見是老嬸子會教孩子啊！」

在場的幾個婦人也都是人精，這滿屋子都是村裡的粗漢，平日哪裡見過月幼婷跟葛柳兒上桌吃飯？明眼人誰看不出來老陳氏的目的在哪兒？都是鄉里鄉親的，給老陳氏做做面子、說幾句好話也不過是動動嘴皮子的事，也算是討個好了，這事她們還是願意做的。

老陳氏也是十分好面子的人，別人在眾目睽睽下這般誇她，她心裡簡直樂開了花，不過面上還是淡淡地笑道：「不過是鄉下丫頭，哪裡就值得妳這般誇她？」

這般虛與委蛇的場面幼金也懶得看，只顧著把吃過的碗碟一一撿起來放到大木盆裡頭，然後兩手用力端起來往外頭走去。

這時，坐在一旁的周君鵬卻突然站起了身，走到幼金面前。「小妹妹，需要搭把手不？」

幼金自己都還沒反應過來，月幼婷跟葛柳兒卻立即跳了起來，異口同聲地說道：「不用！」突然的動作嚇了還未散去的幾個婦人一大跳，見眾人的目光都落到自己身上，兩人一下子臉都紅了，無聲地張了張嘴，卻不知道說什麼好。

還是月長紅先反應過來，笑吟吟地走上前，不露痕跡地隔在幼金與周君鵬中間，一屁股懟了下幼金，面上卻不露神色。「周公子，這些雜事讓家裡人來做就行，您是貴客，可不能髒了您的手。方才我聽文禮說不是要帶你們去哪裡玩？趁著這會子天還亮著，要不出去轉轉？」朝文濤使了個眼色。

月文濤便立刻反應過來了。「是啊！君禮，所謂君子遠庖廚，這些事讓她們來做便是，我帶你們到翠峰河上去玩吧！」
一聽說要去玩，原還有些百無聊賴的劉若山立即就來了精神。「好好好！咱們出去玩吧！」說罷拽著周君鵬便要往外頭走。
見眾人這般，周君鵬也不好多說什麼，只對著被月長紅擋在身後的月幼金抱歉地笑了笑，然後便跟著月文濤等人一起出去了。
見他們出去，小陳氏眼珠子骨碌一轉，趕忙把月幼婷也推了出去。「幼婷在村裡的時間長，哪兒都熟，讓幼婷跟著去吧！」
被小陳氏突然推了出來，幼婷有些踉蹌，幸好站得離她最近的周君鵬伸手扶了一把才勉強站住。
才剛站穩，周君鵬便極有分寸地鬆開了她。「在下冒犯了，月姑娘當心。」月幼婷長得雖算不得十分好看，不過也算是清秀可人，羞紅了臉的她低垂著頭，嚅囁地道：「多謝周公子。」
瞧著兩人一副郎才女貌的模樣，月長紅便有些不甘心，感覺自己是被人拿來鋪路了一般，也趕忙拽了一旁的葛柳兒出來。「柳兒這孩子素來不愛出門，也難得跟你們一起玩，文濤你們把柳兒也帶上，一起出去轉轉吧！」
文濤有些為難地看了看周君鵬與劉若山二人，見兩人均沒有什麼表示，便點了點頭，於是一行四男二女便往翠峰河邊去了。

關在家裡幹活的幼金自然不知道外頭發生了什麼，只知道一群人回來後，月幼婷紅紅的臉上有淡淡的羞意，而葛柳兒則有些鬧彆扭。想來也不過是少年少女間的官司，幼金也就懶得打聽了。

第二日一早，在兩位少女心思各異的依依不捨中，周君鵬揮一揮衣袖，作別了翠峰村。

沒能乘機抓住周君鵬這個金龜婿，月長紅確實心有不甘，卻也無處撒潑，只得帶著葛柳兒氣呼呼地回了葛家村。

大雪停了下，下了停，轉眼便到了大年三十。

大年三十的歲末祭祖，自然是沒有女孩子們什麼事的。

蘇氏的身子狀況越來越差，高聳的肚子搭配著枯瘦的面容，顯得她有些搖搖欲墜，只得整日臥床養胎。

韓氏並不知道婉娘進門的事，當初月長祿託人捎信去也只是月長壽知道而已，待三房一家終於回了翠峰村過年，韓氏才知道這個消息，頓時氣不打一處來，也沒給婉娘什麼好臉，當即去了西廂房看蘇氏。

「二嫂，那婉娘這般的狐媚子，妳怎麼能同意讓她進門？」要不怎麼能說女人最懂女人？韓氏從見了婉娘第一眼就十分不喜歡，言語之間自然也不會多客氣。

蘇氏一開始見她來了，臉上還帶著一絲淡淡的笑，一聽她提到婉娘，便苦笑著搖搖頭說道：「還需要我同意嗎？咱們妯娌十餘年，妳何時見我在這個家有一寸之地？」

見她有些不對勁，韓氏心中才有些懊惱自己剛才的話，微微嘆了口氣。「罷了。二嫂，妳不顧著自己，也要顧著幾個孩子。」

妯娌倆在房裡說了好一會子話，韓氏才從裡頭出來。

臨出西廂房的時候，韓氏悄悄給幼銀塞了一個沈甸甸、繡著白玉蘭的荷包。「等妳三姊回來後交給她好好收著，總有用得上的時候。」

幼銀知道是銀錢，便趕忙推了回去。「三嬸，我們不能收，三姊不會肯的。」

韓氏有些心疼二房這幾個懂事的孩子。「傻孩子，妳娘愛憐地摸了摸幼銀的頭，生孩子啥的，哪裡不得花銀子？錢雖不多，也是三嬸的一點心意，妳們且好好收著便是。」一說罷擺了擺手，便回了東廂房。

幼銀無法推託，只得將銀子收了起來，等幼金回來以後再給她藏起來。

幼金將韓氏給的荷包打開來看，裡頭裝了約莫有一百文，對韓氏的感激又多了一分，心中暗暗想著，將來等自己日子好過了，一定要報答韓氏的雪中送炭之義。

大年三十的年夜飯是在宗祠祭祖以後才開始吃的，雖然是過年，不過吃的飯菜也跟平日裡差不多——一大盤土豆燉茄子、一大盤白菜，裡頭的肉倒比往日裡多了不少。另外還準備了一大鍋白菜豬肉餡的三合麵餃子，也就算是過年了。

雖是一樣的菜，可是三分之二的肉都落到了男丁的那桌，至於女眷這桌則都是些腥臭的豬下水，還有白菜肉渣餡兒的餃子。

二房的幾個丫頭今兒個都穿上了上回韓氏帶回來半新的舊衣裳，外頭的襖子破的地方也被蘇氏的巧手繡上紋樣擋住了，姊妹們倒是難得地穿上了這般的新衣，齊齊整整地坐著，個個端著粗瓷碗，倒也吃得香。雖然豬下水是弄得不咋好，可好歹也算是葷腥，不吃白不吃啊！

與二房幾個丫頭形成鮮明對比的便是婉娘了，這挑那揀的，翻了半天也吃不下兩口，臉上盡是不滿的表情。這平日裡葷腥吃得少便算了，怎地大過年的也吃不了一頓好的？不過她也不敢說什麼，大過年的要是惹怒了兩個老不死的，那可就有得罪受了。

韓氏卻是瞧出了婉娘的不滿，心中冷笑三聲，還以為自己是嫁進月家享福的不成？

瞥了眼同樣食不下嚥的幼荷，便指桑罵槐道：「當了幾天城裡人，就不知道自己的根在哪兒了不成？還給我挑挑揀揀的？有吃的趕緊吃，不然餓了可別找我要零嘴！」

幼荷原就有些不高興，如今還遭了無妄之災，噘起來的小嘴都能掛油瓶了。

「娘！」

韓氏瞥了她一眼。「咋的？我是妳娘，說妳兩句都不可以？」一副「我是妳娘我最大」的表情。

幼荷雖然也是被嬌寵著長大的，不過見韓氏這般說了，哪裡還敢說啥？只得老老實實地吃飯了。

坐她旁邊的婉娘臉色很難看，三房的回來後就對自己沒個好臉色，如今年夜飯還對自己這般冷嘲熱諷、指桑罵槐，自認也是個玲瓏心的婉娘怎會感受不到？看了眼滿臉戲謔，嘴角一絲嘲諷的幼金狀似不經意地瞥了眼自己，婉娘只覺得臉頰都發燙了！先是韓氏，再是幼金，婉娘恨得牙癢癢的，卻也一點法子都沒有，只得在心裡又記下了一筆，只等將來自己再慢慢報復才是！

年夜飯後的守歲，按理說也是一大家子一起守的，可老陳氏歷來瞧不上二房，所以二房的閨女們打小都是自己過自己的。

今年二房多了個婉娘，婉娘也會來事，老陳氏、小陳氏都對她能有些好臉，便也留著她一起守歲了。

方才吃飯還有些鬱鬱不得志的婉娘見二房只有自己有資格跟正房一起守歲，不禁有些志得意滿，嘴角帶了一絲輕蔑的笑看向幼金。

幼金哪裡會被她這種段數的氣到？畢竟月家在她看來是一文不值，又有什麼值得她生氣的？揣著韓氏私底下悄悄給的一包零嘴，便帶著妹妹們回西廂房守歲去了。

婉娘哪裡知道這些，她只當幼金是嫉妒而不得，自己轉臉回去正房便笑得十分熱絡，自覺地坐到了老陳氏身後，乖巧地給她捏著肩。

老陳氏就吃這一套，她私底下問過老二，只說婉娘原先是大戶人家老夫人跟前得臉的丫鬟，如今她這般伺候自己，自己不也成了老夫人了嘛！不過還是意思著說了句。

「要是累了便歇著，省得老二說我這個做娘的不知道心疼你們。」

婉娘挺著大肚子跪坐在老陳氏後邊給她捏著肩膀，十分懂事地說：「我們孝順爹娘最是應當的，蘇姊姊的身子一直不好，幾個孩子年紀還小也不懂事，我身為二房的人，自然該多擔待著些。」

懷裡摟著已經迷糊睡著的小兒子的韓氏輕笑了一聲，這人還真會上眼藥，生怕老婆子還不夠欺負二房嗎？不過自己不屑跟婉娘這般的人有什麼牽扯，因而也不作聲。

另一頭，月家父子祖孫坐在一處，小聲地說著話。「文濤，銀子可都用上了？這馬上就要開春了，可還來得及？」兩個孫子的前程是月大富的心病，尤其如今還搭上了幾乎全副身家進去，自然是連作夢都緊緊記著這事。

月長福也十分關心這事，因為他被鋪子開除了！一想到鋪上的老闆竟然不顧自己這麼多年的功勞苦勞，因著不過差了幾兩銀子的小事就辭退了他，還給鎮上相熟的鋪子掌櫃都傳了這事，害得他如今連換份體面的謀生都不行，他就恨不得自家兩個兒子能立時中舉、中狀元，好讓自己也穿上綾羅綢緞，再將那起子踩低自己的人全都當成蟲蟻碾死在腳底！

見爺爺、爹還有兩個叔叔都急切地看著自己，月文濤胸有成竹地點點頭。「爺，您放心。前幾日來的周公子便是縣老爺家的親戚，如今銀子都在他那兒，他那日走的時候便說了，過年時就將銀子送到知縣老爺家，有知縣夫人幫著說話，保准沒問題！」

聽他這麼說，月大富也連連點頭。「我那日瞧著那周公子禮儀端方，人也穩妥，想必他這麼說，應是有把握的。」他對周君鵬的印象十分不錯，出身好，人也知禮，聽孫兒說是他說的，先就信了三分。

「哪位周公子？」周君鵬二人那日來時月長福與月長壽均未在家，倒是錯過了。

「是我們書院的同窗，周兄是知縣夫人的遠房外甥，劉兄家中是在縣裡頭開綢緞莊子的。」月文濤回答了月長福的問題。「我們這次要集銀子送給知縣老爺便是周兄的主意。」

月長福聽完後，了然地點點頭。「既然是知縣大老爺家的親戚，想必也是有幾分真本事在的，這路子我覺著能走通！」

其他男丁也都十分贊同地點點頭，個個都懷著對新一年的美好嚮往，只恨不得早些開春，童生試早日開考。

春節很快就過完了，轉眼便到了婉娘發動的日子。

二月初二，龍抬頭。

午後從正房出來，還未回到西廂房的婉娘突然「哎喲」地喊了一聲，痛白了臉，原來是發動了。

對於這個盼了許久的兒子，月長祿自然是最上心的，忙將人扶回西廂房，又匆匆趕著牛車去隔壁村子請穩婆了。

可就在月長祿剛出發沒多久以後，還有一月左右才到生產日子的蘇氏也突然發動了！

這下子幼金也慌了，看著咬牙躺在炕上的蘇氏。「娘！您怎麼樣了？」

蘇氏是生產慣了的，自然也知自己這是提前發動了，痛得慘白的臉露出一絲無力的笑。「我沒事，妳快把妹妹們都帶出去，別嚇著她們。」

幼金這才注意到幾個妹妹眼中都是驚慌與恐懼，尤其兩個小的見到蘇氏這般模樣，都快哭出聲來了，便趕忙將人都帶出了西廂房。「幼銀、幼珠，妳倆快些到灶上燒些熱水！幼寶看好三個妹妹，不要讓她們亂跑。」

幾個孩子雖然慌亂，不過也都十分聽幼金的話，強忍心中的恐懼各忙各的去了。

幼金也顧不上別的了，她知道蘇氏這一胎懷得不好，身子還特別差，她得趕緊去把馬大夫請來。若是蘇氏熬不過這關，那一切都沒指望了！

坐在正房炕上的老陳氏聽到外頭亂糟糟的，穿鞋出來一看，原來是兩個都發動了。她朝忙活著燒水的幼銀姊兒倆啐了一口，哼道：「有個啥用？肯定又是個賠錢貨！還浪費老娘這麼些柴火！」老陳氏罵罵咧咧地回屋裡了，她對蘇氏根本沒抱能生出兒子的期盼。

倒是月大富隱隱有些期待。「二月二，龍抬頭。這要真生了兒子，怕是將來有大成就啊！」

「就你邪乎！都生了七個賠錢貨了，我就不信她這回能生出個帶把兒的！」老陳氏是堅決不信蘇氏能生出兒子的，也懶得去管西廂房的事。

馬大夫一聽說蘇氏提前發動了，便趕忙去取了藥箱。

馬大夫家的婆娘林氏聽見穩婆還沒到，也收拾了一下要跟過去。「我早些年幫人接生過，能幫著些也好。」

幼金感激地跪下給兩人磕了個重重的頭。「馬爺爺、馬奶奶對我們一家有大恩，幼金將來一定報答您二老！」

林氏趕忙將人扶了起來。「妳這孩子，如今還是客氣的時候嗎？咱們還是快些去瞧瞧妳娘吧！」這蘇氏懷的是雙胎，如今又是早產，怕是凶險。

幼金點點頭，帶著兩人便往月家去了。

馬大夫夫婦來得快，林氏用熱水燙過雙手後，給了幾個孩子一個安撫的眼神。「妳們放心，妳們娘親肯定能平安生下小弟弟的。」然後推開西廂房的門進去了。

那頭婉娘第一回生產，沒經歷過這些的她早已慌亂成一團，看向受月長祿所託進來守著自己的小陳氏問道：「大嫂，怎地……外頭這般吵？可是月二哥回、回來了？」

小陳氏坐在一旁閒得慌，便起身出門瞧了瞧，然後帶著一絲有些惡劣的笑回來了。

「喔，不是老二回來了，是蘇氏也發動了！那幾個丫頭把村裡的郎中請來了。」

一聽是蘇氏也發動了，婉娘眼中閃過一絲恨意，這是連個好日子都要跟自己爭嗎？

「蘇、蘇姊姊不是還沒到發動的日子嗎？」

「誰知道呢？說不準人家瞧著今兒個日子好，提前發動了唄！」小陳氏也是看熱鬧不嫌事大，涼涼地坐在一旁笑道。

婉娘還想說什麼，可一陣陣痛襲來，讓她張不開口再說什麼，只得暗恨著緊咬牙關，對蘇氏還有二房的幾個女兒又多了一分恨。

再說回蘇氏這頭，還未足月便提前發動，加上蘇氏身子弱，有些使不上力，情況有點凶險。林氏進去查看完她的情況後，便趕緊出來跟自家老頭子說明。「之前生產過的，這次應是生得快，可她身子弱，力氣有些跟不上，再這樣下去怕是大人跟孩子都有危險。」

一聽到蘇氏跟孩子都有可能出事，幼金幾姊妹心中一沈，不過都強咬著牙不敢哭鬧，期盼的眼神全落在馬大夫身上。

馬大夫撚著鬍鬚沈吟許久，才緩緩說道：「我給她開劑藥，喝下去看會不會好些。」

帶著幼金回到馬家揀了藥，然後摸摸索索地從藥櫃的最上層取出了半根小拇指大小的蔘段切了半根，交給幼金交代道：「把這個也放進去一起熬藥，五碗水熬成一碗濃濃的，給妳娘灌進去。要是有力氣了，估摸著也就沒事了，若還使不上力，那老朽我也沒法子了。」

幼金感激地接過馬大夫揀好的藥，匆匆跑回月家。

此時去請穩婆的月長祿也回來了，穩婆進了婉娘的房裡，月長祿也緊緊守在門前，明明是一牆之隔，卻一個眼神都吝於給蘇氏這邊，彷彿蘇氏肚子裡的孩子與他無關一般。

幼金的眼神黯了三分，不過也沒時間去計較那麼多，連忙到廚房煎好藥，然後送進蘇氏房裡餵她喝下，之後她又被林氏趕了出來。

「小孩子家家的，不要在這裡頭，有什麼需要的我再叫妳。」

出了西廂房後，幼金心裡有些空落落的，看到站成一排守在西廂房門外的幾個妹妹，幼金將兩個小的摟進懷裡，然後跟幾人站在一起，心中都在默默祈求老天爺保佑蘇氏母子平安。

蘇氏這頭發動得快，而婉娘那頭就真是受盡折磨了。

穩婆檢查了婉娘的情況後，便出來交代月長祿叫人準備些吃食過來。「小娘子這是第一個孩子，少說也要到半夜才能生下來呢！你去備些吃的送過來，省得餓著，到晚上就沒力氣生了。」

月長祿一聽至少還要等上半日，皺著眉頭說了聲「曉得了」，然後前去指使幼金去準備吃的。「快去給妳娘準備些吃的！」

幼金直接惡狠狠地瞪了他一眼。「我娘可沒說要吃的！」她如今整顆心都懸在半空，哪裡還會管婉娘餓不餓肚子？

這是月長祿第一次被自己的女兒正面頂撞，看著她有些瘮人的目光，不由得心頭一凜，不過看見正房門口站著的大哥大嫂，月長祿覺得自己不能丟了這個面子，直接便想上手教訓她一頓，哪承想幼金一個側身便閃過了他揮過去的巴掌。

幼金冷眼看著他說：「我不管你，你也別招我，不然就算拚個魚死網破，我也不會放過你！」

六個娃娃也都站在幼金身後，一個個同仇敵愾地看著他，彷彿都要跟自己拚命一般。

月長祿這才驚覺自己在二房無比高上的地位已經地動山搖了，氣得他指著幼金大罵道：「妳個不尊爹娘的賠錢貨，還挑唆得幾個妹妹都不聽話了是不？」

「你有什麼值得我尊敬的？」幼金冷冷地瞥了他一眼，手裡接過幼珠遞過來的扁擔，姊妹幾個穩穩地守在蘇氏門前。「要麼你今兒個打死我們，要麼就魚死網破，試試看吧！」

要不怎麼說月長祿是個欺軟怕硬的慫蛋？被幾個自己從小打到大的賠錢貨惡狠狠地瞪著自己的模樣嚇得退縮了幾步。

那頭月長福見他倒退了幾步，嘴角不禁多了一絲嫌棄。這個弟弟還真是數十年如一日的沒出息，連幾個賠錢貨都鎮不住！不過看了眼跟護崽的母狼一般猩紅了眼的幼金，月長福心中也閃過一絲自己都沒有察覺的涼意。

還是月大富從正房裡頭出來打破了僵局。「老大家的，妳去做些吃食送過去吧。」

原本在看熱鬧的小陳氏沒想到活兒會落到自己頭上，看了眼公公板著的臉，不情不願地「喔」了一聲。

月大富這才轉過頭來，不輕不重地看了眼幼金幾姊妹。「老二，如今兩個都發動了，該管教的也等過後再好好管教。」月大富心中也在忖度，這老二家的幾個賠錢貨是心大了啊！如今都敢拿著扁擔對著自己的爹，那再大些是不是敢拿著菜刀對自己了？

幼金卻不怕他，大不了拚個魚死網破，她一命換月家十幾條命，也是值了的。就怕到時候月家這些惜命的主兒都巴不得趕自己走呢！

外頭的動靜蘇氏自然不知道，喝下馬大夫加了一小截野山蔘的湯藥後，她便有了些力氣。

林氏瞧著也放心了不少。「娘子要是有力氣了，就跟著我的步子來呼氣。」蘇氏生養過七個姑娘，自然會快許多，只要蘇氏配合著用力，不出半個時辰便能生下來。

略微有些泛紅的臉上全都是汗珠，蘇氏強忍著痛，「嗯」了聲，聽著林氏的話，長長地吸氣、吐氣，撕裂的痛楚傳至四肢百骸，蘇氏也只得咬牙忍住。

「已經看到孩子的頭了！來，聽我的話，呼氣……用力！」林氏歡喜地喊道：「快！用力！」

「哇——」

一聲有些虛弱的嬰兒哭聲傳了出來，外頭的幼金幾姊妹頓時歡喜得抓緊了手。「娘生了！」

幼金端著燒開的水進了產房給林氏，林氏手腳很快，用滾水燙過的剪子斷臍，然後把小娃娃洗乾淨，用布包了起來，才小心翼翼地將孩子抱在懷裡給幼金看了看。「是個小妹妹呢！妳娘肚子裡還有一個，估摸著也快了，妳再去準備些乾淨的熱水來。」

幼金看了眼腦袋不過成年女子拳頭大小的小妹妹，眼眶微微泛紅。「多謝馬奶奶！」然後端著一盆血水出去了。

幼銀幾姊妹趕忙圍了過來。「三姊，娘生的是小弟弟還是小妹妹？」

看著幾個妹妹期待的眼神，幼金倒了血水才說道：「是妹妹，不過娘肚子裡還有一個。」

聽到幼金說是小妹妹，幾個大點的眼中都有些失落，沒了剛才的期待。

幼金見幾個妹妹都失落了不少，臉色一凜，雖然自己不重男輕女，可土生土長的幾個妹妹骨子裡卻都希望能有個弟弟，這種接近病態的想法是堅決不能有的。她蹲下身來，眼神灼灼地看著幾人。「三姊時常跟妳們說過的，如果連我們自己都嫌棄自己不是男子，那這個世道便再無人能尊重我們了。我不曾嫌棄過妳們不是男丁，如今妳們卻要嫌棄妹妹了嗎？」

幾姊妹被幼金嚴肅的神情嚇到，紛紛搖搖頭。「不是的，三姊，我們只是……」

「我知道，妳們只是太想要一個弟弟了。若是娘生了個弟弟出來，妳們豈不是要慣壞了他去？自古慈母多敗兒，妳們曉不曉得？若真是個不爭氣的敗家兒，那我情願是個乖巧的妹子。」幼金輕輕拍了拍幼銀、幼珠的肩膀。「這幾個妹妹之中妳倆年紀最大，可不能教壞她們了。」

幼珠趕忙搖搖頭，立場十分堅定地站在幼金這邊。「三姊，我不會的。」

幼銀也點點頭。「三姊，我曉得的。」

幼金這才滿意地點點頭，又端了一盆熱水進了西廂房。

那頭老陳氏知道蘇氏又生了個閨女，站在正房門口朝著西廂房看，刻薄的薄唇露出一絲「果然不出我所料」的笑。「我就說了，那個下不出好蛋的老母雞生不出兒子，你們還不信！現在信了吧？」

站在老陳氏身旁的月長祿臉色也有些難看，雖然他早就瞧膩了蘇氏那張蠟黃的臉，可那畢竟是自己的種，心底也是隱隱抱了一絲期待的，沒想到再次落空。

另一個產房裡頭，還在等著生產的婉娘自然也聽到了外頭的動靜。

被打發進來打下手的小陳氏臉上的笑都變得嘲諷不已。「我說婉娘妳可得爭氣啊！這蘇氏生下的又是個賠錢貨，妳若是能一舉得男，那二房可就……」

小陳氏的未竟之意——只要她能生下兒子，那整個二房不都由她作主了嗎？想到這裡，婉娘的心裡激起一陣鬥志，她一定要生出個大胖小子來！

日頭漸漸西斜，蘇氏肚子裡的另一個娃娃也帶著微弱的哭聲降臨人世。

林氏抱著還滿身血水的娃娃，雙手微微有些顫抖。「幼金她娘，是、是個帶把兒的……」

原已經有些脫力，昏昏沈沈地半合著眼的蘇氏一聽說是個兒子，倏然睜開的雙眼中盡是亮光。「林嬸子，妳說是……是兒子？」有些不敢相信地接過身子骨十分瘦弱的小娃娃，顫抖的手微微掀開裹著孩子的布，然後喜極而泣。「我的兒啊！」

「幼金她娘，這是好事啊！」林氏的眼眶也微微濕潤了。蘇氏嫁到村子裡十幾年，雖然跟自己的交集不多，不過她的好名聲自己也是聽過的，如今終於得償所願，也算是好人有好報了。安慰了蘇氏幾句，林氏才笑咪咪地出來向幼金姊妹報喜。「妳們娘生了個弟弟給妳們！」

聽完林氏的話，幾姊妹都張大嘴愣住了！什麼？娘生了個小弟弟？幾姊妹久久沒有回神。

還是幼金先反應過來，帶著幾個妹妹齊齊給林氏磕了個頭。「馬奶奶的大恩大德，我們姊妹無以為報！」若不是林氏，一屍兩命也不是不可能的事。

林氏笑著扶起幼金。「妳這孩子，動不動就跪下，可不是要折了我老婆子的壽數？如今妳娘沒事了，不過兩個娃娃都是剛生下來，又是提前發動的，難免瘦弱許多，最好是能有足夠的奶水來餵養。」

幼金細細將林氏的話都記在心頭，千恩萬謝地送走了林氏，才帶著幾個妹妹進西廂房去看剛生下來的兩個娃娃。

那頭的月長祿也聽到蘇氏生了個兒子出來的消息，騰地一下站了起來，狂喜十分。「我當爹了！」盼了十幾年的兒子，總算是盼到了！也顧不上月大富與老陳氏說什麼，徑直往西廂房去了。

老陳氏沒想到蘇氏竟真的生了個兒子出來，心有不甘地往地上啐了一口，罵道：「生個兒子出來又怎麼樣？養不大的孩子多了去了！」

西廂房中，姊妹們小心翼翼地圍在已經收拾乾淨的炕邊，好奇地看著並排在炕上的兩個娃娃，妳一言、我一語小聲地說笑著。

月長祿如同闖進來的外敵一般，一進來就被幾個女兒用眼神敵視著，心中有些不悅。「怎麼？老子回自己家都不可以是嗎？都給我讓開！」

幼金擋在前頭，冷冷說道：「你兒子不是在隔壁還沒生出來？若不是馬大夫他們夫妻幫忙，我娘跟兩個孩子說不定都沒了。如今倒好，知道生了個兒子就巴巴來看了？」

聽到幼金這麼說話，蘇氏心中有些不忍。「幼金，別這般跟妳爹說話……」怎麼說也是孩子的爹，看看總不為過的。

被月長祿一把推開的幼金有些恨鐵不成鋼地看了眼蘇氏，說到底還是對月長祿不死心啊！被人打得遍體鱗傷再給個棗就哄好了？真是怒其不爭！

蘇氏自然也看到了女兒譴責自己的目光，有些心虛地低下了頭，不過卻覺得自己也沒做錯什麼，畢竟是兩個孩子的爹不是？

沒有了阻攔，月長祿才顫抖著雙手抱起了兒子，歡喜得紅了眼眶，只巴不得讓全世界都知道自己有兒子了！

不過狂喜過後，理智漸漸回籠。瞧著瘦不拉嘰，腦袋不過自己半個拳頭大小的兒子，月長祿竟隱隱生出了幾分嫌棄。雖是兒子，但這般瘦弱，能不能養活還真是個問題！又聽到隔壁婉娘的痛呼聲，那可是鎮上回春堂的大夫把脈說過是兒子的啊！這樣一想，再看了看這個跟小貓兒般大小的兒子，便嫌棄地隨手放到炕上，轉身出去了。

不過片刻，月長祿的轉變竟這般大！原以為能給自己一個好臉的蘇氏有些震驚地看著月長祿離開的背影，不知道是該哭自己命苦，還是笑自己犯傻？

幼金瞧她一副懷疑人生的模樣，不由得嘆了口氣。這蘇氏對月長祿的妄想就跟野草一樣，燒也燒不盡，她也是懶得再說什麼了。

折騰了一日一夜，婉娘終於在第二日一早，東方露出魚肚白的時候生下了個六斤重的大胖小子。聽到自己生的是個兒子以後，已經痛到渾身無力的婉娘這才合上眼沈沈睡去。

穩婆將洗乾淨的娃娃裹在厚實的布裡頭後，月長祿與老陳氏才姍姍來遲。

聽著穩婆說著吉祥話，月長祿雙手微微發抖，激動得熱淚盈眶，伸手接過哇哇大哭的兒子。「我的兒子、我的兒子！」

看著小臉圓乎乎的孫子，老陳氏也難得地露出一絲和善的微笑。「這小子一生下來就有六斤，將來肯定是個壯實的孩子！」

月長祿也贊同地點點頭。想起昨日蘇氏生下的不過兩、三斤重，連哭聲都病殃殃的大兒子，心中高下立判。對著肉乎乎的小臉又親又啃的，只恨不得一直抱著他的心肝寶貝一般。

月長祿一下子得了兩個兒子的消息很快就傳遍了翠峰村，等到給月文寶洗三的時候，月家更是像要為月老二揚眉吐氣一般，邀請了大半個村子的人過來參加。

月文寶便是月長祿給他與婉娘所生的孩子取的名字，至於蘇氏生的一雙兒女，不僅沒資格辦洗三，連名字都是幼金取的。

月家所有人似乎都忘了還有蘇氏跟她生的幾個孩子的存在一般。

聽著外頭正房那邊傳來的陣陣歡聲笑語，幼金懷裡抱著剛喝完奶的幼綴，手裡輕輕拍打著孩子哄睡，問蘇氏。「如何？娘這回肯死心了嗎？縱使有了康兒又怎樣呢？」康兒全名月康，幼金希望他可以健健康康長大，因此單名取了一個「康」字。

蘇氏懷裡的康兒正小口小口吮吸著母乳，瘦弱的身子看著沒三兩肉，絲毫不知道還在襁褓中的他原本是父親心心念念盼來的寶，如今卻被遺忘得乾乾淨淨的這個現實。

嘆了口氣，蘇氏有時覺得很痛苦，她也知道是自己的優柔寡斷害得幾個孩子跟著她吃盡了世間的苦，可她能怎麼辦呢？就算她要和離，月家能答應放她走？就算月家同意放她走，那她的幾個孩子又該如何？再怎麼樣也都是月家的子孫，月家能同意讓她們跟自己走？

幼金不知道蘇氏心中如何作想，可看蘇氏眉頭深鎖的模樣，不用想也知道她又陷入自我糾結的狀態。深深嘆了口氣，看著懷裡抱著的瘦弱得跟一隻貓兒一般的小十，幼金暗自決定，既然蘇氏下不了這個決心，就讓她來替蘇氏邁出這一步！

再說正房那頭，月長祿也打扮一新，臉上的陰鬱之氣早已消散，站在月大富身後，今日可以說是他揚眉吐氣的日子了。

穩婆笑呵呵地抱著月文寶出來見客，今日村裡頭跟月家親近些的人家都過來了，鄉下人的洗三自然也沒有什麼酒席，連響盆也不過是用些花生、棗子啥的，不過是圖個好意頭罷了。

「別說，這孩子長得可真壯實！」跟老陳氏關係好的一個大嬸笑呵呵地說著好話。

「這一瞧就是隨了月家的好苗子，長大了肯定是個壯實的後生！」

老陳氏雖然不是第一回當奶，不過之前因著老二家沒有兒子，自己也覺得沒面子，如今老二總算有了後，她也可以揚眉吐氣了。「瞧妳說的什麼話？小孩子命輕，不經誇呢！」雖然說著責怪的話，不過臉上卻也笑盈盈的。

有些跟月家，尤其是跟老陳氏面合心不合的婦人，雖然面上也笑著，不過卻在腹誹：這月家也真是不要臉面，莊戶人家哪裡有娶兩個媳婦兒的？偏他月家有本事，做了這般沒臉面的事，還撅起尾巴四處宣揚！

西廂房下房那頭，婉娘雖然不能見客，不過也有幾個好奇的婦人過來瞧了瞧她，婉娘坐在炕上笑著跟人說話，心中滿意得不得了。這下看還有誰敢說自己半句？要知道，二房的兒子可是她生下來的！

洗三完的夜裡，老陳氏便病倒了。

躺在床上唧唧歪歪的，喝了幾帖藥也不見好，馬大夫卻只說是偶感風寒。

老陳氏病得糊裡糊塗的，還不忘罵馬大夫的三腳貓醫術。「什麼狗屁大夫！吃了幾日藥還不見好，我看他是要謀財害命才是！」

那頭的婉娘雖然在坐月子，但知道老陳氏病倒的消息後，想了半日便想出了對付二房那幾個人的主意了。

「妳說什麼？」病得昏昏沈沈的老陳氏強撐著身子坐起身，半是懷疑、半是狠毒地問：「她真這麼說？」

小陳氏坐在炕沿，兩眼骨碌碌地轉著，見老陳氏這麼問，忙點點頭。「嗯！我也是聽婉娘這般說，想著這是大事，才趕忙來告訴娘的。」其實她也是半信半疑，不過想想自己兩個兒子天資聰穎，卻一直考不過童生試，想必也是有這層原因在。

乾柴般的手掌重重拍在炕上。「好哇！沒想到我為這個家操持一輩子，臨老了還要被這幾個賠錢貨剋我！」老陳氏先是驚訝，如今卻是信了九成，覺得自己就是被二房那些個賠錢貨給坑害的，只恨不得挖個坑將人給埋了去！

「又在胡咧咧啥？」從外頭回來的月大富見婆媳倆又不知道在咬著耳朵說啥，只聽到了老陳氏的後半句話。「什麼剋不剋的？一天天的盡是胡咧咧！」

老陳氏卻滿心的不高興。「我都快被那些個賠錢貨剋得命都沒了，你還在這兒說風涼話！怕是想著等我死了好娶個年輕的回來？」老陳氏素來是渾不吝又口無遮攔的，月大富也是拿她沒辦法的性子。

瞥了眼坐在炕沿上、有些心虛的小陳氏，問道：「妳方才跟妳娘說什麼呢？」月大富其實並不是很喜歡這個兒媳婦，又懶又碎嘴，若不是當年老陳氏哭鬧著撒潑，自己都不會讓她進門。

小陳氏素來是怕自家公公的，見他這般問話，便有些畏畏縮縮地站了起來。「沒說啥呢……」

可老陳氏哪裡管她這麼些？直接就說道：「說我快被二房那些個賠錢貨給剋死了！」然後自己一股腦兒地將婉娘說的話全都給抖落出來。「你說說、你說說，當年要不是族長攔著，這些個賠錢貨早就都沒了，哪裡還能活到今日來剋我？」

月大富心中雖然有幾分疑慮，畢竟婉娘是後進門的，有自己的主意也說不準，可萬一說的是真的又該如何？他正思量著該如何是好時，見老陳氏又在那兒罵罵咧咧的，哪裡有要被剋死的模樣？於是便揮了揮手道：「妳且消停會兒，等我明日到白雲寺問問再說吧！」

第八章

白雲寺是附近十里八鄉村民最常去燒香求佛的寺廟，香火倒是十分鼎盛。

第二日一早，要了二房幾個孩子的生辰八字，月大富便帶著月長祿趕著牛車往白雲寺去了。

老陳氏等人在家心焦地等了一日，終於等到了面色凝重的月大富父子回來了。

「咋樣？」纏綿病榻的老陳氏見他回來了，在小陳氏的攙扶下忙坐起身，兩眼巴巴地看著月大富。因著怕那幾個賠錢貨剋自己，今日連廚房都不敢讓她們進去呢！

月大富面色凝重，坐在炕沿上先是猛灌了一大口水，才重重地嘆了口氣。「那白雲寺的算命和尚說，咱們月家壓不住那幾個孩子的命，總歸是過不到一起去的。」

想起今日那算命和尚說的話，原還是將信將疑的月大富也不得不信了七分。「那算命和尚說，幼金、幼珠還有剛生下來的這倆，都與咱們家有些妨礙。」

一聽是最常頂撞自己的幼金和幼珠，老陳氏只覺得渾身氣血都往腦門上走，兩眼有些發黑。「早知道，當年就一個都不能留！」恍惚了好一會兒，老陳氏才急巴巴地說道：「不行，咱們家的氣運可不能讓這些賠錢貨給禍害了！那兩個大的，趕緊能嫁的就嫁了，小的直接放桶裡溺死得了！」雖然是兩條人命，可在老陳氏看來，只要能換得她月家榮華富貴，那一切都是值得的。

可月長祿卻有些猶豫了。「娘，那畢竟是兩條人命啊！」要他溺死自己的孩子，當年的他做不來，如今讓他做，也還是有些狠不下手去。

「你個沒出息的玩意兒！難不成你想在地裡刨食過一輩子嗎？」老陳氏沒好氣地指著兒子罵。所以說她最瞧不上二兒子了，既沒有老大和老三的聰明，性子還懦弱！

一旁的月長福倒是個心狠手辣的主兒。「若是為了兩個不過活了幾日的孩子就要搭上咱們月家數代的富貴日子，那二弟你就真是咱們月家的罪人了。」月長福是只要自己能過上好日子就行，從來不管別人死活的人，自然說得不痛不癢。

「爹啊！您老想想文濤哥兒倆，您辛辛苦苦栽培出來的兩個孩子，難不成要看他們一直不能出頭嗎？」小陳氏在老陳氏的眼神示意下，直接祭出了月大富的底牌。「我自己苦了半輩子無所謂，可幾個孩子又該如何是好啊？爹啊！」

小陳氏的話戳中了月大富的心窩子，一日之間滄桑了不少的月大富嘆了口氣，語重心長地看著月長祿。「老二啊，如今婉娘那兒也給你生了兒子，再說這兩個小的能不能活還是一回事，要不就算了吧？」

月長祿原本心中就有些動搖了，聽月大富這般說，想到婉娘還給自己生了個白白胖胖的小子，便也覺得無所謂了，微微點頭道：「我聽爹的。」

老陳氏這才滿意地拍拍手。「老爺子，夜長夢多，要不趁著今兒個入夜，就把兩個喪門星溺了得了？」想到自己還纏綿病榻，兩個寶貝金孫又馬上要去考童生試，老陳氏就覺得這事早辦早了好。

正房那廂還未商量出來個章程，這頭幼金已經知道了老陳氏等人的惡毒心腸。原來是今日幼金幾姊妹也發現了老陳氏等人過於反常的態度，尤其是月大富跟月長祿兩人一回來就進了正房，還大門緊閉，幼金直覺就是要出事，便悄無聲息地躲在窗臺下偷聽屋內的動靜。

趁著裡頭眾人無言之際，幼金又悄悄回了西廂房，決定不再隱瞞蘇氏，將自己方才聽來的話全都告訴了蘇氏。「娘難道真的要看著小十跟康兒被那個老虔婆淹死，然後把我跟幼珠都賣了才甘心嗎？」

蘇氏只覺得自己抱著孩子的手都在顫抖，她可憐的孩兒才出生不過十數日，難道自己真的要眼睜睜看著孩子被他們溺死嗎？蘇氏淚如雨下，瘋狂地搖頭。「不！幼金，娘自己命不好，遭了多少罪我也認了，可娘不能害了你們！」

「可妳一個人寡不敵眾，他們若是真要搶走兩個孩子，妳又能怎麼辦？」幼金這是逼著蘇氏給自己的人生作一回主，再沒有這麼好的機會能讓蘇氏脫胎換骨一回了，她必須把握好。

蘇氏心亂如麻，想了好一會兒才想起當年之事，忙伸出一隻手緊緊拽住幼金的衣袖。「快！去求族長！只要族長願意出面，咱們一定可以沒事的！」

是了，當年幼珠、幼寶姊妹倆剛生下來沒幾日，老陳氏嫌棄是女兒，準備溺死了事，若不是被幼金發現，且後來族長出面才救下兩個妹妹的命，怕是如今幼珠和幼寶早就不知道投胎到哪戶人家去了。

幼金點點頭，確實，請了族長來便是最好的方法，既能保住兩個剛生出來的孩子，也能把事情鬧大了，借機脫離月家，這可是天上掉餡餅的好機會！於是便朝蘇氏說道：「我可以去求了族長來，但娘也要堅定主意！如今既然說了我們於月家的氣運有妨礙，只要我們還在月家一日，怕是都要擔驚受怕一日吧？族長護得了我們一時，護不住我們一世的。」

蘇氏深吸一口氣，舉起手來緩慢而堅定地擦乾自己臉上的淚珠。「妳放心，娘不會再拖你們的後腿了。」其實以前幼金說的道理她未嘗不明白，只是還沒被逼到分兒上，總是狠不下這份心而已。可如今已然到了稍有猶豫便要家破人亡的緊要關頭，她如何還能退縮？

幼金安撫了幾個妹子一番，又交代幼銀跟幼珠、幼寶。「一會兒要是有人來要抱弟弟、妹妹去，不管是誰，哪怕是爹來都不可以，知道嗎？若是動手打妳們，就跑到院子裡頭放聲哭，可曉得？」

姊妹仨雖不知道發生了什麼，甚至心裡還有些慌亂，只覺得有什麼大事要發生，不過還是乖乖點頭答應。「三姊放心，我們知道！」

幼金站在西廂房門口，深深地吐了口濁氣，有些不敢置信自己馬上就要跳出月家這個火坑了。熬了十一年的苦，馬上就要結束了，她竟有種恍若隔世的錯覺。

忽然，正房的大門「吱呀」一聲開了，打頭的竟然是月長祿。

見幼金直直地看著自己，不知為何，月長祿突然心虛了一下，彷彿自己做了什麼事被這個女兒看透了一般。

看他這般心虛的樣子，怕是已經商量妥了吧？幼金冷笑了一聲，也不管他，徑直打開院門往外頭走。如今天已經全黑了，熱鬧的村子也已沈寂了不少，還真是幹壞事的好時候！

月長祿心裡裝著事兒，也顧不上要問幼金大晚上的上哪兒去，所以幼金就這般大搖大擺地出了月家的門，去找族長求救了。

幼金腳程也快，不過半刻鐘就到了族長家。

月氏一族不是什麼名門望族，可也在翠峰山腳下繁衍了一、二百年，族長家還是有些根基在的。族長家的宅子是一幢漂亮氣派的青磚瓦房，坐落在翠峰村最中心的位置。

幼金敲響族長家的大門不過片刻，便有人來應門。

「妳是大富叔家的孫女兒吧？這麼晚了過來有什麼事？」

「長生叔，我有要緊事要求族長爺爺，麻煩你讓我進去吧！」幼金面露愁容地求著前來應門的族長之孫月長生。

一聽說有事，月長生便趕忙讓出了大門。「有什麼事進來再說吧！」

將人領到大廳那兒，月氏一族的族長月山川正在細細品茶呢，雖沒有啥好茶葉，可月山川卻歷來好這口。

幼金走到月山川跟前，二話不說便跪了下去。「求族長爺爺救我跟幾個妹妹一命！」

月山川如今年歲漸漸大了，加上有些年沒見過幼金，一下子也沒認出來她是誰。

一旁的月長生趕忙伏到他身邊說道：「是大富叔家二房的孫女兒，名喚幼金的。」

月山川這才想起來，撚了撚花白的鬍鬚，有些渾濁的雙眼看著她。「妳這娃娃漏夜前來，一來就跪下，這是做啥？」

「族長爺爺，幼金漏夜前來攪擾您，實在是無奈之舉，原因是我爺、我奶他們要殺了我那兩個剛生出來不過十餘日的弟妹啊！幼金年少言微，只能求族長爺爺可憐我們幾個，照拂一二！」說罷，「砰砰砰」地連著磕了好幾個響頭。

「妳這女娃娃，怎地說得那般嚇人？有何事妳慢慢說來。」族長一聽她說月大富夫婦要殺了兩個還在襁褓之中的幼兒，不由得皺緊了眉頭。當年月家也鬧過一回，那時自己還好生說了大富一頓，怎麼又來了？

幼金長話短說，將聽來的話三分假、七分真地說給月山川聽。「還求族長庇護我們！」

月山川聽完她的話後，深深嘆了口氣。「既如此，我便到月家去看看吧！」總歸是月氏一族的子孫，若是為著一個算命和尚的話就要溺死兩個無辜稚子，也著實有些過了。

聽月山川說要出去，月長生趕忙提了氣死風燈過來，然後緊緊地扶著老爺子，慢慢向月家所在的方向走去。

月家院門外，影影綽綽地站了不少瞧熱鬧的鄰居。雖然入夜了，可突然間這月家大人和孩子又哭又鬧的聲音傳了出來，那還沒睡覺的鄰居便都跑過來站在土牆外頭瞧熱鬧了。

幼金跟在月山川身後回到月家大門外頭時，聽到裡頭傳出幾個妹子的哭喊聲，便知是出事了。

也不知道是哪個人先回頭的，看到族長居然都被驚動過來了，忙讓出一條路來，這下可真有熱鬧看了！

月家大門緊閉著，幼銀與蘇氏各自緊緊地抱著兩個孩子。

病情已經好了不少的老陳氏也強撐著出來搶人，見都不肯撒手，便抄著竹鞭往兩人身上打過去。「一個兩個喪門星，還敢在這兒哭鬧！今兒個非把妳們這些個剋人的賠錢貨打死！」

幼珠、幼寶也緊緊護著三個小的，一大家子哭的哭、鬧的鬧，真真是雞飛狗跳。

而月大富、月長福父子卻從頭到尾連面都沒露一下。

老陳氏打得氣喘吁吁，站在院子中間還搖晃了幾下，小陳氏趕忙將人扶住。「娘啊，您可還病著，千萬別動氣啊！」

「這些個喪門星在這兒剋我，我哪裡還能好！」老陳氏氣得牙根癢癢的，將手裡的竹鞭塞到小陳氏手裡。「妳去給我打，今兒個我非得弄死那兩個小喪門星！」

「要弄死誰啊？」一個蒼老而威嚴的聲音在門外頭響起，原來是族長月山川推開了幼金出門時特意留了一條縫的院門，滿臉不悅地看著跟個鬥雞一般的老陳氏。「陳氏，這幾年看來妳是脾氣見長了啊！」

「族、族長?!」天色昏暗，老陳氏還未反應過來是何人敢進來干涉自家的事，一旁的月長祿倒是認出了月山川。

一聽是族長來了，原還氣勢極其囂張的老陳氏頓時就蔫了不少。她這一生猖狂慣了，打小父母寵愛，嫁到月家以後月大富也不曾打罵過她，要說這輩子她唯一怕的人，怕是只有月氏一族的族長月山川了。

「看來我這老頭子雖然不常出門，倒是還有人記得我啊！」月山川冷冷地看了眼月家雞飛狗跳的場面。「這是要做啥？不知道的還以為你們家這是要打殺人呢！」

方才還揚言要弄死兩個小喪門星的老陳氏如今是一句話都說不出來了，小陳氏也縮手縮腳地不敢出聲。

一直不露面的月大富聽到外頭的動靜，這才趕忙出來了。「山川大伯，怎麼驚動您老人家來了？」月山川在村子裡輩分高，已經當爺爺的月大富見了他也得規規矩矩地問好。

「上回來你家時我就說過，妻賢夫禍少，讓你好好管教家裡人，如今幾年過去了，看來是沒管教好啊！」月山川可以說是絲毫不給老陳氏留什麼臉面了。「老二家多年無子，如今好不容易得了個兒子，你們不好生養大，怎地還要弄死他？」

月大富被訓得臉上無光。

老陳氏更是恨毒了不給自己留半分情面的族長，卻又不敢說什麼，只得把所有害得自己不堪的錯都歸到幼金身上。這個喪門星，自己早晚要弄死她！

如今已然到了魚死網破的場面，幼金哪裡還可能顧忌這些？一進門見到蘇氏跟幾個妹妹被打得臉上都是竹鞭留下的紅色印記，幼金心疼地攙扶起眾人，又接過幼銀懷裡抱著的小十，眼眶微微發紅地誇獎幾個哭得小臉都花了的妹妹。「大家都是好樣的，保護了小十跟康兒！」

幾個孩子見終於等到三姊回來了，也都鬆了口氣，一個個站在她身旁，如臨大敵地看著老陳氏等人。

月山川看了眼土牆外頭個個踮著腳看熱鬧的村民，嘆了口氣，還是給月大富等人留了面子。「別杵著了，有事進屋說。」

月大富也鬆了口氣，生怕族長在村人面前不給自己留面子，見他這麼說便忙不迭地讓身放人進去。

幼金姊妹也跟在蘇氏身後，邁著堅定的步子進了正房。站在蘇氏身旁，幼金倒是有些欣慰，蘇氏總算難得挺直了腰桿進了月家正房的門。

月山川看著昏暗燭火中二房幾個孩子眼中的恨意，只覺家宅不寧啊！轉頭看向月大富，說道：「大富，你的家事，本不是我該干涉的，可若是做得太出格，我也不能坐視不管。當年我便說過，我月氏一族雖不是名門望族，可在柳屯鎮繁衍了近兩百年，雖無建功立業者，可也都是良善之家，虎毒尚不食子啊！」

月大富如今是老臉都被族長揭到地上來踩了，臉上發紅，吶吶地說了句。「山川大伯，並非是我想如此，只是這些孩子於我月家有礙，我總不能為著兩個生下來不過十數日的孩子，就把我月家的前程都搭進去不是？」

月山川無奈地搖了搖頭。「大富啊，你說幾個孩子於你月家氣運有礙，這麼些年了，你們家的日子在咱們村裡可也算得上頭排了的，就這樣還嫌不夠？」

瞧著月大富一副有口難開的模樣，月山川心中便了然了。「大富，你這是心大了啊！」又轉頭看了看悶不作聲的月長祿等人，覺得這家人都過於涼薄了，這是鐵了心要拿自家的骨血換一個看不到的前程啊！

「不過幾個賠錢貨，也值得這般大驚小怪！」老陳氏雖然不敢明著頂撞族長，可是低聲叨咕也是敢的。「我自己家的事也要管！」雖然老陳氏一直碎碎唸，不過倒是很小心，不敢讓別人聽到她在說什麼。

坐在炕沿的月山川看了眼幾個孩子，搖了搖頭，大富這是越老越糊塗了啊！又轉頭看向月大富，問：「所以無論怎麼樣，你是鐵了心要溺死兩個孩子？」

「族長爺爺，我奶還說要把我跟三姊都賣了！」一旁的幼珠接收到幼金的示意，將老陳氏方才邊打人邊罵的話也都抖落出來了。「說我跟三姊都是喪門星，所以要把我們賣得遠遠的！」

「大富你！」月山川有些難以置信。「哪怕是災年，只要能養活孩子，哪家會把孩子賣了的？」痛心疾首的月山川剛說完便一陣劇烈地咳了起來。

月長生趕忙輕拍著他的背，為他順氣。「爺，別動氣，有啥話咱慢慢說！」緩了好一會兒，月山川才平復了大喘。「若是我今兒個不來，是不是兩個小的就沒命了，兩個大的也都被賣了？大富你糊塗啊！」

月家眾人被訓得一個字都說不出來。

月長祿轉頭便惡狠狠地往幼珠臉上甩了個巴掌過去。「讓妳話多！大人說話有妳個賠錢貨說話的分兒！」

可巴掌還未落到幼珠臉上，便被一旁的蘇氏擋住了。「月長祿！我受夠你、受夠你們月家了！我不會讓你再動我的孩子一根頭髮絲！」猶如一隻老母雞般緊緊護住了幼珠的蘇氏，這輩子第一次這般強硬。「我，要跟你和離！」蘇氏兩眼中盡是異樣的亮光。「從我嫁進你們月家後，先是被你娘打，生了孩子還要被你打，這樣的日子，我一天也不想過了！」

「妳就是個被我月家買回來的賤人，白吃白喝我月家這麼多年的糧食，還想和離？妳倒是想得美！」還不等旁人作何反應，倒是老陳氏先衝了過來，伸手就要往蘇氏臉上呼巴掌。

幼珠用盡全力地往老陳氏身上撞去，兩手拚命揮舞著。「讓妳欺負我娘！讓妳欺負我娘！」

雖然幼珠身子瘦弱，但抵不住她力氣大，撞得老陳氏肋條發疼，一時間竟還被壓制住了。「哎喲！這是要殺人了啊！老大家的，妳還不過來幫忙！」

驚慌失措的小陳氏這才反應過來，忙上前拉開已經打紅了眼的幼珠，自己還不小心也被抓傷了手。「妳這孩子瘋了是不？」

幼金將小十交給幼銀後，上前將幼珠從小陳氏的魔爪中解救出來，突發的混亂這才暫時緩解。

蘇氏淒然一笑，抱著孩子直接跪到月山川跟前。「族長，我嫁入月家十五年，孝敬公婆，侍奉丈夫，為月家繁衍子嗣，哪怕是沒有功勞也有苦勞。若是我自己受苦也就認了，可我的孩子們，那都是從我身上掉下來的肉啊！我怎麼能眼睜睜地看著他們殺了我的孩子？只求您老人家為我作主，讓我帶幾個孩子離了月家吧！」

月山川嘆了口氣，月家的事他也有些耳聞，可不知道竟已經到了這個地步。秉著勸和不勸離的態度，他勸道：「蘇氏，妳這兩個孩子有我在，自然不會有性命之虞，可妳要和離，一個婦道人家，還要帶著孩子離開，如何能活得下去？」

「求族長爺爺成全！只要能離了月家，我們哪怕是餓死也不會怨天尤人！」幼金也跟在蘇氏身邊跪了下來。

幾個妹妹見她這般，也都紛紛跪了下來。「求族長爺爺成全！」

「妳們！」月山川沒想到二房這些個孩子竟都生了這份心思！「妳們都還小，離了月家可是連飽肚都不可能了啊！」

月家的其他人倒是都沒想到，二房的這些賠錢貨竟然全想跟著蘇氏離了月家。

老陳氏便是第一個不願意了，這些賠錢貨吃了月家這麼些年白飯，哪怕是賣也能賣幾兩銀子，怎麼能白白放人走了？在小陳氏的攙扶下坐回炕沿另一頭的她惡狠狠地說道：「吃了我月家那麼多年白飯還想走就走？呸！天底下哪有這麼便宜的事！」

老陳氏這麼說，月家其他人也都不作聲。本來打算悄悄溺死兩個孩子，對外只說是養不成便是了，對月家的名聲倒也無礙，可這要是鬧到要和離，傳出去了月家眾人還怎麼做人？各自心懷鬼胎的月家眾人心照不宣，都選擇了站在老陳氏這邊。

不知道什麼時候悄悄出去的幼寶竟然拿著把菜刀進來了，直直跪在月山川跟前。「族長爺爺，今日我們若是不能離了月家，那我明日便拿著菜刀把所有人都砍死了，再砍死自己！我賤命一條不值錢，就看你們捨不捨得死了！」語氣中全是毅然決然的態度，目光炯炯地看向月家眾人。

誰也沒想到柔弱的幼寶竟然敢拿著菜刀來威脅人，明明是個八歲的孩子，可拿著菜刀的模樣卻格外瘮人，就連月長福與月長祿都不由得心裡發虛，不由自主地退了一步。

「妳們這是鐵了心要離開月家？」月山川有些不敢置信。這月家究竟是發生了什麼事？二房這些丫頭竟連命都捨得豁出去，就為了能脫離月家？

幼金朝著月山川磕了個頭。「我們只想離了月家，之後生死與人無尤。」然後轉頭朝月大富露出一個陰惻惻的笑。「您可得做好心理準備，若留了我們，指不定哪日我們便發了狂，今日是幼寶拿著菜刀，哪天等您睡著了，我便來個魚死網破！」

許是幼寶手中散發著寒光的菜刀太瘮人，又或者是幼金的表情太恐怖，月家一眾成年人竟然全被嚇得心中漏跳了一拍，都覺得幼金說得出便做得到。

悲哀啊！好好的一個家非得要折騰散了才是！月山川搖了搖頭。「唉，你們家中的事我也不便插手，只一點，不要鬧出人命便是！」這事無論他站在哪頭都不合適，索性就不插手了，畢竟從心底來說，他也更憐惜二房這些孩子多一些，若是這麼鬧上一鬧，將來日子能好過些也是好的。

幼金感激地看了眼月山川。「還請族長爺爺為我們做個見證，我們這便離了月家去。」

蘇氏幾人均默不作聲，但互相摟靠在一起的模樣也都說明了態度。

「如今這月黑風高的，妳們離了月家能去哪兒？有什麼事明日再說吧？」月山川終究還是覺得一大家子孤兒寡母離了月家會活不下去，因此想拖一拖，讓幾個小娃娃緩一晚，腦子能清醒些，否則這一時衝動作出來的決定，指不定要害了她們一輩子啊！

幼金瞧了瞧外頭夜色已深，自己倒是無所謂，可蘇氏還有兩個剛出生不久的弟弟、妹妹若是著涼就麻煩了，便點頭同意了族長的話。「明日一早，我再去叨擾您老。」

送走了有些憂心忡忡的月山川後，月家眾人才各自露出不悅。老陳氏倒在炕上吭吭哧哧地哀號著；月大富坐在炕沿吧嗒吧嗒地抽著旱煙；月長祿倒是想教訓一下幾個不知天高地厚的賠錢貨，可看著手裡還拿著菜刀的幼寶，便也默默地垂下了頭。

幼金示意幼銀帶著蘇氏還有幾個小的回去，只留下了幼珠、幼寶跟自己在正房。

「爺，你若是不想你在縣城讀書考童生試的寶貝金孫出什麼么蛾子，便讓我們離了月家，畢竟一百兩銀子可不是天上掉下來的，你老說是不是？」

「妳胡說什麼！」月大富眼中閃過一絲驚慌，她怎麼會知道一百兩銀子的事？懷疑的目光轉向月長祿。「老二？」

月長祿也有些疑惑，他沒在這幾個賠錢貨面前說過此事啊！頂著月大富懷疑的目光，連連搖頭否認。「爹，我沒說過啊！」

幼金露出一絲諷刺的笑，這還沒開始呢，就已經要開始狗咬狗了？「若要人不知，除非己莫為。今兒個已然鬧到這個分兒上，我也不差這一件了，就是我死，我也要拉著你們墊背！一百兩銀子打了水漂、兩個寶貝金孫的前程也沒了，或者放我們走，你們自己選吧！」

「那我如何得知，你們離了月家後會不會將此事宣揚出去？」月大富眼中的陰鷙浮現。他這一輩子也算得上順風順水，沒想到臨了竟然栽在幾個賠錢貨手裡！又想到那個算命和尚說的話，如今看來竟是都應驗了！

幼金笑著搖搖頭。「你沒得選擇。若是不放我們離去，我明日就先揚得全村都知道，後日那就十里八鄉都曉得你們用銀子賄賂考官。你若不信，大可試試。」如今她王牌在手，不是月大富想跟自己談條件就可以談的。

「妳們幾個賠錢貨白吃白喝我月家這麼些年的糧食，想走就能走？哪有這種好事！」倒在炕上的老陳氏見族長不在，一家之主的威風耍橫姿態又出來了。她橫了一輩子，哪裡能想到，有一日這幾個從小被自己捏在手心的賠錢貨竟然敢這般對自己？

「奶，妳可想好了，我們姊妹八個，只要有族長在，妳能賣得了我們幾個？退一萬步來說，倘若妳的寶貝金孫一朝科舉高中，那我們可都是月家的小姐了，嫁妝不得貼更多銀子？」幼金自然知道老陳氏的命脈在哪兒？虐待了她們十幾年，又怎麼可能甘心給這些最不入她眼的賠錢貨倒貼大把銀子當嫁妝？

果然，她這話一出，老陳氏立即就閉嘴了，不用想也是不甘心的呀！

可幼金卻還不滿意。「還有月長祿，你以為你就能逃得了嗎？也不瞧瞧自己什麼狗樣還學人家去娶平妻？大豐律例，娶平妻若是元配上衙門告你，你可是要跟你的婉娘下大獄的！怎麼，你不知道嗎？」

幼金的話彷彿是扔了個大爆竹進了月家眾人中間！娶平妻是要坐牢的？月長祿的面色瞬間變得十分難看，他並不知道這些，只是聽人說可以娶平妻，哪裡有去細究？

幼金滿意地看到月家人的面色都變了幾變。「若是親二叔下了大獄，那月文濤哥兒倆還能參加科考嗎？」

月文濤、月文禮兄弟可以說是月家的希望跟底牌，可如今這張底牌已經全然被幼金緊緊攥在手上，他們哪裡還有得回旋？總不能把二房的人全都殺了吧？

月大富如今也是心亂如麻。

一家之主都作不出的決定，其他人又能怎麼辦？一個個的便都只能乾瞪眼。

過了好一會兒，月大富才沈聲道：「我可以答應讓你們都跟蘇氏走，可妳必須給我保證。」保證什麼？自然是保證他兩個金孫的前程唄！

幼金笑著搖搖頭。「爺，事到如今，你還不明白嗎？你，還有你們所有人，都沒有任何資格跟我談條件。我可以答應你，只要我們離了月家，從今往後我再不提月家任何事，只一點，將來有何事，你們也不要找我們便是。如何？」

「還真以為自己是個什麼人物不是？不過是幾隻蝗蟲，還把自己當寶了啊？」老陳氏說不過她，便只能在蠻不講理罵人上搶回幾分顏面了。可卻根本沒有人理她，自己白落了個沒趣，不甘地吧咂嘴，又不說話了。

幼金要說的話都說完了，便帶著幼珠、幼寶回了西廂房。「你們一家人好好商量吧！」

可事到如今，月家眾人還能商量出個什麼結果？一家人在正房裡頭你一言、我一語的，也都是在推託責任，白白熬了一宿，也愣是沒拿出個章程來。

東方泛著魚肚白，月家正房的油燈亮了一夜，月家人最終還是沒有商量出個章程來。

月大富也不知道抽了多少旱煙，滿室的白煙燻得眾人已經熬了一夜的眼睛有些微疼，他聲音沙啞地說道：「罷了，留著終究也是個禍害，他們要走便走吧。只一點，不能再留在柳屯鎮，須得走得遠遠的才是。」

月大富想要幼金等人遠離柳屯鎮，他哪知對方更想離得遠遠的去？

雞啼三聲，一夜好眠的二房眾人便起來了。

幼金讓幾個小的在家收拾行李。「不必收拾旁的，只把自己的換洗衣裳帶上便是，等和離書拿到手，咱們便立即離了柳屯鎮。」一說罷便挺胸抬頭地從月家出去，要把里正與族長都請過來。

月山川一早見到她來，便知二房這些丫頭是鐵了心要走，深深嘆了口氣。「罷了，兒孫自有兒孫福。妳們既已作出決定，便只能自求多福了。」

里正也知道昨晚月家出了些事，不過卻不知已經鬧到要和離的分上，來到月家聽幼金這般一說，整個人都被嚇到了。「幼金，妳可別胡鬧！哪有慫恿自己娘親和離的？」

抱著孩子的蘇氏站在正房內，微笑而堅定地搖了搖頭。「不關孩子的事，是我自己決心要離了月家，還請族長與里正為我們做個見證。」

月家眾人商量了一夜也沒個結果，加上幼金知道他們太多小辮子了，因此也只得點頭答應。

里正看了看月家眾人，又看了看一直默默搖頭嘆氣的族長，最終還是在幼金的催促之下寫好了一式兩份的和離書。

月家除了月大富早年走南闖北略微認得幾個字，旁的都是不認字的。等里正寫完和離書後，月大富便接過去細細看了幾遍，又讓里正添了三條——

「一是，你們離了月家後，不得留在柳屯鎮，咱們從此再無瓜葛；二是，不得在外污衊我月家名聲，不得再用我月家之姓；三是，月幼金妳答應過我的事須說到做到。」月大富這便是從根上要把幼金等人跟月家區分開來了。

里正看了眼幼金，見她點點頭，便提筆添上這幾條。「你們瞧瞧，無啥問題，長祿與蘇氏便摁個手印吧！」

蘇氏並不識字，不過她瞧幼金微微點頭，便在和離書上按了手印。

里正將兩人都按好手印的和離書分別給了月長祿與蘇氏。「如此便成了。」

看著個個面露喜色的二房幾個孩子，月山川心頭發寒。這得是多傷人心，孩子們才會覺得哪怕是餓死也要離了月家啊！

幼金才不管眾人如何，小心翼翼地將和離書摺好收入懷中後，抱起一旁的小九，揹上一早已經收拾好的行李。「娘，咱們走吧！」

「慢著！妳們揹的東西都是我月家的，身上穿的衣裳也都是我月家的，要想從這個門出去，便把東西都給我留下！」老陳氏看著那幾個賠錢貨一個個耀武揚威的模樣，心口愣是堵了一口氣，見她們都揹著個包袱，便立時出聲發難。

幾個小的被叫住了，骨子裡對老陳氏的懼怕讓她們莫名生出一陣恐懼，全都把目光投向幼金。

幼金才懶得管這個紙紮的老虎，嗤笑一聲，帶頭出了月家大門。

眾人見她走了，便趕忙都拔腿跟了上去。

老陳氏沒想到那幾個賠錢貨竟然這般不把自己放在眼裡，立時便指著一旁的月長福、月長祿罵道：「你們還跟個木頭一樣杵在這兒幹啥？還不把東西給我追回來！」這便是要撒潑打滾了。

「好了！一天天的，消停會兒行不行！」月大富如今心裡頭亂糟糟的，煩悶得很，哪裡還能忍得了撒潑的老陳氏？當即便喝了一聲。

老陳氏見他這般不給自己臉面，頓時就癱坐到地上嚎哭。「這日子沒法兒過了！小的白眼狼，老的還欺負我！天老爺啊！」

月大富被她哭鬧得心煩，轉身出了正房，懶得跟她胡鬧。

外頭剛出了月家大門的族長與里正聽到裡頭的哭鬧聲，不由得都嘆了口氣。

娶妻不賢啊！

出了月家的蘇氏、幼金一行十人先去拜別了馬大夫夫婦，然後才揹著行囊往村外走。

問。

她們一個個揹著包袱走在路上，倒是有些扎眼，因此好事的村民便好奇地上前詢

「蘇嫂子，你們這是要去哪兒啊？」

蘇氏等人卻只是笑了笑，也不說什麼。走到官道上不多時，上了沿路招攬客人的牛車，往柳屯鎮去了，只留下翠峰村的村民們個個一頭霧水。

過了兩日村民才知道，原來蘇氏與月長祿和離了，所有孩子都跟著蘇氏走了！

幾個孩子中除了幼金之前偷偷去過鎮上，其他幾個孩子還都是第一回離開翠峰村。

坐在牛車上，幼銀有些迷茫無助。「三姊，咱們去哪兒啊？」

蘇氏愛憐地撫摸了下幼銀的小腦袋。「總會有地方去的。」

幼金都想好了，如今牛車上全是她們一家人，她便將自己的想法跟娘親還有幾個妹妹大略說了下。「咱們先到縣城去，把和離書送到衙門去蓋了紅印，然後把戶籍從月家分出來，咱們自己單立個戶出來，再找個村子種些地，日子肯定會越過越好的。」

幾個孩子雖然不知道日子會過成什麼樣，不過看著三姊堅定的眼神，個個都十分信服地點了點頭。「嗯！」

幼珠也十分開心。「三姊，以後是不是不會再有人打我們了？」回頭看了眼已經遠去的翠峰村，幼珠心裡至今都還有種不敢相信的錯覺，生怕這只是一個太過美好的夢。

幼金心疼地將幼珠摟入懷中。「不會了，以後不會再有人打我們了！」幾個孩子從小被月長祿打到大，家暴的陰影一直籠罩著她們，如今解脫了，反而都不敢相信了。

坐著牛車到了鎮上，幼金先買了一大袋子三合麵饅頭，又租了一輛帶棚子的騾車，往縣城方向去。眾人從太陽出來便離了翠峰村，直到日落西山，才到定遠縣城。

天色漸晚，幼金看著在騾車上已經睡過一覺、一張張睏得有些發懵的小臉，便跟趕車的大叔打聽了下縣城裡供趕車販貨的客商住的大車店的位置，然後就叫他直接趕車到大車店門前才下車。

付了五十文車資後，幼金才抱著小十，牽著一串妹妹進了大車店。這大車店名為順風大車店，如今是飯點，裡頭倒也是坐滿了往來的客商。本著不惹事不招禍的原則，幼金跟掌櫃的要了間有著長長炕床的房間，足夠一家十口睡覺。

進了客房，幼金便隨手將門的門閂給閂住了，將已經睡著的小十放到炕上，這才鬆了口氣。那頭幼寶將今日幼金在柳屯鎮買的饅頭取了出來，一家幾口就著熱水，每人吃了個饅頭，才心滿意足地打了個飽嗝。

蘇氏一直沒有問幼金如今手上還有多少銀子，不過方才瞧著女兒給了五十文車資，住大車店又花了二十文，這一下子就沒了七十文銀子。要知道，他們現在一家十口，往後的花銷確實是個大問題啊！

如今只剩自己一家人，蘇氏也閒了下來，這才問幼金。「金兒，妳如今還有多少銀子？要不娘明日到外頭找找有什麼活計能做的，多少補貼些銀錢？」

幼金搖了搖頭。「娘您如今還沒出月子，再說小十跟康兒還小，您出去做事，兩個孩子怎麼辦？我如今還有些銀子的，足夠咱們安定下來。」說罷，將自己貼身收著的銀子拿了出來。「除了方才花去的七十文，還有今日在柳屯鎮買饅頭花了十文，三嬸上回給的一百文還剩了二十文。另外，我去歲打獵共得了十七兩銀子，這些銀子我分成三份，您、我跟幼銀各自帶一份，以備不時之需。」

幼金自己拿了八兩銀子。「明日到縣衙去蓋印、定居怕是都要花些銀子，我多拿著些。剩下的娘您拿五兩，幼銀四兩，分開保管。」

蘇氏看她拿出這麼些銀子，自己也是驚了一下，把幼金推過來的五兩銀子收入懷中。「可咱們一家都是女的，康兒也還小，怕不是要立女戶了吧？立完戶，咱們又該去哪兒呢？」大豐朝女子也可定居，只是女子若單立一戶，稅費要比男子定居多出半成來。

「女戶便女戶吧，咱們把您跟月長祿的和離書過了明路，立好女戶以後，便離開定遠縣。雖說縣城離翠峰村遠了些，可月文濤兄弟還有三叔一家都還在縣城呢，有些麻煩能免則免吧！」幼金都已經想好了，等過了明路以後，先在縣城裡頭轉幾日，打聽打聽情況，再到衙門要了路引，將戶籍一同轉出定遠縣，從此與月家隔得遠遠的才是上上之策。

「也是，畢竟都不是一家人了，這要是碰上了也不好。」蘇氏想了想，覺得幼金說得也有理，便點頭同意了。

可事情的變化，有時真的比人預計的要快許多。

第二日一早，幼金本想到衙門去辦好戶籍，卻在街口碰到了韓氏。

韓氏知道了蘇氏與月長祿和離一事，唏噓感慨了一番後，幫著幼金找人解決了戶籍的問題，又去見了蘇氏，原妯娌倆說了大半日的話她才回去。

蘇氏他們臨行前一日晚上，揹著個大大包袱的韓氏趁著夜色，又來了大車店。將包袱放到炕上，韓氏從懷裡拿出個荷包塞到幼金手裡。「你們如今定是缺銀少錢的，雖然這點銀子幫不上什麼忙，好歹也是我的一點心意。包袱裡頭還有些是我跟妳幼荷姊穿過的舊衣裳，將就著也能用。」

幼金手裡拿著有些沈甸甸的荷包，眼眶微微發紅。「三嬸，您的大恩大德，將來我一定報答！」

「妳這孩子！一家人說什麼報答不報答的？」韓氏嗔怪了她兩句，才笑著告辭。「好了，如今夜也深了，你們早些歇息，等安定後可要給我捎信來。」

韓氏給的荷包裡頭裝了十三兩銀子，想必是她這些年存下的私房錢。韓氏明知道是有去無回的，卻還是給了自己那麼些銀子，幼金說不感動那是假的。

將韓氏送來的東西一一歸置好後，蘇家一家十口也早早熄燈睡了，畢竟明日開始就要在車上度過五、六日，可得養精蓄銳才是。

蘇氏的身子本就虛弱，又是還沒出月子的人，加上連著折騰了五、六日，因此幼金一家十口還未到洛河州，蘇氏便病倒了。

靠著包袱坐在顛簸的騾車裡頭，面色慘白的蘇氏有些愧疚地笑道：「都是娘不爭氣，總給妳們添亂。」

幾個小的急得淚眼汪汪的，個個都不知如何是好。

幼金也是愁得很，如今這前不著村、後不著店的，她只能不停地安撫蘇氏與幾個孩子。

蘇氏強撐著又熬了兩日，車隊才進了洛河州的範圍，一行人進了洛河州，就直奔醫館。

雖然蘇氏身子虛弱，所幸一時也不會傷及性命，醫館開了藥，又在醫館用了藥以後，才找了個大車店，租了個大房間，蘇家眾人便在洛河州停下了腳步。

洛河州是個大城鎮，城鎮範圍、人口還有繁華程度都是定遠縣的幾倍有餘，花銷也比定遠縣大些。落戶倒只花了二兩銀錢，可買宅子便是幼金如今搜刮全身上下的銀子都買不起的了。

至於宅子，倒也找到了一處「合適」的。

「不要離洛河州太遠，我倒是知道有一處，就在西城門出去直走不過五里地。價錢也不貴，一個大院子帶外頭一畝荒地、三間房，加起來要價十兩，如何？」那陳牙人按著小姑娘的要求想了想，真想起有這麼一處宅子。

「怎地這麼便宜？」要知道，哪怕是在翠峰村，十兩銀子也蓋不起來帶一個大院的三間房子，何況還有一畝荒地！幼金大膽地猜測道：「不會是宅子有什麼問題吧？」

陳牙人原還想著她瞧著就是個小丫頭片子，見這麼便宜指不定能立時應下來，沒想到竟還這麼警覺，只得支支吾吾地說道：「不是什麼大問題，就是那、那家原先有個姑娘，找了個上門女婿，那女婿在外頭亂來，被那姑娘一刀給捅死了，姑娘自己後來也抹脖子了……」五里橋那個宅子已經空了兩、三年，加上這事當時鬧得也大，有心人打聽一下都能知道，陳牙人想瞞也是瞞不住的。「可小姑娘我跟妳說，那可是青磚瓦房，雖然空了兩、三年，都還是十分好的，收拾收拾就能住人！妳若是不嫌棄，那價錢咱們也是可以商量的……」

「那咱們去瞧瞧吧！」幼金以前不信鬼神之說，可是自己穿越以後倒是對這些事不可信其無了。那姑娘能手刃負心漢，想必是個烈性子的，估計也不會為難自己這一家老小吧？

陳牙人沒想到她竟點頭同意去看，頓時笑開了眼。「欸！行，咱們現在就去看看！」

那處宅子在一個名叫五里橋的村子邊上，一河之隔，河東邊是五里橋村大部分村民的聚居之地，河西邊則只有這一處宅子，與五里橋村隔了三、四百公尺遙遙相望。雖然是死過人的宅子，可陳牙人也確實沒哄她，大小跟月家的宅子竟差不多，雖然空了兩、三年，院子裡頭也長滿了野草，不過房子的主體結構倒是都還好。

跟在陳牙人身後轉了幾圈，幼金滿意地點點頭。雖然是死過人，不過宅子確實不錯，依山傍水的，宅子也夠大，還有地，而且便宜，確實是最好的選擇了。

陳牙人見她還挺滿意的樣子，便笑吟吟地問道：「蘇姑娘，我沒哄妳吧？這處宅子是真不錯！」這處宅子是當年他誤收回來的，已經過了幾年都無人問津，如今他是只要不虧本脫手就行。

「陳大叔，這宅子都幾年沒住人了，我這要收拾也得花不少銀錢。再者，這死過人的宅子，多少還是有些不吉利……」幼金環顧了眼宅子後，又露出一絲猶豫的神情。

陳牙人見她猶豫了，趕忙說道：「這樣吧，蘇姑娘，妳若是誠心要，八兩銀子如何？真的不能再少了，我這還得到衙門換紅契呢，光是契稅銀子都得一兩！」

「七兩，你若是覺得可行，我便買了。」幼金秉著能省一分是一分的心態，愣是又往下壓了一兩。

陳牙人見她是誠心想要，又怕這處凶宅白白砸在自己手裡，便咬牙點頭了。

兩人又回了城裡，午後便將紅契都換妥了。

僅一日時間，幼金便搞定了蘇家一家十口的居住問題。

宅子是買了下來，可畢竟已經幾年沒住人的地方，也是要花大功夫收拾才行。

幼金今日帶了幼珠、幼寶過來收拾，過來前還特意到紙紮店買了一籃子香火蠟燭還有紙錢。

到了秦家門口，幼金帶著兩個妹妹蹲下來燒了香跟紙錢，邊燒還邊念叨著。「秦姑娘，我從旁人那兒聽了妳手刃姦夫的事蹟，深感欽佩。我們一家如今也是才離了火坑，實在沒有多少銀錢，這才占了妳家，還請妳不要跟我們計較，也希望妳能早日托生到好人家……」

燒完紙錢後，幼金才帶著幼珠、幼寶開始收拾院子裡的野草。將野草全都割斷，然後堆放到外頭，姊妹仨收拾了一個上午，才略微把前院的雜草割完。

癱坐在屋簷下頭的幼珠喘著粗氣。「三姊……不，大姊，咱們仨得收拾到啥時候去呀？」自從一家子從月姓改為蘇姓以後，幼金便將家中的排行重新給扭了過來，幼金如今從三姊變成了大姊。

幼金也是有些高估自己的速度了，還有正房、東西廂房以及廚房，這都是活兒啊！累得不行的她搖了搖頭，道：「要是只有咱們仨，估計得收拾八、九日才能收拾完。我明日到村裡頭找里正認識一下，順便再在村子裡頭找幾個能幹的大嬸來幫忙吧！」

姊妹三人一直忙到午後，才筋疲力竭地往城裡回。

三人走後，微風輕輕拂過已經燒完熄滅的紙錢，一聲女子悠悠的嘆息聲伴隨微風消逝，環繞在宅子裡頭的陰涼之氣也漸漸消弭了。

第九章

第二日一早，幼金又是早早地帶著幼珠、幼寶出門了。今日三人先是到街上買了半籃子雞蛋，才坐上牛車往五里橋去。

進了五里橋村子，打聽到里正的家在哪兒，幼金便帶著幼珠、幼寶找到了里正家。五里橋村不過才建村三十餘年，村子裡頭都是雜姓。

里正名叫何浩，是個四十出頭、面色黑紅的標準鄉下漢子。聽她說是買了秦家宅子的人，不禁有些震驚。「妳是被牙行的人給騙了不成？要知道，那秦家可是……」

幼金微微搖頭。「我都知道的，不過是處宅子罷了。再者，秦姑娘若是在天有靈，想必也不會為難我們一家孤兒寡母。」

見她這麼說，何浩也不好多說什麼，轉而問道：「那妳們今日前來所為何事？可是有什麼要我幫忙的？」聽幼金大概說了下她家中的情況以後，何浩也覺得一家子孤兒寡母的不容易，加上鄉下人友善睦鄰的天性，他自然是覺著能幫就幫。

幼金本就有求於人，見他這麼問，趕忙說道：「今日前來確有一事相求。我們一家病的病、小的小，那宅子空了這麼些年，要收拾起來也確實有些難，所以想求里正，能不能幫著在村裡找五、六個叔伯嬸子來幫幫忙？我們家雖然沒錢，但也不要大家白幹，一日給五文錢，您看如何？」

「不過是收拾宅子，找幾個人一日的功夫便能弄好，哪要什麼銀錢？」何浩笑哈哈地搖了搖手。「妳先過去，我到村子裡頭找幾個漢子過去幫著收拾！」

何浩還是覺得死過人的宅子陰氣有些重，便在村子裡找了六、七個十幾二十歲的後生過去幫著收拾。

多了六、七個青壯勞力幫忙，蘇家的新家果然才一日就與幼金之前來看的時候全然不同了！原先長滿荒草的院子已經被割得乾乾淨淨，長滿蜘蛛網的床頭屋角也被清掃一空，就連秦家當年留下的、積滿灰塵的衣裳和被褥也全都被清出去，一把火給燒了。

按之前說好的一個人五文錢，堅持地給了里正錢之後，才送走來幫忙的眾人。看著大變樣的宅子，幼金滿意地插著腰，開心得不得了。「咱們明日就可以搬進來了！」

「可是大姊，家裡什麼都沒有，連被褥、鍋碗瓢盆都沒有呢！」一旁的幼珠給她澆了盆冷水。

「咳咳！」幼金尷尬地咳了兩聲。「明日上午先把東西都買好，然後下午咱們一家就直接搬過來，明晚就在五里橋過了！」將院門關起來後，便歡歡喜喜地帶著幼珠、幼寶回了洛河州。

夜裡，幼金、幼銀與蘇氏三人趁著幾個小的都睡下後，算了算自己身上的銀子。幼金將身上剩的銀子都掏了出來。「買宅子花了七兩，在定遠上戶籍辦路引花了二兩，從定遠到洛河州來的路費加伙食費花了二兩，在洛河州這邊落戶也花了二兩，這兩日一些拉拉雜雜的支出又花了三錢多，我這兒還剩差不多七兩六錢多。」

幼銀身上的銀錢花了一些出去。「這兩日娘抓藥花了半兩多銀子，旁的倒是沒怎麼花。」蘇氏與幼銀身上的銀子都沒怎麼花，所以目前蘇家人手裡就統共還有十六兩出頭。

「差不多還有十六兩多的銀子，明日買鍋碗瓢盆、被褥糧米，估摸著要花個三、五兩，這樣一來咱們手裡就還有十一、二兩銀子，還不至於過得緊巴巴。」幼金想了想，盤算了幾分，覺得還過得下去。「娘、幼銀，咱們早些睡吧，明日還要早起搬家呢！」

第二日，幼金起得最早，帶著幼珠出了大車店便往西市去買了各類生活所需，然後滿滿當當地裝滿了一牛車東西，又多租了輛牛車拉人，才領著兩個趕牛車的漢子回到大車店，待蘇家眾人都上了牛車後，便離開大車店往新家去了。

趕牛車的車夫幫著將東西搬進了院子裡，幼金結了銀子以後便都離開了，只留下蘇家眾人在裡頭。

蘇家的孩子都還小，只得合力從院子邊上的井裡頭取了水來，將正房還有東西廂房的炕、桌椅板凳都擦得乾乾淨淨以後，才將被褥、蓆子往上鋪。

幼金將廚房的物件一一擺好，然後到後院原先秦家留下的柴火垛那兒搬了一大把乾柴火進來，便開始燒水煮飯。

除了被幼金幾姊妹嚴令禁止出門吹風的蘇氏外，就連兩歲多的小七都搖搖晃晃地跟在幼銀身後幫忙，一大家子齊心協力、有條不紊地跟在月家時一樣忙碌著，不一樣的是，如今每個人臉上都是明媚的笑，每個人都對未來充滿了信心與希望。

在河邊開田種地的村婦們瞧見兩輛牛車拉著人到了河西邊的秦家門口，然後嘩啦啦地下來了一大串人，個個都有些好奇。

「咋的，這新搬來的人家還真是不怕啊？老秦家當年那事鬧的，她們也不怕鬧鬼啥的嗎？」

「不曉得，我家兒子還跟著里正去幫著收拾了下，說是瞧見了三個小姑娘，穿得也不像有錢人家的孩子，估摸著是想撿便宜才買了那房子吧？」另一個年約四十的婦人插著腰看向河西邊。「也不怕老秦家的姑娘回來找她們，小姑娘也真是夠膽大的！」

其實老秦家的宅子，以前也不是沒有人來看過，畢竟比市價便宜了一半不止，還帶門前的一畝地，膽子大的人倒是都覺得挺划算的。可前後來過幾撥不信邪的，結果瞧完宅子回去後，那些原本有意買宅子的買主竟無一例外的全都病倒了！於是一傳十、十傳百，秦家宅子鬧鬼一說就這麼傳開了。本以為這處宅子就這麼荒廢了，沒想到竟然還真有不怕死的買下來，還住進去了！

「何生家的，妳要去瞧瞧不？」一個年輕些的婦人朝著方才說話的林氏問道。年輕人膽子大些，倒是有些躍躍欲試。

被稱作何生家的婦人搖了搖頭。「這鬧鬼的宅子我可不敢去！妳們愛瞧熱鬧，妳們去便好！」林氏對於鬼神之說還是很迷信的，這萬一為著瞧熱鬧過去，回來撞邪了可怎麼是好？

河西邊的蘇家一家人不知道自己已然成了五里橋村民討論的中心，各自忙活著，該收拾的收拾、該鋪床的鋪床。

蘇氏帶著兩個娃娃住正房；幼金帶著幼綾、幼羅、幼綢住在東廂房；幼銀與幼珠、幼寶這對雙胞胎則住了西廂房。

老秦家人沒了以後，倒是留下了不少桌椅板凳跟櫃子這些物件，幼金為著省錢，便都留下了，叫幾個妹妹拿著開水燙過的麻布帕子擦乾淨後，先將就著用了。

新家就這麼裡外都收拾得差不多，也算是初初有了個家。

各自將自己為數不多的衣裳鞋襪歸置好後，幼珠在三人睡都綽綽有餘的炕上翻滾了好幾圈，十分滿意地打量著周遭的環境。「以後這便是咱們的家了！太好了！」

換了盆乾淨的水回來的幼銀見她這般歡喜，也笑道：「是啊，咱們還有自己的房間跟櫃子了呢！」姊妹倆對新生活充滿了憧憬。

外頭幼羅帶著幼綢在院子裡玩泥巴，正房裡頭蘇氏哄著雙生子入睡，東廂房那頭幼寶帶著幼綾在擦桌椅板凳，廚房裡頭幼金忙著準備在新家的第一頓飯。

蘇家的新生，就此開始了。

搬入新家的第一日，幼金燉了一大鍋土豆燒肉，蒸了滿滿一大鍋粗糧飯，一家人就著噴香肥美的肉汁吃得飽飽的。晚飯過後，又在廚房裡頭取了熱水到淋浴的小間那兒痛快地洗了個澡，才各自回房睡下。

東廂房裡頭，幼綾挨著幼金睡，六歲多的她這段時日跟著一大家子從柳屯鎮風塵僕僕地來到五里橋，還有些不適應。「三姊，我們真的不回家了嗎？」她叫幼金三姊叫了這麼些年，一下子倒是還沒習慣改口。

「幼綾想回去嗎？」幼金不回答她的問題，倒是反問了她這麼一句。「幼綾是不喜歡這裡嗎？」

幼綾的眼皮有些發沈，昏昏沈沈地想了片刻才微微搖頭。「這裡很好，沒有爹，沒有奶，沒有人打我們了……」幼綾年歲還小，雖然來到全然陌生的環境，心中有些不安與恐懼，可身邊還有蘇氏等人在，不安與恐懼倒也消散了不少。

「那咱們就不回去了，這兒以後就是咱們家了。」幼金輕輕拍著她，哄著她入睡。早已累極的幼綾不過片刻便安心地睡去了。

幼金給身邊幾個小的蓋好了被子後，不一會兒也睡著了。

夢中，幼金見到了一個年約二十三、四的年輕婦人，柳條般的身形，一雙杏眼顯得十分溫柔。

婦人對著幼金盈盈一拜道：「蘇姑娘，多謝！」然後轉身往遠處走了，漸漸地，身影消失在茫茫白霧之間……

金色的光線順著窗縫灑進屋內，外頭天已經大亮，蘇家卻還無一人起床。幼金舒服地翻了個身，才懶洋洋地睜開雙眼。她已經多少年沒有過過這般可以不怕有人突然衝進來對自己指手畫腳打罵、可以犯懶睡到日上三竿的日子了？

想起昨晚自己夢見的那個婦人，想必便是當年那手刃親夫的烈女秦家姑娘了。夢中的她臉上並無陰鬱之氣，反倒是一片祥和，跟自己道謝後就轉身離開了，想必是投胎去了吧？坐在炕上想了好半晌，又緩了好一會兒，她才從炕上坐起身來，輕柔地將幾個小的踢開的被子給蓋好，然後自己起身穿了鞋，悄悄出了東廂房往廚房去，她得把一家人的早飯準備好。

幼金在廚房忙著的時候，幼銀和幼珠也起來了，姊妹仨一起幹活，倒是沒多久就做好了早飯。

幼銀將蘇氏的那份端到正房去，幼金昨日就說了，蘇氏如今還未出月子，不讓她出來，所以蘇氏便只得在正房裡頭待到月子坐滿為止。

吃過早飯以後，幼金扛著鋤頭，帶著妹妹們到蘇家門口那畝荒地上開荒。

「大姊，咱們這兒要種些什麼呀？種糧食嗎？」幼銀手裡拿著鐮刀，看著長滿野草的荒地，不由得有些發愁。「這麼些草，咱們得整理到啥時候去呀？等咱們收拾出來，怕是農忙都過了。」

見幼銀這麼問，幼金便將自己的打算大略說了下。「咱們今春就不種糧食了，如今家裡沒牲口，咱們幾個種地也有些吃不消。我想著種些蔬果，這些熟得快，等長好了挑到城裡好歹也能賣些銀子，再換糧食也可以。」

幼金從翠峰村出來時便將從翠峰山上拔下來曬乾的蒜頭種子也帶上了，加上昨日在洛河州還買了不少蔬菜的種子，種些蔬菜到城裡換錢倒也是可行的。如今家裡沒有一個壯勞動力，種糧食肯定是難，倒不如種些蔬菜，到時拉到城裡頭換些銀錢還快些。

幼珠倒是有些擔心換不來銀子。「這種菜家家戶戶都有，咱們能賣，別人也能賣呀！大姊，這要是換不來銀子可怎麼好？」畢竟如今一大家子有十口人，就昨日從洛河州買的最便宜的粗糧，一石都花了一兩三錢銀子，這錢可不經花呀！

幼金將鋤頭放在地裡，撐著站直了腰暫時歇會兒，笑著安慰幾個憂心忡忡的妹妹。「放心，大姊既然能帶著你們出來，就一定會讓大家都吃飽肚子的。現在當務之急是咱們要把地給整出來、種上菜，不然別說挑菜到城裡賣，就是咱們自己都沒得吃了。」

幾個孩子一聽，個個都十分擔心自己沒菜吃，手裡的活兒都加快了不少，半日下來倒是也整出了二壟地。幼金又將前兩日割出來曬乾的雜草堆到已經整出來的地上頭，一把火給燒成灰，然後和勻當施肥用了。

蘇家幾個大點的孩子連著整了四日，終於將門口一畝的荒地整了出來。

因著是用來種菜的，地都翻成一壟一壟的，蘇家的地離五里橋的河不遠，幼金又從河裡引來了活水灌溉，等地都濕透以後，第二日便將從翠峰村帶來的野蒜掰開一瓣一瓣的，全給種進地裡了，然後再用花了一文錢從五里橋一戶人家那兒買回來的幾擔乾稻草鋪在種上了蒜苗的地裡頭，再澆足了水，三壟地裡便都種完了蒜。

剩下的地則是種了土豆、白菜、小青菜、南瓜等蔬果，一畝地倒是滿滿當當的全種滿了。

種完了菜，便只需要每隔一、兩日引水灌溉，這都是些小事情，幼銀帶著幼珠都能做好。終於能騰出時間來的幼金便又開始琢磨著給家裡人找些葷腥吃跟賺錢的法子了。

首先要解決的便是蘇氏的伙食問題。因為一直以來伙食都不好，蘇氏的奶水跟不上，兩個嗷嗷待哺的小娃娃這些日子不見長肉，反倒消瘦了幾分。幼金看著也著急，想起前世曾聽人說鯽魚能下奶，便到地裡頭刨了不少蚯蚓出來，又敲彎了幾根粗粗的針，做成了彎彎的魚鉤，然後便到五里橋河西邊垂釣去了。

五里橋河面寬約三、四公尺，流經蘇家門前的河段水流緩慢，五里橋的小子們到夏日的時候也都喜歡到河裡玩玩水摸魚，可如今才春天，河裡自然也不會有什麼人。餓了一冬的魚兒們聞到蚯蚓的香味，一個接一個地上鉤了，不過半個時辰，幼金便釣到了三條成年人巴掌大的鯽魚，還有兩條近兩斤重的紅鯉魚，可以說是收穫頗豐。

一個下午下來，竟也釣了半桶魚。

三個下田回來路過的婦人瞧著幼金一個面生的半大姑娘在那兒釣魚，都覺得新奇，便走過來瞧了兩眼。本以為是孩子貪玩，沒想到湊近一看還釣了大半桶魚，三人都有些羨慕。

「妳是河西邊新搬來那家的姑娘吧？還釣了不少魚呢！」

幼金瞧著面相和善的三個婦人，便隨手扯了幾根藤條，快速串了三條魚遞給三人。

「三位嬸子，我們是新搬來的，以後大家都是鄰居，還請多照顧照顧我們一家。」

幼金選的都是一斤左右的鯉魚，三個婦人雖然有些不好意思，不過也還是收下了，畢竟魚再少也是葷腥不是？正所謂吃人嘴軟，拿人手短，那三個婦人收了幼金的魚以後，笑得也熱絡了三分，不過一會兒便也算得上熟識了。

四人說了好一會子話，那三個婦人才各自提著一條大鯉魚往家去，對河西邊的蘇家人也有了個好印象。

「別說，這小姑娘還真會來事，這麼大的魚一下就給了咱們三條，也不心疼！」

「是啊！要知道，這麼大的魚就算拿到城裡去賣，也能賣個二十文呢！」一個鳳眼大嘴的婦人笑得見牙不見眼，心裡想著這魚今兒個晚上得怎麼吃才好？如今初春，能吃的東西不多，家裡孩子也饞肉得緊，好不容易得了條魚，可得好好弄來吃才是。

另一個婦人倒是有些不好意思。「這二十文也不是小數，要不咱們明日也送些蔬菜啥的給蘇家？那幼金不是說她娘還在坐月子嗎？我看她們剛搬過來，想必也是沒啥菜能吃的。」

其餘兩個婦人一聽，也覺得有道理。就算給人送個半筐子土豆、白菜啥的，那也還是自己得了便宜不是？

這晚，蘇家眾人也是飽餐了一頓。

幼金共釣回了八條鯉魚、六條鯽魚。

晚飯先是用兩條鯽魚燉了湯給蘇氏喝，然後幾姊妹則是吃撒了些鹽巴來烤的兩條鯉魚。

剩下的六條鯉魚跟四條鯽魚則都用清水裝著養在廚房，這樣一來就可以每日有魚吃，還能吃上三、五日呢！

憑藉著「高超」的釣魚技藝，幼金還真的釣到了不少魚，乾脆就跟幼銀拉著一桶魚到洛河州賣去了。

十幾尾魚也賣出了些銀子，姊妹倆收了攤後，想起蘇氏交代的買些小雞仔回去養，便又尋摸雞仔去了。

洛河州的物價比柳屯鎮貴，一枚雞蛋也要三文錢，而孵出來的小雞仔則要八文錢一隻。

幼金姊妹倆在西市裡轉了兩圈便找到了賣小雞仔的，一番討價還價，最後以一百文的價格買下了十四隻小雞仔，平均一隻七文錢多一點。

將小雞仔裝進已經空了的木桶裡頭，姊妹倆又繞道到豬肉攤子去買了三斤豬板油以及屠夫便宜賣給她們的兩隻豬蹄。姊妹倆一個提著裝著小雞仔的木桶，一個提著用荷葉包裹著的豬肉，歡歡喜喜地出了南城門，往五里橋回了。

五里橋不過距離洛河州五里地，所以才得名五里橋。姊妹倆雖然走得不快，沿著官道回去，走了大半個時辰，也到家了。

在家翹首盼望兩個姊姊的娃娃們遠遠瞧見了大姊跟二姊的身影，大的帶著小的一路便跑了過來，瞧見幼金手裡提著的桶裡竟然有十幾隻小雞仔，個個都雀躍地歡呼起來。

「是小雞仔！」

幼金笑著停下來歇了會兒，然後一行六、七人才往家走去，邊走還邊嘰嘰喳喳地說著話。

「大姊，我能養小雞仔嗎？」

「我也要養！」

姊妹幾個鬥著嘴，歡喜得不得了。

「我們大家一起養。一會兒回到家，咱們先去後邊山上砍些竹子回來紮個雞圈，然後幼珠妳打頭，每日妳跟幼寶、幼綾還有幼羅要負責給小雞仔們找吃的。」幼金笑吟吟地給幾個妹妹分配工作。

幾人聽了都挺起小胸脯，認真表示自己一定會努力完成工作。

倒是小不點幼綢有些不高興了。「大姊，還有我呢！」

幼金還沒說話，幼珠就先笑了。「小七，妳不怕小雞仔啄妳嗎？」以前小七是被月家的大公雞啄過的，所以對大公雞有陰影。

果然一聽說會被啄，小七也有些怏怏地垂下了頭。她也想幫忙，可是她害怕會被啄到。

幼金笑著撫了撫小七的小腦袋，笑道：「小七可以幫妳三姊一起幹活，不要離小雞仔太近就好了。」

聽大姊這麼說，小七才高興地點點頭。

正房裡頭的蘇氏聽著外頭院子裡幾個女兒歡喜地說著要怎麼養雞，自己也是滿心歡喜，如今的日子簡直就是美夢一般！

蘇家搬進來以後，所有物件都是現買的，鋤頭、鐮刀、砍柴刀這些鐵製品也是新買的，當初買的時候可是花了幼金將近二兩銀子，心疼得不得了，可如今砍著竹子倒是用得十分順手，幼金便覺得這錢花得很值得了。

蘇家後面的山上有一整片的毛竹林，幼金帶著幼銀與幼珠到竹山上，手起刀落，不一會兒就砍了三根高約十七、八公尺的成年毛竹。幼金是特意揹著背簍扛著鋤頭上來的，砍完毛竹以後，又轉悠了好一會兒，挖到了四根白白胖胖的春筍，姊妹仨才滿載而歸，下山回家。

翠峰村是沒有毛竹的，因此包括蘇氏等人在內的蘇家人都不知道幼金揹回來的竹筍是能吃的，見她手腳俐落地把包裹在外頭的深綠色殼子掰掉，露出白白嫩嫩的內裡，不由得都覺得有些新奇。

一旁忙著搭雞圈的幼銀問道：「大姊，這是幹麼的？」

「這叫竹筍，今兒個咱們吃豬腳燉筍子，可好吃了。」幼金一邊幹活一邊回答她的疑問。

聽她說是吃的，沒見過這東西的幾個小丫頭都圍了過來。「這是什麼好吃的呀？」

蘇氏也有些擔憂。「金兒，這能吃嗎？不會吃了有問題吧？」

幼金搖了搖頭，說道：「我今日瞧見集市上有人賣呢，不會有問題的。」

幼銀剛想問她今日怎麼沒見著，被幼金一個眼神給制止，便乖乖閉嘴不說話了。

如今才春天，能吃的青菜都還沒長出來，幼金今日瞧見漫山遍野的竹子，心裡便生出了另一個賺錢的法子——挖些春筍到城裡賣也是可以的！只要能換錢，那便都是做得的。

這日晚飯，幼金燉了一鍋豬腳燉春筍，吃得蘇家人個個兩眼發亮。

「這啥竹筍也太好吃了些！比肉還好吃呢！」春筍吸收了豬肉的油香氣，混合著春筍自身的鮮美，可不是比肉還好吃嗎？幼珠兩腮鼓鼓的，跟隻小倉鼠一般，兩眼放著亮光。「大姊，這能拿到城裡賣嗎？」

聽著女兒掉入錢眼的言論，今日開始出房跟孩子們一起用飯的蘇氏不由得有些心酸又有些欣慰。心酸的是因為自己沒本事，害得幾個孩子見天兒地想要賺錢；欣慰的是幾個孩子都十分懂事，從來不需要自己分心太多，反倒是她們都在想法子讓這個家變得更好。

幼金露出一絲笑，給了幼珠一個讚許的眼神。「妳們想，如今才春天，咱們前些日子在城裡都瞧見了，城裡頭這會兒賣的也都是白菜、土豆啥的。現下能吃到鮮嫩的菜可不容易，不說春筍，哪怕咱們摘些槐花、野菜，到城裡賣那也能換錢不是？」

一聽到幼金這般說，幾姊妹的眼中都「噌噌噌」地發出亮光。

「真的嗎？野菜也能換錢？」

「那我們明日都去摘野菜好不好？」

「雖然換不來多少銀子，可蚊子腿再細也是肉呀！」幼金曲著手指微微在木桌上敲著，說道：「哪怕一文錢，那也是錢呀！」

姊妹幾人紛紛點頭，覺得大姊說得十分有道理，便異口同聲道——

「我明日去摘野菜！」

「我去摘槐花！」

「我也去！」

「我也去！」

一個個爭先恐後的模樣，生怕大姊落下自己一般。

「好了好了，先吃完飯再說，一會兒飯菜都涼了。」蘇氏給每個孩子都挾了一筷子菜，笑得溫柔極了。「要去摘野菜也得先吃飽肚子不是？」

聽到娘親這般說，大姊也贊同地點點頭，幾個孩子才趕忙捧著粗瓷碗，大口大口地吃著飯。不一會兒，一大盤豬腳燉春筍便全部吃光了。

第二日一早，東邊天空泛著魚肚白時，東廂房的門便悄悄打開了，一道瘦弱的身影邁著輕輕的步子出來後又將門關上。

雖說如今是陽春三月，可被薄霧籠罩著的清晨還是有些冷。幼金哈了口氣，搓了搓手，便往廚房去。她要趁眾人還未起來時將早飯做好，畢竟今日除了蘇氏，全家可都要出去幹活的。

幼金今日煮了一大鍋粗糧粥，炒了個油渣子炒白菜，再把蘇氏的鯽魚湯放到灶上用小火煨著。忙碌了好一會兒，菜還沒上桌，聞到飯菜香味的蘇家眾人也都醒了過來。幾個小的在幼銀、幼珠、幼寶的協助下乖乖用清水漱口洗臉，春季清晨的井水還微微有些溫，倒也舒服得很。

等蘇家眾人都洗漱過後，幼金這頭也做好早飯了。

一大家子圍在一起吃完早飯後，便分成摘槐花的、摘野菜的，還有挖筍的三組出發了。

幼銀帶著幼綾、幼羅在河邊的田埂上尋找著野菜的蹤跡；幼珠、幼寶提著籃子到山腳下去摘槐花；而幼金則自己扛著鋤頭、揹著背簍往毛竹林去了。剩下幼綢跟蘇氏等人在家中守著。

自從秦家出事以後，很多人都是能不往河西邊來就不來，因此不管是摘菜的還是摘槐花的，一個上午過去也都收穫了不少。而上山挖春筍的幼金，不僅收穫了不少春筍，還收穫了兩隻個頭不小的竹鼠！

揹著滿滿一背簍的春筍，扛在肩上的鋤頭一端上頭掛著兩隻被藤條緊緊捆著的竹鼠，幼金哼著小曲往家去了，還未回到家，便遇見了提著滿滿一籃子槐花的幼珠和幼寶。

兩人一見到幼金，立即歡喜地朝她揮手。「大姊！」

幼金也朝兩人揮揮手，然後加快步子趕上了兩人。

等她走近了，兩人才看到她鋤頭一端綁著的兩隻東西，不由得都嚇一跳。「大姊，這是什麼啊？」

「這叫竹鼠，肉很好吃的！」幼金笑咪咪地解釋道。「等明日一起拿到城裡賣，估摸著也能賣出些銀子來。」

「竹鼠……是老鼠嗎？咋會有人要吃老鼠呢？」膽子有些小的幼寶緊緊拽住幼珠的衣角，躲在她身後，小心翼翼地問道。

幼金見她害怕，便將竹鼠取下來，提在手裡，免得嚇到她。「不是老鼠，只是名字有些像而已。」

幼珠有些好奇，不過也是有些怕，因此兩姊妹跟幼金隔了六、七步距離，姊妹仨一同回家去。

回到家後，兩隻竹鼠果然又引來了蘇家其他人的好奇與略微的不安，幼金將兩隻竹鼠與明日要帶到城裡賣的水芹菜、槐花跟竹筍都放到了蘇家的倉庫去。

第二日一早，帶著鬧著要跟自己進城的幼珠，一人揹著一個竹背簍，幼金手裡還提著兩隻加起來有將近八、九斤的竹鼠，姊妹倆進城賣東西去了。

姊妹倆這回雖帶了不少東西，不過重量倒是比前日的魚輕了許多。姊妹倆出門早，到洛河州集市時，很容易就找到了空的攤位。將新鮮的水芹菜擺在墊著的乾稻草上，然後一籃子槐花也擺在一旁，姊妹倆手腳俐落，不過片刻便支起攤子開始叫賣。

如今街上賣蔬菜的大都是去歲囤下來的大白菜，賣野菜的也有幾個，不過像幼金姊妹這般滿滿當當擺了好幾樣的還真就只此一家。不過一會兒，一籃子槐花就已經賣了大半出去了。

幼金姊妹倆沒有桿秤，賣槐花也只是用荷葉包成一包，然後用搓成條的稻草繩捆起來，一包賣五文錢，不算貴，因此賣得也快。

「小姑娘，妳這是竹鼠吧？」一個穿得十分體面、還帶了個小夥計跟在身後的白胖漢子笑吟吟地問道：「在洛河州賣竹鼠的，我還是頭一回見呢！」

「這位老爺好眼力！我這竹鼠可是我爹昨日在山上逮的，活蹦亂跳的，您要來一隻不？」幼金張口就來的瞎話可是越說越好了。「竹鼠不好抓，您要是誠心要，兩隻收您四錢銀子如何？」

那白胖的漢子還沒說什麼，一旁的幼珠倒是先倒抽了一口冷氣，這兩隻什麼竹鼠的，大姊竟然敢喊這麼高的價錢！

「小姑娘年紀小小倒也敢喊，也不怕風大閃了舌頭？」那白胖的漢子倒是對這兩隻竹鼠挺感興趣的，幼金的高價也沒嚇著他，還直接上手拽了拽其中一隻的爪子，惹得那竹鼠朝著他「咯咯」地凶了幾聲，逗得他「哈哈」樂了兩聲。

幼金的攤子擺了好一會兒，哪怕是春筍也賣了幾根出去，可竹鼠卻沒人問過一句，這白胖的漢子還是頭一個來問的客人，所以她肯定要抓住這個機會把這兩個小玩意兒出手。「這位老爺，《本草綱目》都有記載，竹鼠，肉味甘，補中益氣，解毒。這可跟您平日裡吃的豬肉、牛肉不是一回事，這是好東西來的啊！」

見她連《本草綱目》都張嘴就來，那白胖的漢子倒是覺得有些意思。「看不出來小姑娘還深藏不露啊！就衝妳這話，這兩隻竹鼠我要了。另外，妳這攤子上的東西我都包圓了，給我拾掇拾掇。」

這可是大生意啊！她當即樂得見牙不見眼。「欸！好嘞！我這兒還有三捆水芹菜、六根春筍、半籃子槐花，再加上兩隻竹鼠，收您五錢銀子，您看如何？」

那人倒也財大氣粗，直接從荷包裡拿出了一兩銀子，拋到幼金手裡。

幼金倒是有些為難了。「老爺，我們這小本買賣，您這銀子也忒大了些，您有沒有碎銀子？」不是她不想要，可她是出來賣東西的，哪裡會隨身帶這麼多散碎銀子？

那人笑呵呵的，也不在意。「要不這樣，妳明日再給我送兩隻竹鼠跟一些野菜過來東市的雲味軒，這就當是我提前付給妳的銀子了，如何？」說罷便示意跟在他身後的小夥計把幼金攤上的東西都揹上，也不怕幼金把他的銀子污了一般。

幼金想了想，道：「老爺，這竹鼠也不是我們說要就能要的。這樣吧，我明日先給您多送些野菜、槐花和竹筍，竹鼠何時逮到我再給您送如何？」這可是長線生意，幼金得巴緊這個大客戶了！

那白胖的漢子倒也不在乎這半兩銀子一般，隨意地揮揮手。「成，妳若是再逮到竹鼠，送過來我照價收。若是有別的新鮮吃食，送過來我也要。」說完，他也不多說什麼，甩著大大的袖子往別處瞧去了。

幼珠看著大姊將一兩銀子塞進懷裡，至今還有些不敢置信。「大姊，妳昨日逮到的那兩隻竹鼠這般值錢啊？一兩銀子呢！」

幼金將鋪在地上的稻草收起來，揹起背簍，拍了拍幼珠的腦袋。「想啥呢？咱還要給人家半兩銀子的東西呢！趕緊回家去了，不然明日送什麼進城給人家？」

聽大姊這麼說，幼珠才回過神來，趕忙揹起背簍跟在幼金身後回家去。

幼金、幼珠進城去掙錢，幼銀等人在家也沒有閒著。兩個大的洗完了一大家子的衣裳，又帶著幼綾、幼羅到河邊田埂四處尋找野菜的蹤跡，因為大姊說了，就算賣不出去，自己家也是要吃的。幾個孩子都知道家裡如今處處都要花銀子，也都十分懂事，能省一文錢是一文。

等幼金姊妹倆回到家時，幼銀等人已經採了一大筐水芹菜還有半籃子蕨菜回來了。聽說昨日採的菜都賣光了，姊妹幾個歡喜得不得了，吃完午飯後連午覺也不歇，三三兩兩又各自忙活去了。

幼金自然是要到山上找竹鼠去的。竹鼠這玩意兒，最擅長打洞，幼金便想了個煙燻的法子，這竹鼠跟兔子不都一樣嘛，煙一燻自然就出來了。幼珠也嘗到了竹鼠的甜頭，嚷嚷著要跟幼金一起去，幼金想著自己一個人也確實忙不開，便帶上她去幫忙。

幼金的背簍裡今日揹著的是一簍乾稻草，幼珠的背簍裡則是放了個大麻袋，一會兒用來燻竹鼠用的。

姊妹倆到了山上，轉了好幾圈，幼金才大致確定了哪幾個洞是相通的。選好其中一個洞口後，叫幼珠拿麻袋緊緊套住洞口。「一會兒我那頭一燻，竹鼠肯定就往這兒來了，妳可得抓穩麻袋！」

幼珠也有些緊張，抿著唇點點頭。「嗯，我曉得了，大姊妳快去吧！」

幼金撿了不少濕竹葉，就著乾稻草一同塞到另外兩個洞口處，然後掏出火摺子依次點燃，不一會兒，濃濃的白煙便裊裊升起。

幼金還未回到幼珠守著的洞口那兒，幼珠便感受到手裡拽著的麻袋一緊，然後麻袋裡不停地傳出「咯咯」的聲音。幼珠生怕竹鼠跑了，一邊自己還有些害怕，一邊不忘緊緊按住袋口。「大姊，抓住了！」

幼金三步併作兩步地跑了過去，姊妹倆趕忙將袋口攏住，用結實的藤條將麻袋緊緊捆起來後，幼金才提了提麻袋，感受一下重量，然後笑瞇了眼。「這少說也有四、五隻竹鼠了！」

「這麼多？」幼珠張大了嘴巴。「那就能換好多銀子了！」

幼金也笑瞇了眼。「是啊！能換不少銀子呢！」

逮到了竹鼠後，幼金叫幼珠守著沈甸甸的麻袋，自己滿山轉悠去刨春筍了。

幼金這回老老實實地刨了兩背簍白白胖胖的春筍，看得幼珠目瞪口呆。

「大姊，妳這是要把山上的筍子都刨光啊？」

「如今正是吃筍子的好時候，咱們送完給雲味軒後，剩下的還可以拿到西市去賣不是？」幼金看了眼吃驚的她。「咋，幼珠如今嫌銀子多了不成？」

幼珠連連搖頭，她怎會嫌銀子多？

姊妹倆將這兩大筐竹筍跟竹鼠弄回家以後，瞧著時間還早，又上山跑了一趟，再挖了兩背簍竹筍回來才甘休。

看著廚房廊下整整齊齊擺了一地的竹筍，蘇氏有些失笑。「妳們這是要把山上的筍子都搬回來呀！」俐落地扒乾淨五、六顆被挖斷、賣相不好的筍子來準備今晚的晚飯。

如今連兩歲多的幼綢也跟著出去採野菜，已經出了月子的蘇氏好說歹說，幼金姊妹才同意讓她開始做些輕省的家務活。

蘇氏做飯的手藝確實是幼金幾人都趕不上的，明明是一樣的菜，偏偏蘇氏做出來的就比幼金姊妹做出來的好吃不少，加上家裡人手確實不夠，一日三餐的活計就交由蘇氏來張羅了。

今日逮到了五隻竹鼠，最小的一隻也有將近兩斤，幼金便宰了一隻給蘇氏做竹筍燉竹鼠，幾姊妹個個是吃得滿嘴流油，好不滿足。

「原來竹鼠肉這般好吃，比豬肉還好吃！」幼寶笑咪咪地給吃得忙不過來的幼羅挾了塊肉，滿足得很。

幼珠點點頭。「怪不得今日那人願意花這麼多銀子買竹鼠，確實好吃！」一邊說好吃，一邊又挾了塊竹筍吃。竹鼠肉不多，蘇家的孩子都懂事，也不搶吃的，雖說如今家裡有肉吃，大的還是照顧小的，肉也多留給小的吃。

吃過晚飯，幼金給兩個小的洗完澡，然後幾個大的也輪流洗完澡才一一歇下。最近幾個孩子都在外頭跑，個個都是一身的汗，蘇家的孩子都愛乾淨，不洗澡還真睡不下。

白日裡眾人都在外頭幹活，如今洗完澡舒舒服服地躺在炕上，沒一會兒蘇家院子就歸於平靜了。

和煦的山風緩緩吹來，房前屋後的蟋蟀唧唧作響，祥和寧靜的夜裡，幾個孩子都陷入香甜的夢鄉。

一夜好眠，第二日一早，幼金帶著幼銀、幼珠一同進了城。進了洛河州城門，姊妹仨一路往東市打聽過去，不多時就找到昨日那白胖漢子說的雲味軒。

到了雲味軒門口，幼銀和幼珠倆都有些驚嚇到。這大門都是雕花鏤空的木門，看著就十分氣派的酒樓，竟然是大姊說的要送貨過來的地方！

幼金也有些嚇到，昨日那漢子看著是挺有錢的，不過沒想到那人口中的雲味軒竟然是一幢三層高，裝潢得十分氣派的酒樓！就連門口站著迎客的小夥計，穿的都是上好的細棉料子衣裳！

不過幼金很快就回過神來了，笑得熱絡地上前道：「小哥，我們是送貨過來的。」

「送貨的往後門去，後廚在那兒呢！」那小夥計見幾人穿得有些破舊，便有些嫌棄地揮了揮手讓三人趕緊走。「別在門口擋著貴人進出！」

幼金也不生氣，笑著問清後門的方向，然後帶著妹妹往後門去了。

到了後門，說是送竹鼠過來的，很快就有一個穿著圍裙、廚子模樣的中年漢子出來了。「就是這幾個娃娃說有竹鼠？」

守在後門的小夥計點點頭。「昨日三爺交代了，說這兩日會有兩個小丫頭送竹鼠來，想必就是她們了。」

這小夥計口中的三爺便是昨日幼金等人見到的白胖漢子，那人正是這家酒樓的管事，人稱黃三爺。

「既然是三爺交代的，便收下東西，把銀子結了就是。」那廚子點點頭，看著幼金幾人揹著的背簍裡頭都是竹筍，便道：「再買兩筐竹筍，如今陽春三月，正是吃筍子的好時候。」

那廚子看了看，又挑了挑，最後把幼金帶來的竹鼠都包圓了，竹筍也要了兩筐，水芹菜跟槐花也都要了。

那小夥計按照兩人談妥的價錢，到帳房那兒去支銀子，路上碰到了黃三爺。

黃三爺一聽說是昨日的小姑娘送竹鼠過來，今兒個還送了四隻，滿意地點點頭。「你去跟小丫頭說一聲，往後得了什麼野味或者新鮮的吃食，只要是新鮮的都可以送來，咱們按市價買。」雲味軒做菜講究一個「鮮」字，要的東西自然是越新鮮越好。

黃三爺在雲味軒做管事做了十餘年，也是個老饕，對於什麼季節吃什麼最好吃自然也有自己的心得，且這小丫頭昨日送來的東西還成，他也不在乎在誰那兒買，只要是能買著好東西便成。

後門處，幼金從那小夥計手裡領過一兩銀子，聽完他帶回來的話，千恩萬謝地帶著兩個妹子從雲味軒後巷離開，然後揹著最後半筐子春筍去西市擺來賣。洛河州周邊成片的竹山只有五里橋那兒有，不過五里橋的村民倒是少有挖竹筍來賣的，所以街上賣筍子的也沒幾家，加上幼金挖的竹筍確實好，價格也只是比應季蔬菜貴了些許，城裡人吃那些白菜、土豆啥的都吃得膩味了，因此大都捨得多出個兩、三文錢買根筍子回去嚐嚐春天的鮮美。

賣完剩下的竹筍後，幼金帶著兩個妹妹又到肉攤去買了兩斤肋條跟豬蹄子。

那賣肉的屠夫都已經認識這個小姑娘了，見是她來了，笑呵呵地招呼著。「小丫頭，今兒個倒是熱鬧啊！妳這都賣完要回去了啊？」

幼金笑著從背簍裡取出兩根特意留下的竹筍送給了屠夫。「柳大叔，這幾日你沒少照顧我們，這兩根筍子給你帶回去，跟豬肉燉著吃很好吃！」

那姓柳的屠夫一聽便哈哈地笑了。「妳這丫頭這般客氣做啥？」不過也沒有拒絕，本來已經切好的肋條又多砍了兩根。「大叔也沒啥好給妳的，肋條沒啥肉，不過好歹也是吃得的。」有來有往地也送了幼金兩根肋條。

幼金也不跟他客氣，笑呵呵地收下了，付了買肉的銀子，姊妹三人才步行往五里橋回。

自從來了洛河州，幼金每回到城裡賣東西後都會買肉回家。她素來不是委屈自己口腹之慾的人，加上家裡的幾個娃娃都是長期營養不良的黃豆芽，她可得多給幾個孩子補補。

不得不說，幼金此舉是有用的，雖然幾個妹子還沒開始長肉，可一直枯黃發白的小臉如今一個個也都漸漸有了血色，可比在柳屯鎮的時候好太多了。

姊妹仨一路慢慢走回了家，回到蘇家院子外頭的時候，卻瞧見幾個村婦揹著滿滿一筐竹筍從山上下來，見到幼金幾姊妹直勾勾地盯著她們看，目光有些閃爍地加快步子走了。

幼珠心直口快，看著幾個已經走到河東邊的婦人的背影，十分生氣地罵道：「三姊，她們上山挖筍子了！」這是氣得排行都喊錯了。

幼金若有所思的目光落到了遠處，也不說話。

有些義憤填膺的幼珠急得不行。「三姊！這可是咱們賺錢的法子啊！」幼金這才把目光收回來，微微搖搖頭。「這後頭的竹林也不是咱們家的，旁人要挖，妳能咋辦？還能守在山腳下不讓人家上去不成？」

「這也不成，那也不成！難道咱們就看著她們把筍子都挖了嗎？」幼珠氣得不行，自家好不容易找到一個生財的路子，這才賣了沒幾日就有人來照著學了，那自己家可怎麼辦？

一旁的幼銀也有些憂心忡忡地看向大姊，心裡期盼著大姊能想出什麼法子來。

幼金微微搖頭。「算了，先回家，咱們慢慢想法子。」

在院子裡玩得高興的幼綾、幼羅、幼綢見姊姊們回來了，本還高興地迎上前，可見到三姊氣呼呼的，大姊和二姊的面色也都有些奇怪，一時間都不知該如何是好，便站在原地面面相覷。

幼金將背簍放下，然後提著荷葉包著的一大包肋條、豬腳進了廚房後，才拉著幼珠坐在院子裡的小板凳上，開始勸導。「幼珠，山上的竹林不是咱們家的，咱們能挖，別人也能挖不是？咱們家缺銀子，別人也不見得比咱們家好多少吧？」幼珠性子急，又容易鑽牛角尖，她只能慢慢勸導。

「可是大姊，這是咱們家唯一能掙錢的機會啊！」幼珠眼眶紅紅地看著幼金。「若是人人都來挖筍子賣了，那咱們家該怎麼辦？」

是啊！他們家一沒人，二沒地的，賣春筍是他們家如今唯一的賺錢法子，若是連這都沒了可咋辦？一旁不說話的幼銀也是發愁。

幼金嘆了口氣，說道：「當初咱們剛來到五里橋的時候，不也沒有賺錢的路子嗎？法子總是人想出來的不是？沒了這個法子，總會有下個法子的。再說了，那春筍最多只能再賣一個月，況且如今都三月了，那新鮮的蔬菜一波接一波的，都可以割出去賣了，妳們還以為這春筍能一直賣啊？」

聽幼金這麼說，姊妹倆才明白過來，兩眼巴巴地望著她。「大姊，那咱們該如何是好？還有別的法子掙錢嗎？」

幼金見兩人都不再鑽牛角尖，才鬆了口氣。「總會有法子的。今日的衣裳還沒洗呢，咱們快些去洗了衣裳回來，估摸著娘也能做好午飯了。」廚房裡頭的蘇氏從頭到尾都聽見外頭的對話，她自來是沒什麼主意的人，便由著最有主意的大女兒好好開導兩個孩子，自己也沒出來說啥。

姊妹幾個去洗衣裳了，幼金自己扛著鋤頭到地裡轉圈檢查蒜苗的生長情況，發現種下去的蒜苗大半都已經發芽，便順手拔掉不少新長出來的雜草，又引水灌溉。她想著，過不了多久，自家便能吃上自己種的蔬菜了。

幼金從地裡出來後，又到河邊幫著幾個妹妹將衣裳洗完。

姊妹幾個剛進家門，那頭蘇氏也做好了飯菜。今日做的是肋條燉春筍，春筍的鮮美被肉香味緊緊包裹著，一口下去彷彿所有的不愉快都隨風消散一般。

看幾個孩子吃得高興，臉上也沒了方才的彆扭，蘇氏臉上的笑容也加深了三分。

「只要咱們一家人齊齊整整的，就算苦些累些，也是好的不是？」

幼珠想到自己剛剛跟大姊鬧彆扭的事，不由得垂下頭不言語。

幼金往她碗裡挾了塊肋條肉。「今日都累了，多吃些。」

見大姊並沒有生自己的氣，幼珠才歡喜地點點頭，然後大口大口地吃著肉，姊妹間的小彆扭也都消失了。

其實一開始幼金就沒有完全把賺錢的希望放在竹筍上頭，只不過是想賺個短期的銀子罷了。

正所謂靠山吃山、靠水吃水，她們家如今依山傍水的，難道還會餓死不成？

第十章

還沒等幼金想出什麼新的法子來賺錢的時候，一場連綿數日的春雨就這麼匆匆來了。

春潮帶雨晚來急，這場下得許久的春雨讓人都心煩不已。在家悶了幾日的幼金決定出去轉轉，哪怕去抓條魚回來給家裡加個菜也是不錯的選擇。

結果幼金真的抓到了魚，而且是素有美名，被詩人稱讚「桃花流水鱖魚肥」的鱖魚！

事情是這樣的，原瞧見因著春雨襲來都漫出不少的河水，幼金便沿著高處順著河流往下走，沒想到走到一處河基小小決堤的地方，發現蔓延到低窪處的河水帶來了魚群。幼金一瞧見魚，二話不說先把河堤缺口堵上，防止魚群再游回河裡，然後才挽起褲腳蹚水下去那處已經被淹了將近四十公分高的窪地逮魚。

河水渾濁，幼金一開始並沒有看清楚裡頭是什麼魚，只想著把魚給逮了。可當她抓到第一條魚離開水面時，便立刻反應過來了！鱖魚！幼金立時驚呼出聲，忙看看四周，所幸如今陰雨連綿，四下無人。

幼金出門也沒帶旁的工具，只帶了一個木桶跟自製的麻線魚竿。她手腳俐落地將魚扔進木桶裡，兩手並兩腳，也顧不得地上濕滑，從窪地裡爬了出來，然後提著木桶趕緊回家去。

蘇氏與幾個女兒正在家中將幾人已穿得開線的衣裳縫補好，聽到外頭有動靜，便知是幼金回來了。

幼珠趕忙冒著雨跑出去開門。「大姊妳回來了！」伸手接過她手裡的木桶，卻瞧見只有一條巴掌大的魚，不由得有些失望。「下雨連魚兒都不出門了嗎？」

幼金卻顧不得跟她說這麼多，風風火火地進了廚房邊上的倉庫尋了個大麻袋出來，然後進了正房找蘇氏用剪刀將麻袋順著縫剪開。

蘇氏覺得有些莫名其妙。「好好的麻袋，剪開來做啥？」

幼金微微喘著氣，強壓住心中的雀躍。「娘，我在河邊一處決堤的窪地那兒發現了一群鱖魚！鱖魚可比一般的魚值錢多了！那水坑裡水太多了，我剪個麻袋當漁網去把魚都抓起來，少說能賣好幾兩銀子呢！」

見女兒是有正途用的，蘇氏也不多問，兩三下將麻袋剪開了。

其他幾個小丫頭一聽說要去撈魚，也都趕緊披著簑衣跟在幼金身後要去幫忙。

蘇氏騰不開身，便留在家中帶著幼寶燒了滿滿一大鍋水，又熬好祛寒湯等著女兒們回來喝。

幼金、幼銀、幼珠姊妹三人揹著背簍，風風火火地往幼金發現鱖魚的地方去，姊妹仨到了水坑邊，依次脫鞋下水，幼金與幼銀各自拉著剪開的麻袋，在水裡追著鱖魚的方向去捕撈。

水坑的水雖然不淺，可面積只有一分地大小，幼金姊妹倆攆著鱖魚逃竄的方向追，不過幾趟就將水坑裡的鱖魚全都捕撈一空。

水坑邊上的幼珠不停地將魚裝進背簍中，等幼金與幼銀從水坑裡出來的時候，已經裝滿了姊妹三人揹來的背簍。幼金笑得見牙不見眼的，將滿是泥巴的麻布網在水裡抖落幾下以後，姊妹仨才趕緊揹著背簍回家。

蘇家院子裡頭，廚房廊簷下，兩個平時用來洗衣裳、洗澡的木盆此刻已經裝滿了從井裡剛取上來的清水，水裡有些擁擠地游著的正是幼金姊妹三人冒雨抓回來的鱖魚。

洗完熱水澡出來，姊妹仨一人捧著一個粗瓷碗喝著祛寒湯，看著圍著兩個木盆張大了嘴巴的小五、小六、小七，覺得十分有趣。

幼金笑道：「小五，咱們今晚吃魚可好？」

幼綾連連點頭，她很喜歡吃魚，尤其還是這種自己沒見過的魚，大姊說很好吃的。

一旁的幼珠看著她一副要流口水的模樣，不禁伸了根手指過去戳了戳她的額頭。「小五是隻小饞貓，就喜歡吃魚！這魚可是要拿去換銀子的，不給妳吃！」

聽到不可以吃，幼綾頓時便癟了小嘴，看著水裡游著的魚，心裡有些依依不捨。她好想吃魚啊！可是三姊說過家裡如今缺銀子……唉，還是忍忍吧！

一旁的幼金看著小五一副很失落卻又十分懂事的模樣，笑道：「咱們抓了這麼多，自己吃兩尾也是可以的。本來掙銀子就是為了讓你們吃飽飯不是？」說罷，直接上手撈了兩條重約半斤的鱖魚扔進一旁的籃子裡頭。「咱們今晚就吃清蒸鱖魚！」

三月的鱖魚味道最是好，只放些調味蒸出來的鱖魚，味道簡直鮮美得讓人能吞掉自己的舌頭！

這頓飯吃得蘇家眾人意猶未盡，連活了幾十年的蘇氏也是第一次吃到這麼好吃的魚。她放下手裡的筷子，嘴巴還在回味方才的鮮美味道。「這般好吃的魚，得賣多少銀子一尾啊！」

幼金沒賣過鱖魚，心裡也沒底，只得稍微猜測。「應該能賣出比鯽魚啥的還好些的價錢吧？」想來這都是野生鱖魚，肉質鮮美，少說也能賣出比一般魚類高上一倍的價錢吧？

第二日天才矇矇亮，幼金便帶著幼銀穿上簑衣，抬著半桶鱖魚進城去了。

因著是陰雨連綿的日子，進城的人少了許多，姊妹倆在官道上等了好一會兒才等到平日裡拉客進城的牛車。

進了洛河州南城門，姊妹倆抬著木桶便往雲味軒的方向去。這麼多鱖魚，怕也是只有雲味軒這種大酒樓才能開出好價錢包圓自家的魚了。

今日黃三爺正發愁，前兩日雲味軒的對家酒樓搞了個啥春味宴，主打各類春季時令美食，還弄得十分附庸風雅，城裡頭有些銀子的都去湊熱鬧了，搞得自家店裡的流水就跟這連綿的陰雨天一般，讓人心煩氣躁。

這廂黃三爺正火大著，後廚那頭一個廚子就連走帶跑地到前邊來找黃三爺。

「三爺，上回送竹鼠來的那小姑娘今兒個送了半桶鱖魚來！」

「半桶鱖魚?!」但凡是對吃有些研究的，也都知道如今正是吃鱖魚的好時候，洛河州打魚的漁民偶爾也有送鱖魚來的，但是量少。這半桶鱖魚可算不得少了，所以黃三爺才這般驚喜。他趕忙從前邊往後院去，要看看這些鱖魚怎麼樣。

幼金姊妹這回倒是被請進了後廚的廊下等著，不過片刻，第一回遇見的那個穿著考究的白胖漢子便歡喜地朝自己來。幼金猜出他便是眾人口中的三爺，便也十分有禮地微微彎腰。「黃三爺！」

黃三爺含糊地應了她一聲，目光全都落在了她跟前裝了半桶活蹦亂跳的鱖魚的木桶裡，眼中全都是滿意的神色，過了好一會兒才將目光從鱖魚那兒移到幼金身上。「小丫頭，這鱖魚妳打算怎麼賣啊？」

幼金卻是不清楚鱖魚的價格，便虛晃一招。「三爺認為這鱖魚值多少銀子，我便要多少銀子。」

「倒是個雞賊的丫頭！」黃三爺聽她這麼說也不生氣，笑呵呵地甩甩手裡的摺扇。「咱們也算得上是老熟人了，這樣吧，一尾魚我算妳三錢銀子，今兒個的鱖魚我也包圓了如何？」黃三爺給出的價錢不算高，但也是合適的，畢竟是不分大小包圓的。

幼金倒是皺著眉頭想了好一會兒，然後才說道：「成，三爺。另外，我家中還有不少大小相當的鱖魚，您若是要，我便都賣給您了；若是不要，我再往別家賣去？」

三爺一聽到她說家中還有不少，拿著摺扇的手都抖了一下，聲音微微顫抖地問道：「妳還有多少？」

幼金想了想，才緩緩道：「今兒送了十七尾過來，家中估摸著還有五十餘尾，都是大小相當的。不過我們家沒有牛車，怕是一次也運不過來這麼些。」

「好！好！好！」黃三爺連聲道好，手裡的摺扇甩得更來勁了。「小丫頭，妳這魚，我全要了！咱們先把這十七尾的銀子給結了，三爺我再讓我們酒樓的夥計送妳們回去，把魚全給拉回來如何？」黃三爺心裡高興啊！七十尾鱖魚，足夠他搞個鱖魚宴了！這鱖魚宴一出，風頭肯定立時回到雲味軒這邊！

幼金也十分滿意，懷裡揣著五兩多的銀子，坐在騾車上往五里橋回，路上幼金還特意買了一刀重約五斤的上好五花肉，姊妹倆歡喜得不得了。

騾車跑得快，出城不過一刻鐘便到五里橋河西邊蘇家門外了。

聽到外頭有牲口的聲音，然後還傳來大姊的聲音，守在家裡的幼珠趕忙過去開門。「大姊妳回來了！」見到大姊身後還跟了三個陌生男子，不由得退了幾步。「這是？」

幼金笑吟吟地帶著人進了院子，走到廚房屋簷下去看鱖魚。

幼銀則拉著幼珠站到一旁小聲說道：「這是雲味軒的管事派來拉魚的，咱們這回賺大發了！」聽到原來是魚賣出去了，幼珠也歡喜得不得了，乖乖站在一旁不打攪他們。

跟著來拉魚的是雲味軒的一個廚子跟一個小管事的，連帶著趕車的小夥計。三人圍著木盆站了好一會兒，那廚子滿意地朝小管事點點頭。

管事便朝幼金微微頷首道：「蘇姑娘，那便按著三爺跟您談妥的價錢，咱們數數有多少魚吧！」

兩人輪流數著，不過片刻便數完了，那管事道：「統共是五十七尾，按照三錢銀子一尾的價錢，一共是十七兩一錢。」然後從懷裡掏出了十八兩銀子遞給幼金。「三爺有交代，給蘇姑娘補個整。」

幼金也不客氣，直接收下了銀子，然後把自家的兩個木盆送給他們了。看著他們將魚搬上騾車，然後掉頭往洛河州城方向回，幼金笑眯了眼。

送走了雲味軒的人後，蘇家人大門緊閉。

正房裡頭，幼金將今日所得的銀子擺在炕桌上頭，足足二十二兩白銀，晃花了眾人的雙眼。

「原來鱖魚這麼值錢啊！」幼珠只覺得太幸福了，前幾日才傷心自己家失去了一條財路，沒想到才過五、六日就賺回了二十幾兩銀子！高興過後，又想到昨日自家吃的兩尾鱖魚，不由得有些難過。「大姊，咱們昨晚真不該吃那兩尾魚，不然還能多得六錢銀子呢！」

聽她這般說，幼金臉上的笑容漸漸收斂起來。「幼珠，咱們辛苦掙銀子是為啥妳知道不？是為了咱們一家過上好日子。我們是要賺錢沒錯，可不能把錢擺得比自己家人都重要，知道嗎？」

原本還是狂喜的氛圍，瞬間變得有些凝滯，眾人面面相覷，不過卻沒人敢作聲。

幼珠第一個反應是想辯駁。「大姊，我不是——」可她話還沒說完，幼金便舉手攔住她的話頭。

「幼珠，咱們家這麼多姊妹裡，妳的性子是最像我的，也是最倔的，我知道妳一心是為咱們家好，可是咱們賺錢本來就是為了這個家對不？」

幼珠抿抿唇，大姊說得確實沒錯。

「咱們如今才賺了二十幾兩銀子，不過六錢銀子妳便覺得我們做得不對，那將來掙了兩百兩、兩千兩、兩萬兩呢？勤儉持家沒錯，可是不能過度，曉得不？」幼金摸了摸有些垂頭喪氣的小腦袋。「大姊今日說妳並不是要責怪妳，而是想妳變得更好，妳心裡若是覺得大姊說得不對，就告訴大姊。咱們家只一點，心裡有什麼不高興的不許藏在心裡。」看了一圈幾個小的，道：「妳們也是，有什麼想不通的、不高興的，就說出來。若事事都藏在心裡，將來一家人就會慢慢離了心，離了心的一家人，那就會變成一盤散沙，可曉得？」

連著幼珠在內的幾個小的紛紛受教地點點頭。「知道了。」

將銀子收回荷包，交代幼銀幫著蘇氏去做飯，然後幼金自己一人回了東廂房，將銀子小心地收了起來。

幼珠這孩子也不是個記仇的，加上她也知道幼金是為自己好才這般說自己，所以心中也並未怨怪幼金，反而是在後來的人生中，時刻都謹記著幼金曾說過的要以家人為重的話，在有人欺負自家姊妹的時候，都是跟在幼金身後去為家人討公道的不二人選。

這回賺了那麼些銀子，讓幼金又想到了賺錢的法子：藥魚！她記得有一種叫芫花的草藥，曬乾研磨成粉撒進水裡就能將魚藥暈，等藥效過了還不會留下什麼毒素在魚體內，這不正是她的好選擇嗎？

等到連綿的春雨過去後，已是三月下旬。

幼金揹著背簍，踩著有些濕滑鬆軟的泥土，走在毛竹林裡。她今日是來山上尋芫花的，不過芫花沒尋著，倒是找到不少雨後新長出來的菌子。幼金見著便挖，等她從山上下來時，芫花是一株都沒找到，不過菌子倒是挖了半筐，揹著背簍回家去了。

幼珠與幼銀一邊清洗掉菌子根上沾著的泥土，一邊問道：「大姊，這能換銀子嗎？」在幼珠看來，只要是自家能吃的東西都能換錢。不過她如今也不會再一心掉進錢眼裡了，該給家裡人吃的都捨得給，也算是有了大進步。

剛從院子前頭摘了一小把鮮嫩的小青菜苗回來的幼寶聽到三姊又說賣錢，不由得捂著嘴嗤嗤地笑。「三姊！」

「笑什麼？」幼珠沒好氣地白了眼自己的雙胞胎妹妹。「要是能賣錢，咱麼過會兒一起上山撿去呀！白扔地上的銀子給妳妳不要？」幼珠的話雖然粗，可是也在理。

幼金點點頭同意道：「幼珠說得也有道理，那一會兒咱們吃完午飯就一起到山上轉轉去，挖回來若賣不出去，咱們自己吃也是好的。」

幼珠見大姊也站在自己這邊，便挺直了財迷的小腰桿，得意地看了眼剛才還笑自己的雙胞胎妹妹。「哼！」

幼寶也不生氣，只是捂著嘴嗤嗤地笑。

看著兩個妹妹嬌俏可愛的模樣，幼金心裡欣慰極了。跟以前在月家的日子比起來，現在的日子簡直是太好了些！不過幼珠的話倒是讓她想起了昨日夜裡自己琢磨的事。

蘇氏性子懦弱，這輩子唯一一次強悍便是護住了兩個剛出生的嬰兒，與月長祿和離。可這次的反抗也沒有讓蘇氏天生的性子改變幾分，如今幾個妹妹都漸漸大了，蘇氏的性子教養出來的孩子想必性子也是和她差不多的，她能護得住幾個孩子一時，卻護不住她們一輩子。

所以當務之急，一是要將幾個妹子的性子養得強硬些，畢竟自己欺負別人總比別人欺負自己好；二是要教會妹妹們一些防身的拳腳功夫，畢竟家中都是女子，總不能讓外頭人欺負了卻連個說法都討不回來；三則是要培養妹妹們正確的金錢觀念。

這三點既都是當務之急，也都是長遠之計。首先可以開始的便是學一些防身的拳腳，一來可以強健體魄，二來也可以防身。

還在院子裡嬉鬧的月家姊妹們，渾然不覺長姊的魔爪已經伸向她們，還在哈哈直樂呢！

午後，幼金帶著三個大的，每人揹著一個背簍，手裡拿著鐮刀、鋤頭之類可能用得上的工具，便往山上去了。

春雨如酥，被春雨滋養過的毛竹林更顯青翠，雨後春筍一夜之間長高了許多。毛竹林裡頭，幼金先是帶著三個妹妹細細分辨哪些菇類是可以吃的，然後才各自散開去找。

毛竹林裡頭長出來的大都是新鮮的菌子，幼金也是為了以防萬一，所以一再跟幾個妹子強調道：「顏色越鮮豔的菌類就越是有毒，咱們只摘這種白菌子便好。另外，不要走得太遠，要在別人能看到自己的地方走，知道不？」

五里橋後邊的山都是一、二百公尺的丘陵，倒不同翠峰山那樣連綿一片的深山老林，也沒有猛獸出沒的痕跡，所以幼金算是比較放心讓幾個妹妹跟著上山來採菌子。

今日是春雨方停的第一日，村裡頭如今也有挖筍子到城裡賣的，不過今日都忙著下地，一時間整片毛竹林裡頭倒是只有蘇家四姊妹在尋找菌子的蹤跡。

有了春雨的滋養，如今幾乎是隨處可見隨著春風微微晃動的菌子，姊妹們不過一個時辰，便都採了滿滿一大筐菌子，手裡還提著幾根白胖漂亮的春筍，四人迎著帶有竹子清香的春風，滿載而歸。

幼金是個說做就做的人，當日晚上，吃過晚飯後，便把還在襁褓中的兩個除外，剩下六個都拉到院子裡來開始訓練。

背著手踱著步看著排成一排的妹妹們，幼金緩緩說道：「今日開始，我們一起學些拳腳功夫，一能強健體魄，二來也能保護自己。」

一聽說要學功夫，姊妹幾個都驚呆了！大姊還會這個？

抱著剛醒過來的小八站在廊下的蘇氏聽到女兒說要習武，也是驚呆了。「金兒，妳咋會的這些？」

對啊對啊！大姊為何還會這個啊？幾個小蘿蔔頭都一個個如看神祇的模樣般看著大姊，她們大姊也太厲害了吧？又會賺錢，還會武功！

幼金微微咳了聲，隨便尋了個藉口。「不過是在集市上看多了賣藝的人，自己跟著琢磨也就會些皮毛了。」

見眾人似乎覺得理所當然的樣子，幼銀雖然覺得有些奇怪，不過也不再說什麼，直接就開始練了。

「首先咱們第一個來學的是紮馬。」幼金面對幾個妹妹，做個標準的紮馬示範。

「力從地起，雙腳與肩同寬。」

幾個妹妹見她緊抿著雙唇嚴肅的樣子，心中莫名敬畏，學著幼金的動作，就連最小的幼綢都有模有樣地紮了個小小的馬步。

雖然有模有樣，可是時間長了便都有些吃不消了。尤其是身子比較弱的幼寶，都開始搖晃了。幼金也知道欲速則不達，便讓眾人起來歇息半刻鐘，然後再繼續。

這一夜，蘇家姊妹們個個胳膊痠、腿疼地倒在硬邦邦的炕上，不一會兒全都沈沈睡去，還發出細微的鼾聲。

給幾個妹妹蓋好被子，又起來提著燈籠檢查各處房門後，幼金才歇下。

遠處傳來大公雞嘹亮的打鳴聲，淡淡的薄霧混合著裊裊升起的炊煙瀰漫在村莊上方。

早起的幼金將昨夜已經混合蚯蚓剁碎的野菜均勻地撒入雞圈中，聞到香味出來的十四隻已經褪去初生的黃毛、個頭長大一圈的小雞仔呼啦啦地全都出來了，咕咕地叫著，歡快地啄食著美味的蚯蚓野菜。

餵完雞，又回廚房灶上添了兩把柴火，比她起得稍微晚些的蘇氏也到廚房來了。

「我來吧，不是要帶幼銀一起到城裡去？她還沒起呢！」

幼金也不跟她搶活，點點頭。「嗯，我這就去叫她。」然後從木桶裡舀一瓢水倒到洗手洗菜的木盆裡將手洗乾淨，隨意地甩乾後便往西廂房去了。

幼金還未走到西廂房門口呢，兩個小丫頭便悄悄開門出來了。原來是幼珠警醒，聽到幼銀起來的聲音便也跟著起來穿衣裳了。不過幼寶還未起，所以兩人跟做賊似地悄悄摸了出來。

梳洗過後，姊妹仨將昨日採回來的新鮮菌子分別裝在三個背簍中，揹著背簍往洛河州去了。每次去城裡賣東西都是趕不及吃早飯的，只得等到趕集回來再吃。

幼金姊妹每隔兩日就要進城一趟，還總是坐到同一個趕車的漢子的牛車，那漢子都已經認識蘇家這幾個娃娃了，從一開始大的木桶還要收她一文錢，到現在只算人頭收銀子，也算是熟識了。

「小姑娘，妳們這三天兩頭地揹著東西進城賣，能掙不少銀子吧？」那大叔慢悠悠地趕著車，笑呵呵地問道。

幼金面露微笑，看著別的乘客目光都落在自己身上，便笑道：「唉呀，哪能掙啥銀子？我們家人多，我娘身子又不好，只得我們姊妹仨每日弄點蔬菜進城換銀子，這能掙幾個錢？」

見幾姊妹雖然衣裳乾淨，但都是補丁摞補丁的，再看她們背簍上頭放了一摞大葉子，看著也都是賣菜的莊戶人家，便都不以為意地挪開了目光。

幼金見眾人的目光終於轉開，這才鬆了一口氣，眼中卻多了幾分冷意。這大叔也不知是心直口快還是故意給她們招仇恨啊，看來要換一輛車坐了，幸好五里橋往洛河州方向拉客的牛車不只有他這一家。

交了入城費，幼金先是帶著兩個妹妹到東市的雲味軒去看看他們要不要，然後再往西市去。

而雲味軒這頭，憑著從蘇家買回來的七十幾尾鱖魚，搞了場轟動洛河的鱖魚宴，一時間風頭無兩，黃三爺也得了主家的獎賞，對蘇家正是感激的時候呢！聽後廚說蘇家的小姑娘又送了新採的茶樹菇來，黃三爺自然是痛快地包圓了。

菌子這玩意兒，鄉裡人不知道能吃，畢竟吃菌子吃死人的消息是每年都有，所以鄉裡人對菌類的都比較排斥。可黃三爺是誰？那可是洛河州都有名的老饕，自然知道春雨後的菌子有多美味。加上幼金姊妹採來的菌子都是極好的品相，他自然不能錯過。

幼金有些微愣，懷裡揣著小夥計結給自己的銀子，這就賣完了？

跟在她身後的幼銀和幼珠也都有些不可置信。

幼珠看著大姊空空如也的背簍，問道：「大姊，那咱們現在去哪兒？」這菌子才進城就沒了？

幼金才回過神來。「咱們去西市買些米糧，再買幾斤豬板油吧。」家裡的油罐子已經見底，存糧也沒有多少了，反正如今時間還早，便去添置一二吧。

幼金這回下了本錢，不買拉嗓子的粗糧了，而是買口感好許多的糙米，一斗糙米花了她近二錢銀子，再加上五斤豬板油。

一斗糙米分成兩半裝在幼金與幼銀的背簍裡，幼珠背簍裡則揹著五斤豬板油，姊妹仨滿載而歸，倒是幼金的口袋裡，才得的一兩銀子就花掉近一半了。

姊妹仨揹著跟來時差不多重量的背簍，腳程也沒放慢，吭哧吭哧地回了五里橋蘇家。

這麼早回來的三人倒是把蘇氏等人都嚇了一跳，聽說原來是那日來家裡拉魚的酒樓將菌子都收了，蘇氏才千恩萬謝地朝著洛河州方向唸了幾聲，然後又語重心長地跟幼金說道：「金兒，那黃三爺幫了咱們家這麼多，可是咱們家的貴人，妳可得好好謝謝人家才是！」

將新買回的糙米放進倉庫裡，幼金點點頭。「娘，我曉得的。」雖然她與雲味軒是公平交易，可蘇氏說得也在理，若不是黃三爺這個貴人，怕是自己採的東西也賣不出這個價錢。

將東西都歸置好以後，又掏出九文錢，分別給了幼銀跟幼珠、幼寶。「這三文錢便算是你們仨的勞動所得，雖然是少了些。」

幼銀姊妹仨面面相覷，猜不透大姊的意思，也不敢領這個銀子。

「咱們付出的勞動都應該有收穫，總不能妳們什麼都白幹不是？只要是能給咱們家帶來收益的，以後都能領到分成。」見三人還有些猶豫，幼金便直接將銀子塞進她們手裡。「不過有錢也不能亂花喔，要把錢花在該花的地方，知道嗎？」

姊妹仨手裡緊緊攥著三個銅板，她們也是能給家裡掙錢的人了！聽了大姊的話，都認真地點點頭。「知道。」

其實不用幼金交代，三個妹妹也不會亂花錢，畢竟她們都是過慣窮苦日子的，有錢不捂著卻花出去才奇怪呢！

幼金進了廚房，也給了蘇氏一百文銅板。之前搬家時分散的銀子，在蘇家落腳到五里橋時就已都交還到幼金手上，如今蘇氏手裡是沒有錢的。

看著女兒遞過來的、用麻繩穿起來的一串銅錢，蘇氏有些不知所措。「金兒，妳這是？」

「家裡總有用銀子的地方，一百文不多，但娘身上也要有些銀子。」幼金臉上掛著淡淡的笑，道：「我總顧不上家裡，娘是一家之主，手裡要寬裕些才是。」

蘇氏濕漉漉的雙手在身前的圍裙上擦了又擦，臉色有些發紅。她自來了洛河州，幼金就給自己請大夫瞧病，而後一直都有吃藥，光是藥錢都花了不少，她還沒有給家裡掙過一分銀子，哪裡還好意思領這個錢？

幼金見她猶豫不決的模樣，直接把錢塞到她手裡。「既然是給娘的，娘收著就好。」雖然蘇氏覺得自己是給這個家拖後腿，不過她其實還是很重要的。自從出了月子以後，家裡一日三餐都是她在忙活，家裡人穿著開線的衣裳也總是蘇氏第一個發現的，然後就是熬夜也要補好，可以說很好地解決了幼金的後顧之憂。

幼金站在廚房裡頭，揀著剛從地裡摘回來的青菜，一邊與蘇氏說著話，母女倆齊心協力，很快就做好了午飯。

吃過午飯，午歇過後，幾姊妹穿戴整齊又往山上去了。如今已經過了一日，上山的路也乾了不少，村裡也開始有人往山上去挖筍子了。

在蘇家之後跟著第一批上山挖筍的婦人見了幼金幾姊妹，都有些不好意思地挪開了視線。

倒是幼金帶著妹妹跟她們點頭問好。「嬸子好，我們是河西邊新搬來的人家，我們姓蘇。」

那幾個婦人含糊地點點頭，加快步子往山上去了。

幼珠瞧著那幾個婦人，有些生氣地跺跺腳，不過也不說什麼。

茫茫毛竹林裡頭，遠處近處如今也有七、八個人在挖筍子，幼金便帶著幾個妹妹往更遠處的毛竹林去。她如今雖然不挖筍子，可菌子還能掙些銀子，她可不想讓人這麼快就知道，那她可又得想旁的法子掙錢了。

如今正是吃春筍的好時節，滿山的筍子不挖白不挖，五里橋的村民也是有一個見了蘇家人在街上賣筍子，然後便一個傳一個的，如今也有十來戶人家都開始挖筍到街上賣了。

不過洛河州是個大城鎮，雖有這麼些人家挖筍去賣，但是買筍子的人家也多，總體來說還是供不應求，因此賣筍子的人家相互間倒也沒有多大影響，春筍的價格也比白菜啥的稍微多個一、兩文錢，所以大家都很樂意去挖筍子。

幼金姊妹翻過丘陵後，便看不到五里橋的村民了。

五里橋的村民大都在山的向陽面，如今幼金姊妹已經到背陰面了。已經腐爛在地的竹葉肥力十足，滋養著這片土地。因為濕氣較重的緣故，這邊的菌子比向陽面多了不少。而且在這邊，幼金終於找到了她心心念念的芫花！

幼金直接將其中幾株芫花連根挖了出來，然後用隨身帶著的稻草繩捆著放到一旁，才跟幾個妹妹一起尋找菌子的蹤跡。

幼金是能分辨出好幾種能吃的菌類的，所以她採到的菌子種類多一些，不僅採滿一筐白菌子，竟然還在幾株已經枯死的竹根邊上採到了一小捧竹蓀！這可是自古就有「草八珍」之一的美名啊！

之前在山的那頭並沒有見過竹蓀的蹤跡，如今想來是那邊枯死的竹子還沒來得及長出竹蓀就被村民砍回去當柴火燒了。

趕忙將幾個妹妹叫過來，給她們看竹蓀的模樣。「這個菌子也是能吃的，都長在爛枯竹根那兒，妳們要是見著了也採它。」

她這麼一說，幼珠便想起自己方才見到的好幾棵枯竹根那兒都有這個，立即說道：「大姊，我知道哪裡有，我這就去採了！」

幼銀、幼寶兩人也都有些印象，姊妹幾個又散開去各自忙活。

姊妹四個在山上待了一個半時辰，最後不僅背簍壓得實實的，連手上都抱著一大串用大片樹葉裹著、以稻草繩子紮起來的包裹，滿載而歸。

果然，黃三爺是認得竹蓀的，給出了比菌子高三倍的價錢，將幼金昨日得的半背簍竹蓀都買了下來，還特意將幼金叫到前邊。「小姑娘，妳往後有什麼新奇的，就都送到雲味軒來，只要夠新鮮，我都包圓了。」說罷，還叫廚房打包了兩碟子新出的點心給她帶回去。

幼金笑著收下點心，道：「三爺是我們蘇家的貴人，您給我們的價錢也合適，我自然是先顧著您這頭的。」

黃三爺滿意地點點頭。「這菌子味兒倒是不錯，這兩日都不夠賣，妳不妨多送些來？」黃三爺要菌子，這還真就蘇家一家，倒不妨只從她這兒要。

「三爺，您也知道，菌子這種東西是靠天吃飯的，我也不敢給您打包票說要多少有多少，我只說，我家得了多少，我便給您送多少過來，您看如何？」幼金自然不會把話說死，畢竟菌子是要看天的。

黃三爺自然也是懂的，並不為難她。

兩人說了會子話，幼金才從後門出來，跟在後門裡頭等了好一會兒的幼銀、幼珠往西市去。

洛河州是個四通八達的大城鎮，往來客商多，能買到的東西也多。幼金自從手裡寬裕些以後，便喜歡上有時間就到西市逛逛淘淘這件事，若是找到些新奇的、洛河州本地沒有的種子，她也會考慮著買回去種種看。

這不，今日又在一個剛從西域回來的客商那兒買到了一包花椒種子。那客商也是瞧著新奇便帶了一小包回來，這玩意兒也算不得值錢，便只要了幼金三十文。

幼金痛快地付了錢，然後將包得嚴嚴實實的花椒粒裝進背簍，再帶著幼銀、幼珠繼續逛。

「大姊，這才一小包東西，就要三十文，也太貴了些吧？」幼珠卻有些咋舌，那客商也真敢賣！大姊也捨得買！

幼金拍了拍幼珠的小腦袋。「小摳門，這叫投資。雖然貴是貴了點，不過只要有用，那就不算貴。」

幼珠見她這麼說，便不再說什麼。反正在幼珠眼裡，大姊做什麼都有她的道理，自己只要乖乖聽話就是了。

其實幼金也不確定洛河州能不能種出花椒來，可想起前世熱帶溫帶貌似都可以種，便想試試看，若是種出來也是個好事。

搬到洛河州近一個月，因家中伙食急劇好轉，蘇家孩子的臉都長圓不少，就連兩個小的也因蘇氏的狀況好轉，奶水充足而跟著大了一圈，一個半月的小娃娃也不需要時時抱著了，就放在炕上，一旁有人看著就行。

蘇家搬到五里橋後，並沒出現過什麼怪事，因此村裡頭野慣了的小子也敢跑到蘇家門口東張西望的，見到有人出來，還編著順口溜。

「穿裙子，住鬼屋，夜裡抱個女鬼一起睡！」

院子裡頭的人還未做出反應，趕集回來的幼金等人便先一步跑了過來。

幼珠更是直接撿起地上的小石子朝那四、五個半大小子砸去，還一邊砸一邊罵道：「讓你瞎說！讓你瞎說！砸死你們！」

那幾個搗蛋的半大小子見人來了，「呼啦」一聲就全散開了，走到幼珠砸不到的地方之後再朝著她們做了個大大的鬼臉，然後才撒歡地跑了。

幼珠被氣得不行，還想追上去給他們點顏色瞧瞧，卻被幼金拽住了。

「幹麼去？」

有些委屈的幼珠眼眶微微發紅。「大姊！」

「不許胡鬧！都回去！」直接拽著幼珠進了院門。

原來方才是幼寶出來開門要去地裡摘菜，結果被那幾個半大小子嚇得不輕。

幼金這才驚覺，如今家裡都是小丫頭片子，雖說已在練些拳腳功夫，可人家若上門找事，別說幼珠，就是自己也打不過的！她嘆了口氣，安慰幼珠。「妳還記得以前大姊跟妳說過的不？雞蛋碰石頭是最笨的方法，妳一個八歲的小姑娘，怎麼跟人家四、五個十一、二歲的半大小子打？」

聽完大姊的話，幼珠冷靜下來才知道後怕，不過還是心有不甘。「難道我們就這樣讓人欺負不成？」

「聽話，我一會兒去找何里正說說。」幼金嘆了口氣，才從背簍裡將黃三爺給的點心取了出來，然後打開其中一包分給姊妹幾個吃，又提著一包還未開封的點心往村裡頭去。

那幾個半大小子跑到河東邊，見蘇家的人沒追出來，便在河邊嘻嘻哈哈地鬧。遠遠瞧見河西邊蘇家那頭出來個人了，走近後發現是蘇家年紀最大的那個，全都一臉防備地看著她，以為她是來找他們算帳的。

可幼金目不斜視地從幾人身邊走過去，進了村子便直接往何浩家去。

如今不是農忙時節，不過莊戶人家閒不住，才扛著鋤頭回來的何浩見幼金來了，笑呵呵地叫自家婆娘端兩碗白糖水來。「幼金咋有空過來？」這小丫頭可不簡單，五里橋這麼些年也沒誰家想著挖筍子去賣的，倒是這外來戶第一個帶頭賣筍子，不少人家都跟著賣，倒也掙了些銀子。

幼金笑呵呵地將點心放在桌上才道：「今兒個給城裡的貴人送了些菜，得了點心，我們家多得您的照拂，便送點子過來給家裡人嚐嚐。」

何浩家的婆娘趙春華笑呵呵地端著白糖水上來，聽她說是城裡貴人賞的點心，頓時笑得見牙不見眼。「唉呀！妳這孩子也忒客氣了些！」

「嬸子這是說的什麼話？我們家這一家子孤兒寡母的，若不是您跟里正叔照顧，哪還能這般舒心地過著！」

幼金這話說得兩人心裡熨貼十分。

何浩擺擺手道：「我既是里正，照拂村民是應當的！」

幼金這才露出一個遲疑的表情看著何浩夫婦。「要說有事還真有一事，方才我們家門口有幾個半大小子在玩鬧，小孩子口無遮攔我也明白，可我那三妹也是個潑的，拿著小石子就砸人了。我當時看得不真，也不知道有沒有砸壞人？若是有哪家說砸壞人的，還請里正叔幫著從中調停一二。」

一聽她這麼說，趙春華一拍大腿，知道她說的是誰了。「唉呀！肯定是後頭陳老五那幾家的渾小子們！我方才回來的時候還覺得奇怪，瞧著幾個渾小子跟鬼攆一樣呼啦啦地自河西邊跑過來！」

趙氏這麼一說，何浩便知道了，嘆口氣道：「那些個渾小子的爹娘也都是渾的，整日裡就是在村子裡頭轉悠，想來他們都跑了便是沒傷著。若是他們再去你們家那兒鬧，妳就來說與我知，我自有辦法收拾那幾個渾小子。」

幼金要的就是這個效果。她微笑地點點頭，又與里正兩口子說了一會子話後，笑著婉拒趙氏的留飯，往河西邊回了。

何浩將院門關上，回到正房裡頭，看著趙氏已經將油紙包著的點心給拆開了。將碗裡剩下的白糖水喝完，感嘆道：「這蘇家大丫頭不簡單啊！若是男兒身，前途不可限量啊！」

「就你門道多！」趙氏將點心收起來，等著孩子回來能吃。趙氏是個耿直熱情的農家婦女，得了蘇家的東西，自然就與蘇家多了分親近，幫著幼金說話。「人家有心，一家子孤兒寡母的，你可別讓那些渾人把人給欺負了才是！」

何浩歪著身子躺在炕上，笑嘆道：「妳這頭髮長見識短的，懂啥？」

「我啥都不懂，就你懂！」趙氏沒好氣地白了何浩一眼，將點心收好後便去準備午飯了。

當然，幼金也不會把所有寶都押在里正身上，第二日給雲味軒送完貨以後，幼金就到西市轉了好幾圈，終於在角落裡找到一個賣狗崽子的莊戶模樣的老漢，然後花二十文買了四條兩耳直直豎起來，長得渾圓可愛、通體黑亮的小狗崽子。

「小姑娘我跟妳說，我們家這狗崽子妳別看現在小，不用兩、三個月就能開始看家護院了！這狗崽子凶得很，又認主又護食的！」那老漢一口氣賣了四條狗崽子出去，得了二十文錢，自然開心，也就跟幼金多說了幾句。

幼金點點頭，笑著謝過那賣狗的老漢，將狗崽子裝進背簍裡頭，便哼著曲兒回家去了。

小狗崽子如今還是比較可愛的，四隻小狗崽子才回到蘇家，就被六雙魔爪蹂躪了個遍。

連前日才過三歲生辰的幼綢都緊緊地抱著其中一隻狗崽子不肯鬆手。「大姊，這是送給我的嗎？」

幼金找了個舊瓦罐，裝了一瓢清水，看到被欺負得縮成一團的小狗崽，沒好氣地插著腰道：「妳們不要玩了，這狗崽子可是要養大給咱們家看家的！」將四隻小狗崽子解救出來，好生安撫。

姊妹幾個乖乖站在廊下看著伸舌頭舔水喝的小狗崽，一個個眼睛骨碌碌地轉著。

「大姊，那牠們有名字嗎？」

「還沒有，妳們來給牠們取名字好不好？」幼金將這個許可權交給幾個孩子。

幾人撐著小腦袋搖頭晃腦地想了好久，又妳一言、我一語地談論了許久，最後才決定了四隻狗崽子的名字：旺財、小黑、黑背、大黃。

從這日起，每日清晨蘇家丫頭們帶著四條狗崽子在河西邊的河基上跑步，倒成了五里橋一道特殊的風景線。

四月初八是幼金十二歲的生辰，蘇氏特意將韓氏送的一套幼荷的衣裳改了改，當作幼金十二歲的生辰禮物。

這日一早，幼綾、幼羅還帶著幼綢摘了好些野花給擺到東廂房裡。

蘇氏也早早地和麵給做長壽麵，等趕集的幼金回來過生兒。

雖然只有一碗長壽麵跟一束野花，可這還是幼金來到這裡第一回過生辰，加上前輩子也沒有人給自己過生兒，說不感動那是假的。

時序進入四月，天氣漸漸回暖，蘇家剛搬來時種下的菜已經吃了一茬又一茬，幼金種的蒜苗也到可以吃的時候了。

過了十二歲生兒後的第二日，幼金便割了一背簍蒜苗往城裡去，如今不說五里橋，就是洛河州裡頭也都沒見過蒜苗，她這可是獨一份。

黃三爺走南闖北那麼些年，自然是吃過蒜苗的，也不需要幼金多費口舌，依舊是包圓了她的蒜苗，還跟她做了君子協定：今年蘇家所種的蒜苗，只能供應雲味軒。

黃三爺給的價錢合適，幼金自然不會拒絕。從那日起，每隔兩日便割一茬蒜苗送到雲味軒，偶爾雨後得的菌子也一併送過去，這一日日忙活著，倒也攢下不少銀子。

有了銀子，自然想到的就是要買地。可蘇家人都是老弱婦孺，不適合高強度的糧食種植。昨兒夜裡，幼金跟蘇氏商量了一番她的想法，蘇氏自是不會有什麼意見。

於是今日一早，幼金便揣著銀兩又找上了何浩家。

「妳要買河西邊那片窪地？」何浩有些搞不懂幼金的想法。「幼金，那窪地發水的時候可都是要淹沒的，也種不出糧食，妳買了做啥？」

幼金臉上掛著淺淺的笑，說道：「不過是家裡手頭緊，也買不起良田，只得買些荒地罷了。」

「妳若是想買荒地，高一些的那邊也有，何苦買那片窪地？」何浩種了這麼多年莊稼，自然知道那灘塗著實是沒啥用的，想了想又道：「要不這樣，妳買高處的荒地，那灘塗窪地就算給妳的搭頭，如何？」

這便是要把那一片少說有兩、三畝的灘塗都送給自己啊！幼金也不白要的，最後以二兩銀子一畝的價格買了三畝荒地，又以每畝二百文的價格半賣半送地買了四畝灘塗地。加上換紅契的稅費，最後一共花了七兩四錢，蘇幼金名下便多了三畝荒地與四畝灘塗。

買了地自然要開始平整土地，荒地最大的問題就是雜草過分地多。幼金帶著幾個妹妹圍著自家的三畝荒地割出防火帶，然後挑個陽光明媚的好日子，一把火將自家地裡荒蕪的雜草全給燒了。

濃煙瀰漫，燒出來的草木灰隨風肆意飛舞，因著初夏的雜草大都是生長的時候，並不是那麼容易就能燒乾淨的，所以連著燒了三、四日。

五里橋的村民從一開始看到河西邊冒濃煙以為是大火燒山，到後來一見濃煙就知道是蘇家在燒荒地，還有不少人都在笑蘇家人傻。那都不知道丟荒多久的地了，有啥用啊？

幼金自然不管別人怎麼說，自從第一回去毛竹林的背陰面回來以後，幼金便生出自己漚肥的心思，那毛竹林也沒人給施肥過，可那腐爛的竹葉落在林子裡，加上濕潤的雨水，就是一個天然漚肥場。

蘇家這一片灘塗地，不就是最好的漚肥場地？肥沃的河泥已經準備好了，只待幼金等人開始漚肥。

漚肥其實很簡單，每日從城裡回來後，幼金便帶著幾個妹妹去砍毛竹，竹葉子全都扔進選做漚肥場的灘塗裡頭，大大的竹節就全都劈開曬乾當柴火燒，不過數日，蘇家前院後院就已經堆滿了曬得有些乾的竹子。

接著又從五里橋一戶人家那兒花兩文錢買了兩大捆秸稈，略微切斷後全都扔到已經泡得有些變顏色的窪地裡，再兌上糞肥跟廚餘垃圾，還有幼珠等人到毛竹林刨回來的一大籃子蚯蚓，漚肥的原料便都齊了。

從五里橋河裡引水淹沒窪地裡頭的漚肥原料後，再和著水攪了攪，幼金便就放著那漚肥場不管了，帶著妹妹們慢慢平整那三畝荒地。

幼銀挽起袖子擦擦汗珠，站直腰歇息會兒，問道：「大姊，咱們這地要種什麼？」初春的農忙不是都過了嗎？現在還種東西會不會來不及？

幼金抬頭瞧了眼越發毒辣的日頭，舔了舔乾澀的雙唇，然後搖了搖頭。「咱們今春要種糧食也來不及了，先把地平整出來，然後咱們再把地養肥了，等明年開春再種，地肥了才好出糧食。」

把地養肥了，才能有好收成。再者，蘇家這只能算是小半個勞動力，還有好幾個都是身子骨十分弱的，要是真趕著今春就要種糧食，不得累倒好幾個？

跟在幼銀旁邊撿草根的幼珠癱坐在地，嘆了口氣。「大姊，咱們就不能做些旁的營生嗎？實在不行，做些包子賣也比種地好呀！」

「妳會做包子嗎？」一旁的幼寶默默地問了一句。「三姊，妳連燜飯都不會。」幼珠聽完以後面色微惱，瞪了幼寶一眼。「就妳話多！」

幼金也不管雙胞胎之間的小鬥嘴，耐心給姊妹幾個解釋道：「這世上，無論是做什麼營生，有兩樣東西都是必須要的，一是本錢，妳沒本錢，連攤子都鋪不開，還怎麼做？二是技術，妳沒技術，光有銀子有啥用？」走到田邊拿起裝滿水的葫蘆就著喝了口水，才繼續說道：「那咱們家現在有什麼呢？什麼都沒有。既然做不成旁的，咱們本就是莊戶人家，種地就是最好的選擇不是？」

幼金掰碎了講的話，幾人自然也聽了進去。

幼珠眼神灼灼地看著幼金，連連點頭。「大姊，我明白了！」

姊妹幾個說了好一會子話，才繼續幹活，直到蘇氏打發幼羅過來叫大家回家吃飯，她們才拿著工具回家去。

蘇家如今吃得最多的就是筍子，蘇氏今日做的是竹鼠燉竹筍，還烙了一大盤三合麵餅子。蘇氏的手藝好，烙餅做得也好吃，一口餅子、一口筍子，吃得幾姊妹不亦樂乎，還不忘誇蘇氏。

「娘的手藝越發好了！」

蘇氏笑著給幾個小的都挾了塊肉，道：「我這手藝哪裡好了？要說手藝好，還是我爺爺，也就是你們外祖姥兒的手藝最好！」蘇氏老家那邊，便是這麼稱呼外祖父的父親的。

這還是蘇氏第一回提起自己娘家的事，此前幼金也沒聽她提過，便問道：「外祖姥兒是廚子嗎？」

「我也是小時候聽妳外祖說的，說外祖姥兒的父親以前是在宮裡當御廚的，前朝亡後便一路從南往北逃，逃到了小槐山那邊，才扎根下來。」蘇氏口中的小槐山便是蘇氏娘家，名叫小槐山的一個小山村。「我的祖姥兒只有我爺爺這一個兒子，所以一身廚子的本事都傳給了我爺爺，不過你們外祖父還有兩個兄弟都沒有什麼做廚的慧根，所以都沒學到爺爺的五成。」

「那娘的廚藝是跟外祖姥兒學的嗎？」幾個孩子最喜歡聽大人講這種傳奇故事了，見蘇氏停了便連忙一個接一個地問。

蘇氏笑道：「是啊！你們外祖姥兒說，我們家姊妹三個，就我隨了他，最會做飯，所以打小就喜歡帶著我圍著灶臺轉呢……」說起自己快樂的童年時光，蘇氏眼中盡是緬懷。

——未完，待續，請看文創風823《富貴不求人》2

2020年2月出版

廚娘很有事

文創風 820～821

她不過是舉手之勞做點好事，
人家卻把哥哥親手送上作為謝禮，
這……到底是該收不該收啊？

美味相伴　溫馨時光／不吐泡的魚

林滿不過是想過年睡個懶覺，怎知一覺醒來竟到了古代，
明明還沒談過戀愛，如今卻成了連剋兩任丈夫的寡婦，
不但窮得連自己都養不活，更別提還要扶養亡夫留下的女兒了，
本以為好不容易得到穿越必備的空間法寶，正想要大展身手，
卻遇上被調戲的鄰居少婦，路見不平之下帶人家逃進空間躲藏！
眼看法寶穿幫，她只好利誘兼威脅，為自己掙得一個打拚好伙伴，
兩個弱女子齊心協力，空間裡播種、收成自己來，種出神級美味蔬菜，
再加上林滿一手好廚藝，火鍋、燒烤……全都是她的私房絕活，
有了這些新奇菜色，再搭配香噴噴的獨門辣醬，絕對能收服眾鄉親的胃！
只是……沒想到伙伴的哥哥竟也被她收服，還反過來撩得她不要不要的，
原來空間不但照顧她的生計，連桃花也一起種下了，這可不在計畫內啊！

國家圖書館出版品預行編目資料

富貴不求人 / 塵霜著. --
初版. -- 臺北市 : 狗屋, 2020.02
冊 ; 公分. --（文創風）
ISBN 978-986-509-079-1（第1冊：平裝）. --

857.7 108021883

著作者	塵霜
編輯	黃淑珍
校對	黃薇霓
發行所	狗屋出版社有限公司
地址	台北市104中山區龍江路71巷15號1樓
電話	02-2776-5889～0
發行字號	局版台業字845號
法律顧問	蕭雄淋律師
總經銷	知遠文化事業有限公司
電話	02-2664-8800
初版	2020年2月
國際書碼	ISBN-13　978-986-509-079-1

本著作物由北京晉江原創網絡科技有限公司授權出版

定價250元

狗屋劃撥帳號：19001626

網址：love.doghouse.com.tw　E-mail：love@doghouse.com.tw